KB269021

潛魔劍仙

잠마검선

김현영 新무협 판타지 소설
FANTASTIC ORIENTAL HEROES

잠마검선 2

김현영 新무협 판타지 소설

초판 1쇄 찍은 날 § 2009년 4월 20일
초판 1쇄 펴낸 날 § 2009년 4월 30일

지은이 § 김현영
펴낸이 § 서경석

편집장 § 문혜영
편집 § 이재권 · 서지현

펴낸곳 § 도서출판 청어람
등록번호 § 제1081-1-89호
등록일자 § 1999. 5. 31
어람번호 § 제2-1727호

주소 § 경기도 부천시 원미구 심곡2동 163-2 서경B/D 3F (우) 420-822
전화 § 032-656-4452 팩스 § 032-656-4453
http://www.chungeoram.com
E-mail § eoram99@chollian.net

ⓒ 김현영, 2009

ISBN 978-89-251-1777-5 04810
ISBN 978-89-251-1775-1 (세트)

潛魔劍仙

잠마검선

2

잠마원의 비밀

김현영 新무협 판타지 소설

FANTASTIC ORIENTAL HEROES

도서출판 청어람

目次

第一章
달빛 아래 혈투

潛魔劍仙
잠마검선

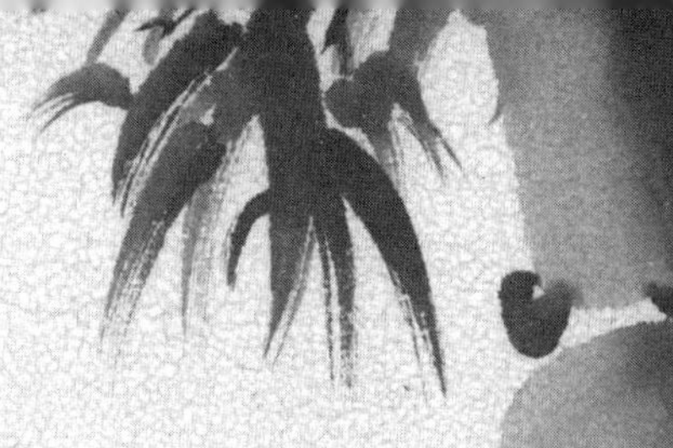

쓱싹쓱싹.

칼이 움직일 때마다 나무토막에 불과했던 목각(木刻)이 형태를 띠어갔다.

점심 식사 후 걸음을 옮기던 십조장 서문익이 그 광경을 보고 걸음을 멈췄다.

'유은령?

그냥 지나치려고 했는데 유은령의 목각을 깎아나가는 손놀림이 예사롭지 않았다. 곰도 구르는 재주가 있다고 해야 할까? 잠마원 서열 이백위인 유은령의 칼솜씨는 제법 훌륭했다.

칼이 제멋대로 손 위를 구르는데, 한 자루의 단도가 신기에 가깝게 회전하고 멈추고 다시 좌우로 휘감고 있었다.

요즘 따라 얼굴이 밝아져 조장으로서 서문익도 다행이라고 생각하는 중이었는데 이처럼 무언가에 집중한다는 것도 비약적인 발전을 이룬 셈이었다.

"그건 누구야?"

유은령이 눈을 빛내며 단도를 휘리릭 회전시키며 역으로 쥐었다.

서문익은 흠칫했다. 단도로 당장에 몸을 뚫어버릴 것 같은 살기 때문이었다.

"어? 조장."

유은령이 조장임을 확인하고 다시 어수룩한 모습을 지었다.

그건 순식간에 일어난 변화였기에 서문익은 고개를 갸우뚱했다.

'내가 너무 민감하게 반응했나?'

촌스런 모습의 유은령을 보자 이내 의문을 지워냈다.

"그 목각, 누군지 궁금해서."

"아무도 아니야. 그, 그냥 심심해서."

"근데 너, 칼 다루는 솜씨가 보통이 아니던걸. 훔쳐봐서 미안하지만 은근히 놀랐다."

"이, 이 정도는 누구나 하는 거잖아."

그 말에 서문익이 음, 하다가 고개를 끄덕였다.

“그렇긴 하겠지? 그거 마저 하고 올 거야?”

유은령이 수줍게 고개를 끄덕였다.

“그래, 조금 있다가 보자. 늦지 말고. 알았지?”

“응.”

유은령은 서문익이 떠나자 목각을 다시 다듬었다.

머리와 몸통에 이어 단도를 사각거리며 팔과 다리를 만들었다. 곧이어 뚜렷한 사람, 그것도 남자의 형상이 완성되었다. 유은령이 활짝 웃었다.

“다 됐다.”

나무 인형을 번쩍 들어 작게 환호성을 내질렀다.

이윽고 그녀는 나무 인형을 품에 꼬옥 끌어안았다.

“영… 호… 선!”

*   *   *

영호선은 수일 동안의 노력이 설사 한 방으로 수포로 돌아갔지만 다시 의욕을 불태웠다.

임무를 완수하고 무영마객의 절예를 모두 훔쳐 설요홍의 목을 따든 피를 빨든 해야 한다. 이후에는 누구의 침상에라도 기어들어 갈 수 있는 것이다.

영호선이 크게 외쳤다.

“다시!”

식당 안에서 쩌렁 울려 퍼지는 목소리를 따라 독상군이 수저를 번개같이 움직였다.

오기가 난 것은 독안마의도 마찬가지였다. 이젠 아예 약에 설사를 막는 성분까지 과하다 싶을 정도로 첨가했다.

주방 일꾼들은 하루 만에 초췌해진 독상군을 보고 실소를 금치 못했다. 그동안 얼마나 무식하게 처먹었던가. 인간의 한계야 영호선이라는 미친놈이 이미 돌파했지만 그건 이미 초인에 해당되는 경우였고, 정상인으로서의 한계를 넘어선 것은 독상군이었다.

그런데 그러한 노력을 시기하는 무리가 훼방을 놓기 시작한 것이니 이 대결이 흥미진진해진 셈이다. 누가 이기든 상관없지만 그래도 함께 밤을 보낸 마당이니 주방 일꾼들은 아무래도 독상군을 응원하는 마음이었다.

꽉, 꽉.

독상군은 밥과 고기를 입속에 밟아 넣었다.

그러는 사이 독안마의와 영호선은 머리를 맞대고 훼방자의 정체를 유추했다.

"설요홍의 짓일까나……."

영호선이 말했다. 고년이 눈치를 까고 훼방을 놓을 가능성도 있었다. 그러나 곧바로 영호선은 고개를 가로저었다.

"아니야. 설요홍은 설사약 따위를 쓰기엔 성향이 지나치게 도도해. 그년이 뭐가 아쉬워서 약을 타겠어."

독안마의가 고개를 끄덕였어.

"네놈 말이 맞다. 설요홍이라면 굳이 밤에 잠입할 필요도 없지. 대충 불러다 놓고 썰어버리면 될 테니까."

"영감, 약이나 독 종류라면 사인방 중 사조장 장휘천이 그쪽 계통이지 않아?"

"물론 장휘천이 약 타는 데는 일가견이 있다만 그놈의 신법은 아직 멀었다. 내 눈을 벗어나려면 까마득하지."

"흠, 듣고 보니 그러네."

"그렇다고 무영마객 현원령이 그런 유치한 장난을 할 리는 없을 테고."

"동감!"

"그런데도 현원령에 거의 근접한다는 놈이라니."

아무리 머리를 쥐어짜도 적당한 작자가 떠오르지 않았다.

"꺼억!"

독상군이 식사 종료를 알렸다.

영호선이 흘깃 보고 말했다.

"영감, 아무래도 독상군을 지켜야겠어."

"흐흐, 그게 속이 편하긴 하지. 나는 간다."

독안마의가 바람과 같이 사라지자 영호선은 뒤뚱거리는 독상군과 함께 육조 숙소로 향했다.

독상군이 계속 동행하는 영호선을 이상히 여기고 물었다.

"왜 안 가?"

"또 피똥 싸고 싶냐?"

영호선이 쌍심지를 켰다.

"난 오늘 안 잘 생각이야."

독상군이 시무룩하게 말했다.

"흥, 네놈이 자든지 말든지. 난 어떤 놈인지 확인해야겠다."

육조 숙소는 어느덧 어둠에 잠겨 있었다.

하지만 소등 규칙에 따라 불을 끈 것일 뿐 모두 깨어 있었다. 모두 독상군을 기다리며 한마디씩 협박의 말을 준비하고 있었다. 배탈은 한 번으로 충분했다. 두 번이나 더러운 꼴을 보고 싶지 않았다.

고요한 중에 문이 열렸다.

독상군이 들어왔다.

입들이 일제히 열렸다.

"야, 독상군. 오늘도 똥 싸면 죽을 줄 알아."

"얌전히 자라. 요즘 네놈 때문에 살기가 부쩍 늘었어."

"이번엔 진짜야. 말로 끝나지 않을 테니 새겨들어."

"흠씬 패서 오조로 보내 버릴 거다. 농담 아니야."

육조원들은 준비한 협박을 쏟아냈다.

그때 독상군의 뒤에서 그림자 하나가 불쑥 나타났다.

그림자가 짜증을 부렸다.

"이 새끼들아, 거기서 오조가 왜 나와?"

잔잔한 협박을 토로하던 육조가 순식간에 아수라장으로

변했다. 머리맡에 놓아둔 병장기를 꺼내 들며 자세를 갖추고 온갖 기합과 고함을 내질렀다.

영호선이 그 꼬라지를 보고 혀를 찼다.

"쯧쯧, 애새끼들, 아주 지랄을 하는구만. 진정해라. 나는 오늘 싸우러 온 것이 아니다."

이내 정적이 찾아왔다.

조장 청당이 버럭 소리를 질렀다.

"그럼 어서 돌아가!"

영호선은 귀찮아하는 표정으로 손을 저었다.

"됐으니까. 그냥 처자라, 개꿈이나 꾸면서."

이어 숙소 한복판에 떡하니 자리를 잡고 가부좌를 틀었다.

스릉!

장검을 뽑아 거꾸로 세워 칼끝으로 바닥을 짚고는 눈을 감았다.

그사이 독상군이 침상으로 기어들어 갔다. 그러더니 곧바로 코를 골기 시작했다.

육조원들은 이 상황을 어떻게 타개할지 생각했다.

'만약 일제히 공격한다면?'

그러자 모두의 머리로 답이 떠올랐다.

'다 죽는다.'

누구 할 것 없이 그런 결론에 도달했다.

딱히 방법이 없었다. 하나둘 병기를 집어넣고 엉거주춤 침상에 몸을 뉘였다. 오늘도 잠을 자긴 글렀다.

고요함 중에 오로지 독상군의 코 고는 소리만이 숙소를 맴돌았다.

영호선이 조용히 뇌까렸다.

"시끄러워."

조용한 한마디에 놀랍게도 독상군의 코 고는 소리가 뚝 그쳤다.

영호선이 다시 말했다.

"앞으로 코 고는 놈은 죽는다. 시험해 봐도 좋아."

누군가 긴장을 이기지 못하고 꿀꺽 침을 삼켰다.

시간은 유유히 흘러 가끔씩 들려오던 침 삼키는 소리도 사라졌다. 극도의 고요 속에 오로지 영호선만이 형형한 핏빛 안광을 뿜어내며 주위의 작은 소리조차 놓치지 않고 있었다.

그러던 한순간,

창가에 그림자가 맺혔다.

영호선이 앉은 자세에서 신형을 폭사했다.

쏴악!

와장창!

창을 통째로 박살 냈다. 영호선은 불청객을 창과 함께 날려 버리려 했으나 놈이 검격에 당하지 않았다는 것을 알 수 있었다. 온통 흑의 일색의 불청객의 뒷모습이 저만치 신속히 멀어져 갔다.

"놓칠까 보냐!"

막 잠들었던 육조원들의 소란스러운 기상을 뒤로하고 영호선은 공력을 최대로 끌어올렸다.

공간을 접어버릴 듯 신형을 날렸으나 불청객과의 거리는 좀처럼 좁혀지지 않았다. 여러 전각을 빠르게 타고 넘으며 뒤쫓던 영호선의 입술에 작은 물방울이 닿았다. 비가 오는 것은 아닌데 어디에서 떨어진 것인지 알 수가 없었다. 저절로 입술을 타고 혀에 닿은 물이 짭짤한 것이 꼭 눈물 맛이었다.

어느덧 불청객의 신형이 잠마원주의 거처를 넘어서고 있는 것이 보였다.

그러나 영호선이 잠마원주가 머무는 전각 위에 이르렀을 때는 불청객의 모습은 어디에서도 찾아볼 수가 없었다. 기척도 느낄 수 없었고, 그저 팍 꺼져 버린 것이라 할 수 있었다. 달리면 달릴수록 거리가 멀어졌기에 사실 붙잡을 가능성은 없었다. 그 점이 영호선은 불만이었고, 열이 받았다.

전각 위에서 화를 참지 못한 영호선이 발을 구르며 악을 썼다.

"이 새끼, 다음에 걸리면 그땐 목을 따버릴 테니 각오해라!"

쩌렁쩌렁 영호선의 목소리가 잠마원을 휘감아 돌았다.

가장 심각한 피해를 입은 것은 영호선의 발아래 처소에서 한참 단잠을 자던 잠마원주였다. 목소리만으로도 이젠 누구인지 알 수 있었다.

'아, 또 저 새끼네. 확 그냥 죽여 버릴까?'

말과 달리 잠마원주는 확 죽여 버리는 대신 확 이불을 뒤집
어썼다.

＊　　　＊　　　＊

영호선의 불청객 추격은 실패로 끝나고 말았지만 그 광경
을 바라보는 두 사람의 눈은 묘하게 흥분되어 있었다.

"괜찮군."

교두 숙소 지붕 위에서 무영마객 현원령이 중얼거렸다. 그
의 시선은 저 멀리서 고함을 내지르고 있는 영호선을 향하고
있었다.

여인이 말을 받았다.

"점점 재밌어지네요."

"영호선이 해낼 거야."

"응?"

여인이 현원령을 쳐다보고는 웃음을 터뜨렸다.

"호호, 자기는 영호선 싫어하는 거 아니었어?"

"싫어."

"그래도 자기가 영호선을 추천했잖아."

"그거야 녀석이 제대로 미친놈이니까."

"그뿐이야?"

"뭐, 근성은 봐줄 만하지."

"호호, 귀엽기도 하고 말이야."

울화통을 터뜨리며 숙소로 돌아가는 영호선의 모습이 여인의 눈에 비쳤다.

"곧 깨어나겠는걸."

"그렇지. 거의 온 셈이지."

한줄기 상쾌한 바람이 두 사람을 스치고 지나갔다.

*　　　*　　　*

불청객은 놓쳤지만 독상군 돼지 만들기 작전은 순조롭게 진행되었다.

육조 숙소에서의 영호선의 불침번은 계속되었고, 더 이상 불청객 따윈 방문하지 않았다.

덕분에 육조원들은 자다 깨다를 반복하며 선잠을 자야 했지만 분분히 살기를 뿌리며 혈광을 빛내는 영호선의 성질을 건드리진 못했다.

수련생들 사이에서 하루가 다르게 살이 뒤룩뒤룩 쪄가는 독상군은 좋은 이야깃거리였다. 웃을 일이 없을 땐 간단히 독상군 이야기를 하면 제격이었다. 그건 어느 조에서나 공통적인 것이어서 십조에서도 심심치 않게 독상군에 대한 이야기가 화제에 올랐다.

밤이 깊어갈 무렵, 십조장 서문익은 유은령을 보고 있었다. 유은령은 최근 밝아지는가 싶더니 요 며칠 안색이 좋지 못했다. 고민이 무엇인지는 알 수 없었지만 그녀가 잠마원 서열 이백위, 즉 최하위라는 점에서 가끔씩은 위로가 필요하다는 것만은 알고 있었다.

서문익이 다가가 말했다.

"그때 그 목각 인형이구나. 역시 대단한 솜씨인걸."

유은령은 목각 인형을 손에 꼭 쥐고 있다가 슬그머니 감췄다.

"구경 좀 할 수 있을까?"

"……."

유은령이 고개를 들어 무심한 시선을 던졌다.

서문익이 어색하게 웃었다.

"싫어?"

유은령이 말했다.

"꺼져."

"응?"

"꺼지라고."

낮지만 분명한 음성이었다. 게다가 유은령의 눈빛은 이제 껏 보아온 유은령의 것이 아닐 정도로 살기를 머금고 있었다. 며칠 전 느꼈던 바로 그 살기였다.

마침 가까이서 이 상황을 지켜보던 부조장 강우룡이 끼어 들었다.

"유은령, 오냐오냐했더니 아주 기어오르는구나. 그 목각 인형이 네 애인이라도 되냐? 구경 좀 하겠다는 건데 말이 너무 심하잖아."

강우룡이 목각 인형을 낚아챘다.

유은령이 몸을 일으키며 손을 내밀었다.

"돌려줘."

"싫다면?"

"돌려줘."

강우룡이 빙긋 웃으면서 목각 인형을 분질렀다.

또깍!

"어머나, 이걸 어쩌지? 부러져 버렸네?"

과장된 몸짓으로 양손에 하나씩 부러진 목각 인형을 들고 조롱했다.

그 순간이었다.

휙!

바람이 스치는가 싶더니 강우룡이 뒤편 벽에 쿵 하고 부딪치고는 바닥에 허물어졌다.

"유은령, 무슨 짓이냐?"

조장 서문익이 고함을 내질렀다.

촤락!

유은령이 손을 살짝 흔들어 소맷자락에 숨겨둔 단도를 쥐었다. 이윽고 서문익의 멱살을 쥐고 오른손의 단도를 허벅지에 꽂았다.

"크악!"

서문익이 비명을 내질렀다.

단도를 뽑자 피가 솟구쳤다.

순식간에 부조장 강우룡과 조장 서문익이 쓰러지자, 지켜보던 십조원들이 광분했다.

"서열 이백위 따위가 어디서 행패냐!"

"그동안 감싸준 것이 누군지도 모르고!"

"한꺼번에 자근자근 밟아버리자!"

일제히 병기를 빼 들고 유은령을 향해 달려들었다.

유은령이 순간 비릿하게 웃으며 낮게 중얼거렸다.

"쥐새끼들!"

그 말과 함께 유은령의 신형이 조원들 사이를 누비기 시작했다. 그리 넓지 않은 숙소 안에서 빼곡히 들어찬 열일곱 명의 조원 사이를 마치 빗줄기 사이를 뚫고 다니듯 유은령이 움직였고, 그녀가 스쳐 지날 때마다 피가 튀었다.

어느새 유은령은 반대편에 이르러 몸을 돌렸다.

그 순간 멀쩡히 서 있던 십조원 전부가 맥없이 그 자리에서 허물어졌다.

그들 중 어느 누구도 유은령이 어떻게 움직였는지 보지 못했고, 어떻게 그녀의 단도가 몸을 스치고 지나갔는지 이해하지 못했다. 따끔한 통증과 함께 눈앞을 확인했을 때 이미 그

곳엔 유은령이 서 있지 않았던 것이다.

유은령이 쓰러진 십조원들을 땅인 양 밟고 지나가 목각 인형을 주워 들었다.

부러진 부위를 맞추자 아귀가 잘 들어맞았다. 하지만 순간 살짝 손을 틀자 위 몸통 부분이 떨어졌다.

유은령이 부조장 강우룡을 바라봤다.

천천히 다가간 유은령이 강우룡의 뒷머리를 잡아채 들어 올렸다.

"계속 죽은 척할래, 아니면 진짜 죽을래?"

"사, 살려줘."

"싱거운 놈."

유은령이 강우룡의 머리를 잡고 바닥에 찍었다.

쿵! 쿵! 쿵!

바닥에 구멍을 뚫을 듯 세차게 찍은 탓에 강우룡의 이마는 순식간에 피범벅이 되고 말았다.

'흥, 이렇게 된 이상 직접 보러 가는 수밖에.'

유은령은 방 안으로 들어가 가장 예쁜 옷으로 갈아입었다. 머리도 가다듬고 거울을 보며 세심하게 화장까지 신경을 쓰자 어느새 그녀의 용모는 지금까지와는 전혀 다른 모습으로 바뀌었다.

방 밖에서는 신음 소리가 각양각색으로 들려오고 있었지만 유은령은 들뜬 얼굴로 콧노래를 연신 흥얼거렸다. 몇 번이고 옷과 화장, 그리고 머리 모양을 손본 뒤에야 방에서 나왔다.

고통에 신음하던 십조원들의 눈에 불신의 빛이 가득 떠올랐다.

유은령이지만 유은령이 아니었다.

무공도, 얼굴도, 성격도.

보고도, 맞고도 믿을 수가 없었다.

유은령이 저리도 아름다웠단 말인가!

영호선은 오랜만에 단잠에 빠져 있었다. 불청객은 더 이상 모습을 드러내지 않았고, 독안마의가 제조한 약은 어떠한 설사약도 거뜬히 막아낼 터이다.

거의 오 일여를 한숨도 자지 못해 영호선은 침소에 눕자마자 그야말로 뻗어버린 것이다. 옅게 코까지 골며 잠든 영호선은 누가 업어간다고 해도 모를 지경이었다.

스스스.

한순간 새하얀 빛이 번지는 듯했다.

그리고 점점 형상이 나타나더니 한 사람이 영호선을 가만히 내려다봤다.

화사한 옷차림에 눈이 부실 정도로 아름다운 소녀였다.

십조를 초토화시킨 유은령, 그녀가 영호선의 침실에 모습을 드러낸 것이다. 영호선은 물론이고 오조원 누구도 그녀가 스며든 것을 알아차리지 못했다.

유은령은 깊게 잠든 영호선을 지그시 바라보며 살며시 미소를 지었다.

십조 숙소 한복판에서 칠현금을 타던 영호선의 모습.

그리고 어깨가 닿을 듯 나란히 앉아 다정스레 나누던 대화.

그 모든 것이 생생하기만 했다.

"너, 독상군 좋아하는 것 같더라?"

얼마나 나를 좋아했으면 그 사실을 알아차렸을까? 줄곧 나만 바라봤겠지?

그리고 혼자서 얼마나 마음 아파했을까?

그 말을 꺼내기가 얼마나 힘들었을까?

독상군의 피를 빤 것도 아마 질투가 나서였겠지.

그냥 솔직히 고백해도 좋았을 것을.

그러면 못 이기는 척 품에 안겼을 수도 있는데.

"영호선."

유은령은 거의 들리지 않을 목소리로 속삭이듯 불러보았다.

"난 네가 좋아. 독상군 따윈 쓰레기일 뿐이야. 네가 날 위해 칠현금을 연주한 것도 알고 있어. 눈물을 닦아주던 그 손길도 잊을 수 없고."

그 따스한 손길은 아직도 오른쪽 눈 밑에 자리하고 있었다.

영원히 잊지 못할 그 따스함은 영원히 지속될 것이다.

"하지만 독상군을 다시 살찌우는 일은 못된 짓이었어. 꼭 그런 식으로 네 고집을 보여야 했니?"

얼마나 화가 났는지 모른다.

설사약을 먹이고 안심했는데 그 일로 다시 눈물을 흘리게 될 줄이야.

"난 네가 지키고 있을 줄은 꿈에도 몰랐어. 칼을 들고 쫓아올 때 내 마음이 얼마나 아팠는지 모르지? 사실 그때 달리면서도 눈물이 그치지 않아 앞이 보이지 않을 정도였거든."

당시 상황을 떠올린 유은령의 눈가에 이슬이 맺혔다.

그러나 이내 싱긋 미소를 짓고 화장이 지워질세라 손끝으로 눈꼬리를 콕콕 찍어 눈물을 닦아냈다.

"괜찮아. 그래도 이렇게 우린 함께 있으니까."

잠든 모습조차 왜 이리 사랑스러운지 모른다.

"우리 이제 서로에게 솔직해지자."

그때 영호선이 뒤척였다. 그 바람에 이불이 흘러내렸다.

싱긋 웃으며 유은령이 이불을 덮어주었다.

'잘 자. 내 사랑, 영호선.'

유은령은 머리를 숙여 영호선의 입술을 향했다.

'내 생애 첫 입맞춤이야.'

그때였다.

"설요홍… 설요홍……"

영호선의 입에서 잠결이지만 뚜렷한 음성이 새어 나왔다.

'설요홍?'

유은령이 믿을 수 없다는 듯 뒷걸음질 쳤다.

쿵! 쿵! 쿵!

심장이 미친 듯이 뛰었다. 숨을 크게 들이마셨다가 내뱉어도 전혀 진정이 되지 않았다.

'설요홍이라고?'

영호선은 연이어 설요홍을 불렀다.

"설요홍… 설요홍… 쭈우욱……."

'이럴 순 없어. 왜 내가 아니고 설요홍인 거지?'

온몸의 피가 거꾸로 도는 기분이 이런 것일까? 유은령은 머리가 어지럽고 자신의 심장이 거세게 뛰는 소리에 귀가 멀어버릴 지경이었다.

'말도 안 돼! 아니야! 거짓말이야! 거짓말이라고!'

하지만 거짓말이라고 부정해 보아도 그럴수록 더욱 마음만 아파왔다.

사실 이때 영호선은 꿈에 설요홍의 침대 위에 누워 열심히 피를 빨고 있는 중이었다. 어찌나 달콤한지 꿀맛이 따로 없었다. 이건 죽여 버리는 것보다 더 큰 기쁨이었다. 설요홍이 자고 일어나면 수치심에 목을 매달아 버릴지도 모르는 일이었다.

그러나 그러한 사실을 알 길 없는 유은령은 슬픔만 더욱 깊어질 따름이었다.

　'어떻게 그럴 수 있어?'

　뚝뚝.

　눈물이 흘러 이부자리 가장자리가 촉촉이 젖어들었다.

　그렇게 선 채로 유은령은 소리없이 눈물만 흘렸다.

　슬픔이 온몸을 잠식해 들어갔다.

　그 끝을 알 수 없는 슬픔이 결국은 극에 이르렀을까!

　가슴을 저며오는 슬픔이 서서히 변화하기 시작했다.

　눈물이 멎고 증오가 꿈틀거리며 모습을 드러냈다.

　'왜 나를 배신한 거야?'

　그러나 이내 유은령은 고개를 가로저었다.

　'아니야. 이건 영호선 탓이 아니야. 독상군 그 녀석 때문이야. 그 놈 때문에 영호선의 마음이 설요홍에게로 간 거야. 틀림없어.'

　유은령의 눈에 독한 기운이 어렸다.

　'하지만 독상군은 문제없어. 그전에 설요홍 고년을 없애버려야 해. 요망한 년, 고상한 척, 도도한 척은 혼자 다 하고 뒤에서는 내 남자를 가로채고 있었구나. 내 오늘 네년을 토막내주마. 그리하여 만천하에 영호선이 나 유은령의 것임을 보여주겠다.'

　오른손을 살짝 떨쳤다. 소맷자락에 맴돌던 단도가 손에 잡힌다. 익숙한 느낌이 좋다. 유은령이 옅게 미소를 머금었다.

그러다 문득 유은령의 시선이 영호선 머리맡의 장검에 닿았다.

'그래, 설요홍 네년의 목은 이것으로 따주마.'

유은령이 검을 들어 절반쯤 검을 뽑았다.

날카로운 예기가 한순간 번쩍하고 유은령의 눈에 비췄다 사라졌다.

스스스.

유은령의 모습이 사라지는가 싶더니 어느새 창밖 문틀에 모습을 드러냈다.

쉬이익!

허공을 가르며 정확히 설요홍의 침소를 향해 유은령의 신형이 쏘아졌다.

짙은 살기가 대지와 창공을 가득 메웠다.

"설… 요… 홍……!"

긴 메아리가 잠마원 가득 울려 퍼졌다.

순식간에 유은령의 신형은 일조 숙소에 이르렀다.

바로 그때였다.

파장창!

일조 숙소의 창이 박살났다. 파편이 사방으로 튀며 그 가운데 하나의 인영이 유은령을 향해 짓쳐들었다.

살기에 반응한 설요홍이었다.

날아드는 유은령과 설요홍이 공중에서 맞부딪쳤다.

검과 검이 맞닿은 순간 번쩍하고 빛이 사방으로 퍼져 나갔다.

충격으로 유은령과 설요홍은 각기 육조와 일조의 숙소 지붕 위에 나란히 내려섰다.

달빛이 두 사람을 찬연히 비췄다.

아름다운 두 여인은 달빛과 닮아 있었다.

신비롭기까지 한 모습!

하지만 그와 함께 짙은 살기가 뭉게뭉게 피어올랐다.

이 거대한 충돌은 잠마원을 깨우기에 충분했다.

모든 이들이 얼굴을 내밀고 이 기괴한 광경을 지켜보았다. 거기엔 물론 영호선도 있었다.

지금껏 한밤중에 다른 사람의 잠을 깨운 적은 있어도 소란으로 잠에서 깨어나 보긴 처음인 영호선이었다.

"어떤 새끼가 이렇게 소란스러워?"

한쪽을 보니 설요홍이 도도한 표정과 어울리지 않게 잠옷 차림으로 검을 들고 지붕 위에 서 있었다.

'저년이 미쳤나. 왜 잠옷을 입고 설쳐 대?'

다시 맞은편을 보는데 처음 보는 여자였다. 설요홍이 도도한 아름다움을 사방에 뿌리고 있다면, 맞은편의 여인은 청초한 미모가 달빛을 무색하리만치 반짝거리고 있었다.

'저건 또 뭐야? 어딘가 낯이 익은 것 같은데……'

저 미모라면 눈에 띄지 않았을 리가 없거늘 본 듯하면서도 떠오르는 사람이 없었다. 어쩌면 잠마원 기재를 죽이러 온 정파의 비밀 암살대일지도 모른다는 생각이 들었다. 그 생각이 들자 곧바로 화가 치밀었다.

'정파 놈들, 감히 날 무시해? 왜 날 죽이러 오지 않고 설요홍이야!'

그때 누군가의 음성이 영호선을 어이없게 만들었다.

"저기 서 있는 여잔 누구지?"

"유은령이야."

영호선은 대답한 놈이 십조원인 남욱인 것을 알아보고 곧바로 달려가 멱살을 틀어쥐었다.

"유은령이라니? 이 새끼야, 저렇게 예쁜 애가 유은령일 리가 없잖아!"

십조원들도 어느새 아픈 몸을 이끌고 밖으로 나와 있는 상태였다. 남욱이 더듬거렸다.

"마, 맞아, 유은령."

영호선은 남욱이 눈앞에서 거짓말을 할 정도로 간이 크지 않다는 것을 상기하고 그 말을 믿을 수밖에 없었다.

"뭐야? 도대체 어떻게 된 거야?"

영호선이 짜증을 낼 때, 유은령과 설요홍이 약속이라도 한 듯 거의 동시에 서로를 향해 신형을 날렸다.

푸르고 붉은 검기가 줄기줄기 뻗어나갔다. 얽혔다 흩어지고 다시 휘도는 모습은 눈이 부실 정도로 비쾌하기 이를 데 없었다.

심지어 지켜보는 영호선의 눈이 어지러울 정도였다. 도저히 촌스럽기 짝이 없는 유은령이라고 믿을 수가 없었다. 게다가 왜 유은령이 설요홍과 싸운단 말인가. 한참 독상군과 유은령을 맺어주려 혼신을 다하던 중이라 이 상황에 기뻐해야 할지 분노해야 할지도 헷갈릴 지경이었다.

서열 이백위가 서열 일위와 맞서 한 치의 물러섬이 없이 검격을 나누고 있다. 도대체 그동안 보여준 모습은 무엇이었단 말인가.

주위에서는 연신 '와!' 하는 탄성이 터져 나오는 중이었다.

영호선은 주위의 탄성이 더욱 커져 갈수록 인상만 더욱 험악하게 일그러뜨렸다.

그때 누군가 어깨를 툭 쳤다.

안 그래도 어디 화풀이할 데를 찾고 있던 영호선이다.

"어떤 새……."

확 받아버릴 생각이었는데 상대를 확인하고 영호선은 욕을 멈추었다.

유은령을 부탁했던 여인이 생글거리고 있었다.

그래도 다른 방향에서 화가 치밀어 올랐다.

설요홍과 맞설 정도의 실력을 지녔으면서 서열 이백위로 온갖 세상의 수줍음은 자신의 것인 양 부끄러워하던 것과 저리도 맹렬하게 살기를 분분히 뿌려대는 녀석이 잠마원에 적웅을 못해 힘들어한다며 부탁을 한 것이니 가지고 논 것이라고밖에는 생각할 수가 없었다.

영호선이 버럭 외쳤다.

"도대체 뭡니까?"

여인이 빙긋 웃었다.

"고맙다. 네 덕분이야. 각성하길 기다리고 있었거든."

"각성이라고요?"

영호선은 여인의 옆에 무영마객 현원령이 없었다면 장담컨대 턱을 날려 버렸을 것이다.

그동안 독상군에게 밥을 처먹인 노력이며, 닷새 동안 한숨도 못 자고 불침번을 섰던 것을 생각하니 생각할수록 화가 치밀어 견딜 수가 없었다.

하지만 그보다 더욱 화가 치미는 것은 정작 다른 이유였다.

'서열 이백위가 서열 일위와 막상막하라니……. 제길, 그럼 또 어떤 놈이 각성했다면서 튀어나올지 모르는 거잖아.'

이렇게 되면 사인방을 무너뜨리는 것만으로 해결될 문제가 아니었다. 더욱더 부지런히 움직여 각성이 일어나기 전에 손을 써놔야 하는 것이다. 만약 유은령이 저 정도의 무위를 보일 줄 알았다면 그 앞에서 칠현금을 타는 대신 칠현금으로 후려 패 일단 반 죽여놨을 것이다.

'제길, 신경 써야 할 일이 늘어버렸군.'

한편, 그 광경을 처소의 지붕 위에서 관전 중인 잠마원주는 고개를 끄덕이며 만족스러운 미소를 머금었다.

"저 아이가 살문 문주의 손녀라고 했던가?"

그 옆에 앉은 수라검마 동요비가 말을 받았다.

"맞습니다. 드디어 깨어난 것 같습니다."

"참, 집안 내력도 특이하지. 꼭 저렇게 한번 터뜨려야 하니 말이야."

"호호, 그러게 말입니다."

"그나저나 아주 볼만하구먼. 보기 드문 구경거리야. 유은령도 유은령이지만 설요홍이 잠옷 입고 설치는 것도 의외로 어울리는군."

"얼굴에 줄이 쫙쫙 그어진 놈들이 이를 악물고 싸우는 것만 봐서 그런지 눈이 부시군요."

두 사람의 말마따나 구경하는 입장에서는 가히 환호성이 절로 터질 만큼 아름답고 눈부신 모습이었다. 절색의 미녀들의 난투라니. 잠마원이 호사를 누리고 있는 셈이었다.

그렇게 잠마원의 밤 풍경은 모두의 시선 속에서 붉고 푸른 검광과 함께 달빛을 산산이 쪼개고 있었다.

第二章
청부의 대가

潛魔
잠마검선
劍仙

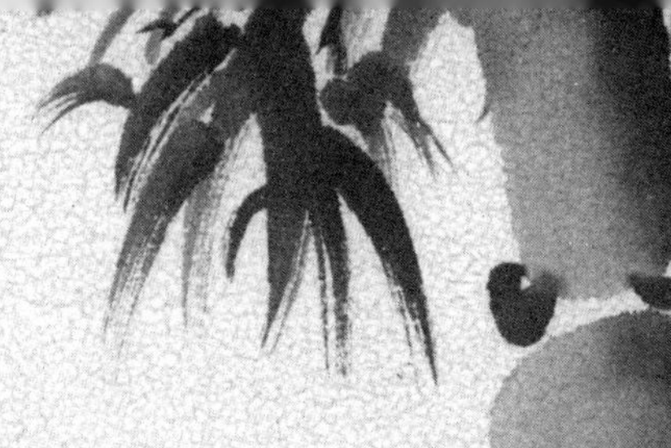

　유은령의 폭주는 잠마원에 일대 파란을 일으켰다.

　서열 이백위 유은령과 서열 일위 설요홍의 한밤의 난투극!

　어느 누구도 설요홍과 유은령이 접전을 벌일 것이란 예상을 한 적이 없었고, 확률적으로 가장 먼저 죽을 자로 첫손에 꼽힌 것이 서열 이백위였다.

　결국은 치명상을 면한 채로 양패구상에 빠져 나란히 의료방에 누워 독안마의의 치료를 기다려야 했지만 모두의 시선이 집중된 이 한밤의 혈투는 가히 최고라고 해도 과언이 아닐 정도로 눈이 부셨다.

　모두가 감탄을 늘어놓고 있었지만 영호선은 고민만 늘어

났다.

설요홍과 유은령은 뱃속에 있을 때부터 검을 휘두르고 신법을 익힌 것이 틀림없을 만큼 대단했다.

혈마환의 공능으로 내력이 늘고, 기재들의 보혈을 빨아들인 것을 소홀히 하지 않았음에도 달빛 아래 혈투를 보건대 아직 갈 길이 멀기만 했다.

"굳이 먼 길을 돌아갈 필요는 없겠지."

설요홍과 유은령이 뻗어버린 지금이 두 광녀를 제거할 절호의 기회였다.

어느덧 달빛 칼부림도 사흘이 지났을 때, 영호선은 이른 아침 날듯이 의료방으로 달려갔다.

두 요녀의 상태가 어떤지 몰라 일단은 몸을 숨기고 안쪽을 은밀히 살펴봤다. 설요홍과 유은령이 두 개의 침상에 나란히 누워 있는 것이 아직까지 의식을 찾지 못한 모양이었다.

"숨어서 뭐 하나, 쥐새끼마냥?"

독안마의였다.

영호선이 배시시 웃으며 나왔다.

"두 년은 건드리면 안 돼."

용건을 꺼내지도 않았는데 독안마의가 혼잣말처럼 중얼거렸다.

영호선은 정곡을 찔리자 입맛을 쩝쩝 다셨다.

하지만 그렇다고 순순히 고개를 끄덕일 영호선이 아니었다.

“영감, 그러지 말고 쥐도 새도 모르게 죽여 버리자.”

“안 돼. 원주님의 특별한 당부가 있었다.”

“하아, 천하의 독안마의가 고작 원주 따위에게 굴복할 줄은 몰랐네. 흥!”

“굴복이라고?”

독안마의가 영호선을 향해 거의 얼굴이 닿을 정도로 들이밀었다.

“이 영감이 미쳤나? 어디서 입을 맞추려고 지랄이야.”

“이것은 굴복이 아니라 마음의 일치라는 거다. 봐라, 저 자태를, 저 고운 미색을 보고도 네놈 머리에서 죽여 없애야겠다는 생각이 떠오른단 말이냐?”

“큭, 이런 변태 영감들 같으니.”

영호선이 독안마의를 슬쩍 밀치고는 나란히 누워 있는 두 광녀의 침상을 번갈아 쳐다봤다.

‘제기랄.’

볼수록 기분이 더럽다.

무슨 일이 있어도 인정하고 싶지 않았지만.

‘진짜 더럽게 예쁘네.’

설요홍이야 대놓고 예쁜 척을 하고 다녔으니 그러려니 하지만 늘 앞머리를 내리고 고개를 숙이고 있던 촌녀 유은령의 미모는 결코 설요홍의 아래가 아니었다. 예쁘면 그냥 곱게 내숭이나 떨다 말 것이지 사흘 전의 그 살벌한 광경은 도대체 무엇이란 말인가.

'하여간 가진 것들이 더하지. 그나저나 어떻게 이 두 년의 목을 따버린다? 이 자리에서 죽이면 변태로 변해 버린 영감탱이가 나를 완전히 분해해 버릴 테고, 다 나은 다음엔 쉽지 않을 텐데……'

그때였다.

"이거 네 것 아니냐?"

독안마의가 장검 하나를 던졌다.

검을 받아 든 영호선이 눈을 깜박였다.

"이게 왜 여기에 있는 거야?"

그렇지 않아도 장검이 보이지 않아 오조원들을 잡초 밟듯 밟고 찾아내라고 닦달을 했다. 결국 찾지 못해 오늘 밤까지 찾지 못하면 다 죽여 버리겠다고 선언하고 온 터였다.

독안마의가 어깨를 으쓱하고는 유은령을 가리켰다.

영호선이 눈을 연신 깜박였다.

"유은령?"

"간밤에 유은령이 칼부림할 때 쓰던 검이다."

그러면서 독안마의가 실실 웃기 시작했다.

"좋게 말해봐라. 유은령이 어떻게 네놈의 장검을 들고 있는 거냐? 이 자식, 수상해."

지금 독안마의가 그리 생각하는 것도 무리는 아니었다.

사실 독안마의는 유은령과 함께 부속품으로 딸려온 장검

이 영호선의 것임을 한눈에 알아볼 수 있었다. 어디 이제껏 함께 붙어 있던 시간이 좀 많았는가.

그러자 가장 먼저 떠오른 생각이 영호선이 유은령을 꼬드겨 설요홍을 없애려 했구나 하는 것이었다. 그렇지 않고서야 순진무구한 유은령이 저리 미쳐 날뛸 일이 없을 테니까.

원래 사랑에 빠지면 그게 남자든 여자든 눈에 뵈는 게 없어지는 것은 천고 이래 진리가 아니던가.

영호선은 안색을 굳혔다.

'분명히 잠들기 전에 장검을 확인했었지.'

그것은 영호선의 오래된 습관이었다. 언제나 잠들기 전 검을 매만진다. 검의 위치는 늘 같은 방향과 각도를 유지한다. 어떤 경우에라도 일어서는 한 동작에 장검이 손에 잡히도록 말이다. 한밤의 혈투 후 돌아와 보니 검이 보이지 않았었다.

생각이 거기에 이르자 영호선은 등줄기가 서늘해졌다.

온몸에 소름이 돋았다.

'유은령이 왔었구나.'

문제는 그것을 자신이 전혀 눈치채지 못하고 있었다는 점이다.

빠르게 머리가 그동안 있었던 일들을 교차해 가며 이어갔다.

독상군에게 설사약을 먹인 자와 식당을 염탐하던 빠른 그림자, 그리고 침입자를 쫓을 때 얼굴에 묻었던 물방울.

그러한 일련의 상황들이 정리되면서 영호선은 유은령에 대해 한 가지 결론을 내릴 수 있었다.

'미쳤구나.'

독안마의가 불쑥 물었다.

"사귀냐?"

"에엑?"

"그럼 네놈의 장검이 왜 유은령의 손에 들려 있었던 거냐? 좋게 말해봐라. 유은령한테 설요홍 목 따라고 한 거지? 크크크."

"어허, 왜 그러서! 촌년이 저렇게 변신할 줄은 나도 몰랐어."

독안마의가 고개를 갸우뚱거렸다.

피 한 방울까지 마성을 품은 영호선의 성격상 유은령을 시켜 설요홍을 죽이려고 했다면 자랑을 하지 발뺌을 할 리가 없었기 때문이다.

그때 영호선이 말했다.

"영감, 내 생각엔 말이지."

영호선은 방금 전 머릿속으로 추론한 내용을 독안마의에게 설명했다.

독안마의는 고개를 끄덕이면서도 미심쩍은 표정은 여전했다.

"그래도 의문이 남긴 하지. 무작정 미쳤다고는 할 수 없거든. 대책없이 미쳤다면 설사약 따위를 탈 이유가 없을 테니까. 게다가 너는 유은령이 장검을 가지고 가는 것도 몰랐는데 그 곁에서 유은령은 전혀 해코지를 않았다는 말씀이야."

영호선은 뭔가 반론을 펴긴 해야겠는데 마땅한 말이 떠오르지 않아 쩝 하고 입만 다셨다.

독안마의의 말이 이어졌다.

"게다가 유은령이 왜 네놈의 검을 들고 설요홍을 썰어버리려고 했을까?"

"정말 왜 그랬지? 후와, 미치겠네."

"내 생각엔 말이다. 네놈이 설요홍을 못 잡아먹어서 안달을 하니 유은령이 큰맘 먹고 대신 없애주려고 한 것이 아닐까 싶다. 말하자면 짝사랑이랄까?"

독안마의가 내린 결론이었다.

불쑥 입 밖으로 내뱉고 보니 더욱 확신이 들었다.

"맞네, 짝사랑. 좋겠다, 이 썩을 놈아."

"헛소리 좀 작작해. 그럴 리가 없잖아."

"그동안 있었던 일을 잘 생각해 봐라. 클클, 이 몸은 잠시 다녀오마. 내가 없는 사이 둘 중 하나라도 죽어 있으면 그땐 너도 죽는 거다. 명심해! 우리끼리 흔히 하는 말 알지? 시험해 봐도 좋다는 말. 클클클."

"흥!"

혼자 남게 된 영호선은 생각하면 할수록 화가 치밀었다. 아무리 수면 부족에 시달려 한 방에 곯아떨어졌다고 해도 바로 곁에 머문 유은령을 눈치채지 못했단 말인가. 게다가 장검까지 탈취당했다. 스스로를 용서할 수 없었다. 이대론 안 된다. 도도한 년에 이젠 미친년까지 가세했다. 더욱 강해져야 한다.

무심히 설요홍을 바라보고 있으려니 새하얀 목덜미가 시야에 확 들어왔다.

영호선의 입가에 사악한 미소가 떠올랐다.

'뭐야? 죽이지만 않으면 되는 거였잖아.'

"흐흐흐, 설요홍!"

피를 좀 빤다고 해도 독안마의가 누군가. 그 정도는 신경도 안 쓸 것이 분명했다.

그동안 온갖 고생을 다한 것에 대한 일차 보상 차원에서 영호선은 음흉한 미소를 띠고 설요홍에게 다가갔다.

"내가 널 얼마나 오랫동안 생각해 왔는지 넌 모를 것이다."

그때였다.

유은령이 눈을 살며시 떴다.

그렇지만 영호선은 설요홍의 목덜미에 푹 빠져 있어서 그 옆 침상에 누운 유은령이 깨어난 것을 전혀 눈치채지 못했다.

유은령은 여전히 의식을 잃은 척하며 실눈으로 영호선을 지켜봤다.

영호선이 말했다.

"설요홍! 비록 내가 꿈꿔온 완벽한 만남은 아니지만 이 기회를 놓칠 순 없지. 흐흐흐."

유은령은 순간 가슴이 찢어지는 것 같았다.

같이 나란히 누워 있는데 왜 자신은 쳐다보지도 않고 설요홍만 바라보는 건지.

'흑흑흑… 꿈결에 설요홍을 불렀던 것은 진심이었구나.'

이런 모습을 보고 싶지 않아 설요홍을 없애 버리려 했다.

그리고 당연히 죽일 수 있을 것이라고 생각했건만 의외로 설요홍은 강했다. 지금에 와서 생각해 보니 차라리 암습을 가할 걸 하는 후회가 들었다.

유은령은 영호선을 붙들고 눈물로 만류하고 싶었지만 설요홍에게 흠뻑 빠진 영호선이 살계를 펼치면 그땐 돌이킬 수 없게 될 것 같아 아픈 가슴만 달랬다.

영호선이 설요홍의 얼굴에 입술을 들이밀었다.

'왜? 왜 내가 아니고 설요홍인 거야? 왜 그러는 건데, 영호선? 너는 날 좋아했잖아.'

유은령은 차마 더 볼 용기가 나지 않아 질끈 눈을 감아버렸다.

'미워… 미워… 미워…….'

곧이어 듣고 싶지 않은, 심장이 산산조각 나는 소리가 귀를 파고들었다.

쭈욱! 쭈우욱!

어찌나 세게 입술을 부비면 저런 소리가 나는 것일까!

'저 입술은 내 입술이어야 하잖아.'

유은령은 심장이 녹아내리는 것 같았다.

그런데 그때였다.

"꺼억!"

'꺼어억?

"캬아, 맛이 아주 죽이는구만. 바로 이 맛이야. 꿈속에서 빨아 마셨던 맛과 어쩜 이리도 똑같은 거냐."

유은령이 실눈을 떴다.

영호선이 만족스러운 듯 입술의 피를 닦아내고 있었다.

'피? 연지가 아니잖아.'

아무리 특별한 연지라도 저렇게 피처럼 입가에 범벅이 될 순 없었다.

그 순간 유은령은 진실을 깨달았다.

'아, 그런 것이었구나.'

마음을 무겁게 짓누르던 질투심도 눈 녹듯이 녹아내렸다.

"설요홍… 설요홍… 쭈우욱……."

영호선의 잠꼬대 중에 '쭈우욱' 만 제대로 이해를 했어도 일이 이렇게까지 커지지 않았을 것이리라.

‘그럼 그렇지. 영호선이 날 두고 설요홍 같은 하찮은 계집을 좋아할 리가 없잖아? 호호… 나도 참.’

“맛있게 마셨습니다.”

감사의 인사만은 언제나 잊지 않는 영호선이 꾸벅 허리를 숙였다.

유은령이 내심 흐뭇하게 웃었다.

‘영호선은 참 인사성도 밝아. 호호호.’

그때 영호선이 몸을 돌리자, 유은령은 혹시 깨어난 것을 들킬까 봐 얼른 눈을 감았다.

‘아, 내 피도 좀 빨아주었으면……. 내 피는 어떤 맛일까? 맛있어야 할 텐데. 이럴 줄 알았으면 영약을 더욱 많이 먹어둘 걸 그랬나 봐.’

한편 영호선은 설요홍의 피 맛을 본 뒤 유은령을 돌아보며 고민에 빠졌다. 설요홍의 피 맛은 독상군에 비해 처졌지만 그래도 다른 이들에 비하자면 꽤나 깊고 고급스러운 맛이 우러났다. 그래서 설요홍과 막상막하의 승부를 펼친 유은령의 피는 어떨까 하고 바라보는 중이었다.

“유은령의 실력이 이 정도라면 영약도 꽤 먹었을 것 같은데 말이지.”

그러나 선뜻 몸이 움직이지 않았다.

‘마셔, 말아?’

영호선은 아무리 생각해 봐도 유은령이 완전히 돌아버린

것 같았기에 미친 피를 마시는 것이 과연 도움이 될 것인지 해로울 것인지에 대해 고민했다.

물론 미친 것으로 따지자면 영호선이 누구를 미쳤다고 논하기 어려울 정도였지만 원래 인간이란 제 눈의 들보는 보지 못하는 만큼 망설임은 한참이나 계속되었다.

이렇게 망설임이 계속되자 유은령은 기다림에 지쳐 답답하기 짝이 없었다.

마음의 준비는 끝났는데, 양껏 피를 뿜어주고 싶은데, 나도 영약은 먹을 만큼 먹었는데 영호선이 왜 이리도 망설이는지 이해할 수가 없었다. 당장 눈을 뜨고 '제발 내 피도 좀 빨아 줘!' 라고 소리치고 싶을 정도였다.

그러다 유은령은 한 가지 생각을 떠올렸다.

'혹시 나를 보고 있으려니 너무 예뻐서 입 맞추려고 하는 걸까? 맞아, 틀림없어. 아앙, 부끄러워!'

그때 영호선은 굳건히 고개를 한차례 끄덕이고 마음의 결정을 끝낸 터였다.

'그래, 일단 마시고 보자.'

맛이 이상하면 그때는 바로 멈추면 되는 것이다.

영호선은 다짐을 하고 유은령의 목덜미를 향해 머리를 숙였다.

그런데 문득 영호선의 시야로 유은령의 얼굴이 붉게 번지며 홍조가 떠오르는 것이 보였다.

영호선은 화들짝 놀라 물러섰다.

'제길, 깨어나려는 모양이네. 어쩔 수 없지. 다음에 기회가 있겠지.'

영호선은 서둘러 의료방을 나와 독안마의의 수하에게 돌아간다는 말을 건네고 총총히 걸음을 옮겼다.

그렇게 영호선의 기척이 완전히 사라지자, 유은령이 예쁜 눈을 연신 깜박였다.

'호호호, 영호선. 너, 부끄러웠구나? 그래, 여긴 설요홍도 있고 하니 단둘만의 장소에서 달콤한 시간을 보내자.'

이제 겨우 해가 솟아나는 시간이었기 때문에 영호선은 머뭇거리지 않고 무영마객 현원령의 처소로 걸음을 옮겼다.

맥이 빠진다고 해야 할지, 화들짝 놀랐다고 해야 할지, 어떻게 보면 둘 다인 것도 같았지만 마음이야 어떻든 여자의 청부는 이루어진 것이다.

그렇다면 이제 청부의 대가를 받아야 했다.

똑똑.

반응이 없다.

똑똑.

연신 문을 두드려 대도 감감무소식이었다.

'되는 일이 없군.'

그렇게 영호선이 막 몸을 돌리려 할 때였다.

"누구세요?"

"……?"

여인의 음성이었다.

'음, 근데 음색이 조금 다른데? 그새 교두가 새 여자를 들였나?'

하지만 보통 아침과 저녁 시간에는 미묘하게나마 사람의 음색이 달라지기도 하니 대수롭지 않게 머릿속에서 지워 버렸다.

"영호선입니다."

그러자 문이 열렸다.

"헉!"

영호선이 너무나 놀란 나머지 뒤로 주춤 물러났다.

나타난 여인은 대형 수건으로 몸을 휘감고 있었는데 가슴의 굴곡이 확연히 드러나 있었다. 하지만 진짜 놀란 이유는 따로 있었다.

"너, 너… 네가 어떻게?"

여인이 히죽 웃었다.

더럽게 아름답다. 하지만 영호선은 그저 감탄만 할 수가 없었다. 아름다움을 뛰어넘는 경악이 온몸을 지배하고 놓아주질 않았다.

"유… 은령…… 너, 어떻게 된 거냐?"

그렇다. 지금 눈앞에 유은령이 서 있었다. 아까 홍조가 떠오르는 것을 보고 의료방을 빠져나온 후 영호선은 곧바로 이곳에 온 것인데 이 무슨 귀신 곡할 노릇이란 말인가.

그 여자는 자신을 밝히길 분명히 유은령의 이모라고 하지 않았던가.

"너… 설마 현원령과 사귀고 있었나?"

유은령이 어깨를 으쓱했다.

"무슨 문제 있어?"

"아, 물론 상관없지. 아무렴."

집안이 뒤집어지든 말든 알 바 아니다.

그때 안쪽에서 현원령의 목소리가 울려 퍼졌다.

"은령, 손님을 계속 밖에 세워둘 참이냐?"

"아, 실례. 용무가 있어 찾아온 거라면 잠깐 들어와."

"그, 그래."

빈 의자에 앉긴 했는데 눈앞에 펼쳐지고 있는 광경이 가관이었다.

입을 맞추고, 호호거리고, 비음이 마구 들려온다.

과감한 애정행각에 영호선은 확 그냥 썰어버리고 싶을 지경이었다.

'제길, 이럴 거면 손님을 밖에 계속 세워두지 그랬나!'

"뭡니까? 계속 비벼대실 거면 다음에 찾아오죠."

유은령은 지금 현원령의 무릎 위에 안겨 보기 민망한 모습을 드러내고 있었다. 당장 대형 수건이 벗겨진다고 해도 이상

할 것이 없는 상황이었다.

"하하, 녀석이 질투가 난 모양이군. 은령아, 가서 옷을 갈아입고 와라."

"아이, 싫은데."

'확, 저걸 그냥.'

영호선이 입술을 다문 채로 이를 악물었다. 이 꼴을 보려고 여기 온 것이 아닌데 뭐가 잘못되어도 한참 잘못되었다.

'에라이!'

영호선이 벌떡 자리에서 일어나 순식간에 현원령의 맥문을 움켜잡았다. 워낙에 급작스러운 상황이라 현원령조차 전혀 대비하지 못하였는지 당황한 기색이 역력했다. 영호선은 사악한 미소와 함께 '날 조롱했겠다' 라고 귀에 소곤대고는 그대로 주먹을 날리기 시작했다. 잠시 후 현원령은 거의 피투성이가 되어 얼굴을 알아보기 힘들 정도가 되었다.

그때였다.

"뭐 좀 마실 테냐?"

피투성이가 된 현원령이 갑자기 차분하게 말을 던졌다.

영호선이 의자에 앉은 채로 화들짝 놀라 일어났다.

"에에?"

두 사람은 탁자를 사이에 두고 여전히 마주 보고 있을 뿐이었다.

그저 상상 속에서 일어난 일일 뿐!

"풋, 이 녀석아, 미친놈이면 미친놈답게 굴어."

영호선이 털썩 주저앉았다.

'제길, 한참 신났는데… 쩝.'

유은령이 나올 때가 됐다 싶어 방문을 쳐다볼 때였다.

"헉! 이… 무슨……."

분명히 유은령이 들어간 것을 보았건만 바로 그 방에서 나온 것은 유은령의 이모라는 여인이었다.

"유은령은 어디로……."

하지만 그 말을 끝으로 영호선은 답을 알아버렸다.

그렇다. 역용이었던 것이다. 그것도 완벽한.

영호선의 머리가 핑글핑글 돌았다. 이렇게 완벽한 역용이라니. 이것만 익힌다면 온갖 짓을 다 할 수 있을 것 같았다.

영호선은 몸을 날려 여인의 다리를 붙들었다.

"사부님, 이 제자의 절을 받으십시오."

원래는 청부의 대가로 현원령으로부터 은잠에 대한 특수훈련을 받을 예정이었던 영호선은 그딴 건 개에게 줘버리라는 식으로 팽개치고 여인에게 매달렸다.

"호호호, 그래도 눈치 하난 빠르구나."

"이 몸 부서지는 한이 있어도 사부님의 가르침을 최선을 다해 연마하겠습니다."

뒤쪽에서 현원령이 피식거렸다.

역용에 대한 의견을 말한 것은 현원령이었다.

이번에 유은령이 각성한 데 지대한 공헌(?)을 한 영호선에게 줄 선물로는 정규 과정에 들어 있는 은잠보다는 조금 더 특별한 것이 낫지 않겠냐는 말에 여인이 수긍을 했고, 여인 고유의 능력인 역용술을 영호선에게 먼저 선을 보인 것이었다.

아나나 다를까, 영호선은 덥석 물고 놓아주지 않으니 웃음이 나올 수밖에.

"호호호, 옷 찢어지겠구나. 저리 썩 물러서라."

영호선이 번개같이 쪼르르 물러났다.

지금은 간이나 쓸개라 할지라도 빼서 줘야 할 때였다.

"단시일에 효과를 얻지는 못해. 그래도 하겠다면 가르쳐주지."

"물론이죠. 단번에 되는 것은 없는 법이니까."

"호호, 그럼 해보자꾸나."

여인의 확답에 영호선은 꾸벅 머리를 조아렸다.

그리고 속으로 생각했다.

'흐흐, 여자여, 지금 많이 웃어라. 언젠가는 내가 현원령으로 둔갑해 줄 테니. 흐흐흐.'

第三章
광녀 본색

潛魔劍仙
잠마검선

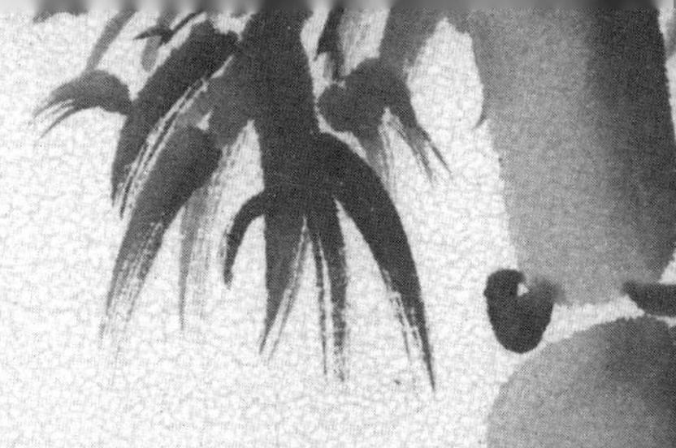

　설요홍이 정신을 차린 것은 저녁 무렵이 되어서였다.

　치명상을 입은 것이 아니라 지나치게 내력을 소모한 영향이 컸던 만큼 설요홍 또한 유은령과 별 차이가 없이 의식을 찾아야 했지만 영호선이 피를 빨아버린 통에 시간이 지체된 것이었다.

　유은령이 눈을 가늘게 뜨고 설요홍을 째려봤다.

　비록 영호선이 설요홍을 좋아하는 것이 아니라는 것이 밝혀졌지만 영호선의 적은 바로 자신의 적이기도 했다.

　설요홍은 정신이 들자마자 시선을 느끼고 고개를 돌리다 유은령과 눈이 마주쳤다.

사실 설요홍은 유은령을 본 기억조차 없었다. 관심도 없었고, 사실 이번 일만 아니라면 잠마원 기간 내내 눈조차 마주칠 일이 없을 터였다.

그렇기에 더욱더 아닌 밤중에 홍두깨였다. 도대체 무슨 이유로 습격한 것인지 이해할 수가 없었다.

당시 유은령이 자신의 이름을 부르며 살기가 줄기줄기 쏟아낸 것을 보면 원한이 있는 것은 확실한데 기억 속에는 아무것도 없었다. 그렇다고 묻고 싶지도 않았다.

'어차피 회복되는 대로 영호선과 함께 저승으로 보내줄 테니.'

"기분이 어때?"

불쑥 유은령이 물었다.

설요홍은 '흥' 하고 유은령을 외면했다. 괜히 이번 일을 빌미로 친숙해지는 건 사양이었다.

"괜찮아?"

'꽤 끈질기군.'

"조용히 해라. 시끄럽다."

"부럽다."

'부러워?'

설요홍은 신경질적으로 노려봤다.

유은령은 아무런 신경도 쓰이지 않는다는 듯 꿈꾸는 표정을 지었다.

"나도 곧 너처럼 될 수 있겠지? 어떤 기분일까?"

"훗, 넌 죽어도 힘들걸."

설요홍이 비릿하게 웃었다. 어이없다는 느낌까지 충분히 실어서. 설요홍은 이때 유은령의 말을 '너처럼 강해질 수 있을까?'로 해석한 것이었다. 하지만 정작 유은령의 뜻은 '너처럼 나도 영호선에게 피를 빨릴 수 있을까?'였다.

그런 심오한 광기를 설요홍이 이해할 수는 없는 일.

유은령이 눈을 동그랗게 떴다.

"정말?"

"장담하지."

"아니야. 그럴 리 없어. 그럴 리 없다고."

"훗."

"혹시 너, 느꼈니? 물론 정신을 잃은 상태이긴 했어도 느낌이란 건 아련하게 남는 법이잖아."

설요홍은 깊게 숨을 몰아쉬었다. 뭔가 대화가 자꾸 어긋나고 있었다.

'정신을 잃을 때? 그때 무슨 일이 있었다는 거지?'

"도대체 무슨 말을 하고 싶은 거냐?"

"사랑은 주는 거라잖아. 자신의 가장 소중한 것을 말이지. 물론 넌 강탈당한 것이지만."

설요홍의 안색이 급변했다.

강탈과 겁탈은 이웃사촌이다. 정신을 잃었을 때 어떤 느낌에 대한 것과 연결시켜 보니 갑자기 머리가 하얘졌다. 의식을 잃은 상태에서도 뭔가 꽉 짓누르는 느낌과 함께 소중한 것을 빼앗긴 것 같았기 때문이다.

"그, 그게 무슨 말이냐?"

저절로 목소리가 떨렸다. 마도에 몸을 담고는 있지만 그렇다고 여자로서의 정절을 우습게 여기진 않는다. 또 당장은 아니어도 언젠가는 인연을 만나게 될 것이고.

유은령이 천장을 올려다보며 꿈꾸듯 말했다.

"나도 날 전부 주고 싶어. 내가 전부 녹아버린다고 할지라도 난 내 몸을 아끼지 않을 거야."

설요홍은 안색이 창백해졌다.

"그러니까 지금 무슨 소릴 하는 거냐고!"

거의 악을 쓰듯 하는 말에 그제야 유은령이 설요홍과 눈을 마주쳤다.

"전혀 느끼지 못한 모양이구나? 그렇게 요란한 소리가 났었는데 희한하네. 사실대로 말해봐. 넌 이미 그이와 몸이 섞여 버렸잖아. 그걸 어떻게 모를 수가 있니?"

"모, 몸이 섞여?"

설요홍은 거품을 물기 직전이었다.

"그래. 나라도 말렸어야 하는데 그러질 못했어. 사실 옆에서 보면서 같은 여자로서 내 기분도 그리 좋지만은 않았거든. 미안."

설요홍의 눈이 끝내 뒤집혔다. 이 정도 들었으면 무슨 일이 있었는지 더 듣지 않아도 된다. 이렇게 어이없게 정절을 잃어버릴 줄은 꿈에도 생각지 못했다.

"으아아악!"

처절한 절규가 터져 나오자 독안마의를 비롯한 몇 사람이 황급히 뛰어들어 왔다.

설요홍의 눈이 돌아가고 입에서는 거품이 뿜어져 나오고 있었다. 혹시 유은령이 손을 쓴 것인가 의심스러웠지만 살펴보니 스스로 발작을 일으키고 있는 것이었다.

독안마의는 황급히 응급 대응을 하고 발작을 진정시키고서야 이마에 흐르는 땀을 훔쳐 낼 수 있었다.

"이럴 리가 없는데… 괴이한 일이로군."

유은령이 그때 나직이 중얼거렸다.

"흥, 좋아서 아주 눈이 뒤집어지는군. 조금만 기다려라. 나도 곧 느낄 수 있을 테니까."

유은령은 눈을 또랑또랑 굴리면서 희번덕거렸다.

그 말을 고스란히 들은 독안마의의 이마에 새롭게 식은땀이 흘러내렸다.

'조, 좋아서 눈이 뒤집어져? 대체 요년의 정체는 뭐야?'

모두의 예상을 뒤집고 먼저 병상을 박차고 나온 것은 유은령이었다.

그것은 명백히 서열 이백위가 서열 일위를 넘어섰다는 반증이기도 한 것이어서 잠마원의 수련생들은 적지 않은 충격을 받았다. 그 충격의 적어도 다섯 배 정도 된 곳이 있었는데 다른 어느 곳도 아닌 십조였다.

십조원들은 여기저기 부상을 당한 상태에서 '여왕의 귀환'을 준비했다.

말 한마디 삐끗 잘못하면 목이 떨어질 수도 있었다.

"어서 오십시오."

막 유은령이 십조 숙소 문 앞에 이르자, 안에 도열한 열아홉 명이 일제히 머리를 조아렸다.

여전히 머리를 숙인 채인 조원들을 뒤로하고 조장 서문익이 성큼 다가가 꽃다발을 안겼다.

"수고하셨습니다."

유은령의 얼굴이 환해졌다.

"와아, 예쁜 꽃이네. 고마워."

"별말씀을 다 하십니다. 저희의 작은 성의일 뿐입니다. 앞으로 불편한 일이 있으시면 언제든지 저 서문익을 불러주십시오. 이 몸이 부서지도록 최선을 다하겠습니다."

"응, 사양하지 않을게."

힘차게 고개를 끄덕이자 서문익이 휘청했다.

'그래도 사양할 줄 알았다만……'

어째 앞으로 십조 생활이 만만치 않을 것 같았다.

"돌아오니 너무나 좋다. 모두들 얼굴이 좋아 보여서 다행이야."

휘이잉!

십조 숙소 안에 바람이 불지도 않았건만 십조원들은 바람에 휩쓸린 듯 싸해졌다.

지금 그들의 몰골이 어딜 어떤 방식으로 보아 좋아 보인단 말인가. 허벅지에 칼이 박혔던 조장 서문익은 물론이고, 벽으로 날아가 처박히고, 이마가 깨진 부조장 강우룡, 그리고 다른 이들도 사실 서 있는 것도 간신히 버티고 있을 따름이었다. 실제로 어느 누구 하나 할 것 없이 초췌하기 짝이 없었다.

'달라도 너무나 다르다.'

모두의 공통된 생각이었다.

공인된 미친놈인 영호선이야 원래 처음부터 주구장창 미친 길을 걸었기에 그러한 일관성있는 면에 차라리 칭찬을 해주고 싶을 지경이다.

그러나 유은령은 원래 이런 인간이 아니었지 않은가. 남녀차별을 할 생각은 없지만 그래도 여자가 이래선 안 되는 것이다.

언제나 수줍은 미소로 고개를 끄덕이는 것이 전부에, 실수를 연발하며 미안하다는 말을 입에 달고 살던 유은령이다.

그때의 그녀는 감싸주고 싶은, 지켜주고 싶은 여인이었다.

하지만 지금 저 자태를 보라. 허리를 구십도로 숙이며 인사를 건네도 담담히 받아들이고 있는 광오함을.

"모두 편히 쉬도록 해. 부담되잖아."

그때까지 부동자세를 유지하던 십조원들이 내심 한숨을 뿜어내며 각기 자리를 잡았다.

말투가 부드럽긴 하지만 그래도 어딘가 위압적인 기운이 느껴지는 것은 그저 착각인 걸까!

그래도 꼭 나쁜 것만은 아니리.

사인방 우두머리 설요홍과의 한밤의 검투에서 우위를 차지했다는 것은 다른 상위 조들의 멸시와 핍박을 더 이상 받지 않아도 된다는 뜻이었다.

특히 오조의 영호선 또한 사인방을 못 잡아먹어서 안달하던 터라 사인방과 맞선 십조를 무시하진 못할 것이다. 미쳐 날뛰어 십조를 건드린다면 그땐 유은령이 있지 않은가.

생각이 거기에 미치자 그나마 위안이 되었다.

유은령이 머리카락을 쓸어 넘기며 중얼거렸다.

"아, 목이 마르네."

부조장 강우룡이 번개같이 움직여 물을 건넸다.

"마음껏 드십시오."

유은령이 빙긋 웃었다.

"고마워. 근데 너, 목각 인형 어떻게 할 거니?"

목각 인형을 분질러 버렸던 강우룡이다. 식은땀이 거침없이 배어 나왔다.

"제, 제가 붙여놓겠습니다."

"호호호, 그래. 티 안 나게 잘해야 해?"

"넵!"

유은령이 고개를 끄덕이고 모두를 둘러보며 입을 열었다.

"아, 한 가지 모두에게 해줄 말이 있어."

"하명하십시오."

십조원들이 일제히 대답했다.

"오조 영호선 알지?"

잠마원에서 영호선을 모르는 사람이 어디에 있단 말인가. 잠시 조원들은 서로의 얼굴을 돌아봤다.

"그때 칠현금 들고 찾아오기도 했잖아."

조원들이 머뭇거렸다.

"가끔 피도 빨잖아."

당연한 걸 계속 설명하자 십조원들은 정숙을 유지하며 다음 말을 기다렸다.

유은령이 몸을 일으켰다.

"이 새끼들아, 왜 대답이 없어?"

살벌한 일성에 십조원들이 곧바로 우렁차게 답했다.

"알고 있습니다!"

서러움이 가슴을 뚫고 나올 것 같았다. 그나마 위로가 되는

것은 영호선을 이 기회에 처리할 것 같다는 기대였다. 그것마
저 없었다면 정녕 사나이의 눈에서 눈물이 흐르고 말았으리
라.

그러나 기대는 산산이 부서졌다.

"잘 대해줘. 알았지?"

다시 조곤조곤해진 목소리에 십조원들이 귀를 의심했다.
몇몇의 눈이 의문을 가득 품고 있는 것을 본 유은령이 부끄러
운 듯 미소를 머금었다.

"가끔 피도 빨려주고. 그건 아무래도 돌아가면서 해야 하
는 거니까."

'뭐, 뭐냐?'

십조원들은 뭔가 이상한 세계에 한 걸음 내디뎌 버린 기분
을 떨칠 수가 없었다. 발을 빼기엔 너무도 위험한, 어쩔 수 없
이 함께해야만 하는 이상한 세계로.

＊　　　＊　　　＊

설요홍의 상태는 호전될 기미가 보이지 않았다.

제아무리 독안마의라 할지라도 식사도 거부하고, 사인방
의 병문안도 거부하는 데는 어쩔 도리가 없었다.

심지어 잠마원주까지 찾아와 설요홍과 대화를 시도했지만
그저 싸늘하게 '혼자 있고 싶다'는 말만 들었을 따름이다.

설요홍은 겹탈한 인간도 인간이지만 겹탈을 당했다는 사실에 비참함을 금할 길이 없었다.

어떤 놈인지 잡아 죽인다고 과거의 더러운 흔적이 지워지는 것은 아니다. 그리고 추잡한 소문이 일파만파 퍼질 것이다. 아직은 유은령이 입을 열지 않은 듯 보이지만 소문이 나는 것은 시간문제이지 않겠는가.

설요홍은 그저 죽고 싶을 따름이었다.

혹여 일이 잘못되어 덜컥 임신이라도 하게 되는 날엔 죽음 이상의 지옥의 날이 될 터였다.

한편 그런 설요홍을 지켜봐야 하는 독안마의로서는 여간 곤욕이 아니었다. 이제 기혈이 뒤집히는 일은 없었지만 이렇게 식음을 전폐하면 건강을 해칠 것은 불을 보듯 뻔한 일이다.

'휴, 도대체 이유를 알 수 없군.'

혼자 있을 때면 얼마나 펑펑 우는지 바깥에 있다가 그 소리를 듣고 머뭇거린 적이 한두 번이 아니었다.

'말을 해야 어떻게 수를 내보든지 할 거 아니냐.'

몸에 어떤 이상 반응이 있다든지 하는 것은 아니었다.

고작 마음에 걸리는 것이라곤 목덜미에 선명히 난 이빨자국뿐이었다.

처음 그것을 봤을 때, 독안마의는 영호선의 짓임을 알아차렸지만 미친놈이 그 정도에서 그친 것을 대견하다고 생각했다. 그런 점에서 설요홍이 피가 빨렸다는 이유로 하늘이 무너지기라도 한 듯 눈물을 흘릴 리 없는 것이다.

요사이 영호선도 신기한 것을 배우고 있다면서 찾아오는 빈도가 급격히 줄었고, 와도 몇 마디 하고 수련하러 간다면서 곧바로 돌아서기 일쑤였다.

설요홍이라도 멀쩡히 일어선다면 바깥나들이도 자유롭게 하며 다닐 텐데 발이 묶여 버린 것이라 독안마의로서도 따분하고 답답하기 짝이 없었다.

*   *   *

설요홍과 처지는 다르지만 마찬가지로 비참함에 빠진 것은 바로 독상군이었다.

한밤의 혈투 이후, 영호선은 독상군을 없는 사람 취급했다.

사실 영호선으로서는 더 이상 독상군이 살을 찌든 빼든 상관없는 상태가 된 것이라 과감히 내다 버린 것이었지만 전후 사정을 알 길 없는 독상군은 비참하기 그지없었다.

여전히 자기를 좋아하는 처자가 누구인지 몰랐고, 독안마의가 지어준 약은 효험이 어찌나 탁월한지 식사를 하고 식당 문을 나서면 이미 배가 고파질 정도였으며, 취침 전에 최소 오 인분은 먹어야 그제야 조금 배가 찬다는 느낌을 받았다.

일단 독상군은 영호선을 찾는 데 힘을 기울였다.

전에는 보려 하지 않아도 그렇게 눈에 잘 띄던 영호선을 만나는 일은 쉬운 일이 아니었다.

그래도 마음을 다하면 결실을 맺게 마련인지 저녁나절에 독상군은 어딘가를 바쁘게 달려가는 영호선을 발견했다.

영호선은 신바람을 내면서 마주 달려오고 있었다.

독상군은 길게 숨을 몰아쉬고 기쁘게 웃었다.

물어보고 싶은 것이 하나둘이 아니었다. 지금의 몸매는 예전과 유사해진 상태였고, 혼자서도 더욱 살을 찌우기 위해 고군분투하고 있다. 이 정도라면 어떤 여자인지 들을 자격이 된다고 생각했다. 그리고 요즘 왜 이렇게 얼굴 보기가 힘든지 등등을 물어볼 참이었다.

"영호선! 어서 와!"

휘이익~

마주 달려오던 영호선이 길게 휘파람을 불었다.

그리고 앞을 가로막은 독상군의 뺨을 후려치고 일갈했다. 물론 한 걸음도 멈추지 않았다.

"이 돼지야, 비키지 못해!"

바닥에 철퍼덕 나뒹군 독상군이 뺨을 어루만지며 멀어져가는 영호선을 바라보았다.

울컥하니 서러움이 복받쳤다.

"개새끼가… 친절하게 굴 때는 언제고."

욕을 해도 마음이 진정되지 않았다.

그때 그림자 하나가 몸을 가리는 것을 보고 독상군이 시선을 돌렸다.

달빛을 등지고 있었지만 쉽게 상대를 알아볼 수 있었다.

요즘 잠마원에서 뜨거운 화제의 중심에 선 유은령이었다.

"어?"

왜 갑자기 유은령이 나타나 자기를 내려다보고 있는지는 알 수 없었지만 지금의 자신의 꼴이 그다지 보기 좋은 건 아니라는 것은 충분히 인식했다.

'끙차' 하며 몸을 일으키려는데 일어날 수가 없었다.

유은령이 발로 지그시 독상군의 머리를 눌렀다.

"발 치우지 못해!"

유은령이 씨익 웃었다.

퍽!

발을 치우긴 했지만 그 발이 독상군의 면상을 갈겨 버렸다.

"크억!"

유은령이 소매를 펼쳐 단도를 쥐었다.

유은령이 모로 누운 독상군의 뺨을 단도로 툭툭 때렸다.

찰싹찰싹.

건달도 이런 상건달이 없었다.

"무슨 짓이냐?"

반항한다고 했지만 목소리는 어쩔 수 없이 잔뜩 주눅이 들어 있었다.

유은령이 말했다.

"길게 말하기 싫고, 좋게 말할 때 살 빼."

독상군이 이해할 수 없다는 듯 눈만 연신 깜박였다.

유은령이 단도 자루로 이마를 다섯 번 쿡쿡 찍었다.

"닷새 기한을 줄게. 그동안 못 빼면 살을 발라 버릴 테야. 알겠니?"

독상군은 기에 눌려 고개를 끄덕였다.

"입 없어? 혀는 장식이야?"

"뺄게."

"좋아. 그래야 착하지. 자, 이게 도움이 될 거야."

유은령이 몸을 일으키며 약병을 던졌다.

얼떨결에 독상군이 받아 들었다.

"이게 뭔데?"

"살 빼는 약. 일명 설사약이라고도 하지."

순간 독상군은 뱃가죽이 찢어질 듯 설사가 터지던 그날 밤을 떠올렸다. 그리고 한순간에 일목요연하게 모든 상황이 이해되어 버렸다.

"헉, 그럼 그날 설사도 네 짓이었냐?"

"많이 알수록 많이 다쳐. 닷새 뒤에 보자. 지켜볼 테야. 호호호!"

웃음소리가 여전히 남았지만 어느새 유은령은 어디에도 볼 수가 없었다.

독상군은 정말 울고 싶었다.

미친놈은 살을 찌라고 하고 미친년은 살을 빼라고 한다.

한 놈은 살찌는 약을, 한 년은 살 빼는 약을.

독상군은 끓어오르는 화를 주체할 수가 없었다.

"이 망할, 나보고 뭘 어쩌라는 거냐!"

＊　　　＊　　　＊

영호선은 가부좌를 튼 채 정면의 허공을 응시하고 있었다.

"마치 눈앞에 그 사람이 실제로 있는 것처럼 그려내야 한다. 미세한 안면 근육의 움직임에서 점이나 사마귀가 있는지, 그와 동시에 눈을 깜박이는 습관이 있는지, 말을 할 때 코를 문지르는지, 이마나 턱을 만지는지를 사실 그대로 떠올려라."

소리는 나무 위에서 들려오고 있었다.

"그리고 심지어 심상으로 그려낸 사람이 내게 말을 걸어오고, 그 말에 대답을 할 수 있어야 한다."

여인이 나무 위에 걸터앉아 다리를 까닥거렸다.

역용술을 수련한 지 이제 고작 닷새에 불과하지만 영호선은 의외로 열정적으로 임하고 있었다. 사실 어떻게 나오나 보려고 이틀째까지는 사물을 정확히 그려내는 훈련으로 그림을 그리게 했다. 필요한 과정이기는 했지만 영호선 정도의 실력이면 눈의 정확도는 의심의 여지가 없으니 사실 생략해도 무방한 것이었다. 그래도 굳이 명한 것은 과연 진심으로 배우려는 마음이 있는지를 알아보고 싶었기 때문이다.

광장히 섬세한 묘사를 주문했던 터라 활발히 천지사방을 날뛰던 영호선이 지겹다며 반항하면 첫날부터 일단 패고 시작할 생각이었는데 영호선은 가공할 만한 집중력을 보이고 있었다.

'훗, 시원하게 팰 기회는 또 찾아오겠지.'

누군가를 가르칠 때 폭력의 손맛만큼 후련한 것이 어디 있는가, 라는 지론을 가지고 있는 여인이었다. 심지어 여인인 자신조차도 사부에게 얼마나 많이 맞았는지 셀 수 없을 지경이다.

영호선은 진심으로 마음을 다하고 있는 듯 보였다. 지금 영호선의 몸 주변에 아지랑이 같은 기의 움직임이 출렁이고 있는 것과 눈이 한곳을 지향하며 은은히 광채를 내는 것만 봐도 충분히 그 집중도를 알 수 있었다.

실제로 영호선은 일 장 앞에 한 사람의 얼굴을 세세하게 떠올리고 있었다.

부조장 초이량이었다.

가장 많이 봐온 사람부터 시작하는 것이 빠르다는 말을 듣고 오조원들을 떠올렸고, 초이량을 시작으로 오조원들의 얼굴을 모두 생생히 허공중에 그려낼 생각이었다.

잠깐이라도 정신이 흐트러지면 그와 동시에 눈으로 그려낸 형상도 즉시 희미해졌다. 그럴 때마다 안력을 돋워 정신을 차리고 다시 떠올리길 반복했다.

한 사람의 형상을 허공에 그려내 유지해야 하는 시간은 일각. 사람의 생각이란 자유롭기 그지없건만 그것을 묶어놓고 오로지 한 가지 형상만을 집중하여 유지한다는 것은 결코 쉬운 일이 아니었다.

보통 사람이라면 떠오른 뒤 눈을 깜박이는 순간 새로운 그림이 치고 들어올 테지만 정좌에 익숙한 무림인은 집중도 면에서 큰 차이를 보였다. 그리고 영호선 또한 보통의 무림인이 아니었다.

일각이 지나면 다른 조원의 얼굴로 바꾸어가면서 빈 공간에 새로운 형상을 구축했다.

그렇게 열아홉 명의 조원 전부를 그려낸 영호선이 지그시 눈을 감았다.

"흩어진 적이 몇 번 있었지?"

"한 번 있었습니다."

"흠, 나쁘지 않군. 좋아, 이제 새로운 얼굴로 열 명을 더 채우도록 해라."

"네."

영호선은 군소리없이 다시 집중하기 시작했다.

여인이 그 열정이 우습다는 듯 피식 웃었다.

여자의 웃음에도 영호선의 정신은 흐트러지지 않았다.

"여자도 가능하단다."

곧바로 영호선의 정신이 흩어졌다.

'여자조차도?'

"영호선!"

의료방으로 향하던 영호선은 목소리를 듣고 인상을 찡그렸다. 지긋지긋하게 달라붙는 거머리가 또다시 다가오고 있는 것이다.

유은령은 어느새 영호선과 어깨를 나란히 하고 걸으며 생글거렸다.

"어디 가?"

"네가 알 바 아니다. 그렇게 할 일이 없으면 자수라도 놓는 게 어떠냐!"

"자수? 아, 그거 좋은 생각이네? 근데 어디 가는데?"

영호선이 우뚝 걸음을 멈췄다.

"죽고 싶냐?"

당장에라도 썰어버릴 기세가 뭉게뭉게 피어올랐다.

"왜 그렇게 무서운 얼굴로 화를 내?"

"여러 말 하기 싫으니 꺼져라."

이쯤 되면 눈물을 글썽이면서 두 손으로 얼굴을 가리고 팔랑거리며 '미워, 미워'를 연발하면서 돌아가는 것이 유은령의 주 행동 관습이었다.

그러면 영호선은 그 모습을 보면서 조용히 '미친년'이라고 뇌까렸다.

그런데 오늘은 달랐다.

눈물을 글썽이긴 하는데 돌아가질 않고 있다.

"뭐 하냐, 얼른 안 뛰어가고?"

"싫어. 지금 너 의료방에 가는 거잖아. 설요홍 만나러 가는 거 아니냐고."

"내가 의료방에 가든, 산이나 바다로 가든, 설요홍 할아버지를 만나러 가든 그게 너하고 무슨 상관이야?"

"나도 같이 가."

"어휴, 네가 좀 맞아야 정신을 차리려나 보구나."

"때릴 거야?"

"오냐!"

"정말 때릴 거야?"

유은령의 눈물이 눈에 매달려 그렁그렁했다.

영호선은 요며칠 확실한 것 한 가지를 알게 되었다.

독안마의의 추측대로 이 광녀가 자신을 좋아하고 있구나 하는 것이었다. 하지만 진심으로, 최선을 다해, 온 마음과 영혼에 이르기까지 사양하고 싶은 것이 영호선의 심정이었다.

이제 참는 것도 한계에 이르렀다. 이 정도 참아주었으면 다른 사람들에 비하자면 거의 자비였다.

쉭!

퍽!

공기를 가르는 소리와 살을 파고드는 섬뜩한 음향이 동시에 퍼져 나왔다.

영호선은 침을 꿀꺽 삼키고 옆구리에 처박힌 단도를 멍하니 바라보고 이어 유은령을 쳐다봤다.

'이, 이 정도였냐? 도대체 언제⋯⋯.'

언제 단도를 뽑아 들었고, 언제 단도가 옆구리에 박혔는지 보질 못했다.

유은령은 펑펑 울고 있었다.

'망할⋯⋯.'

제가 칼을 박아놓고 저렇게 서럽게 울면 어쩌자는 건지.

영호선은 부르르 몸을 떨었다.

"유은령⋯ 너⋯⋯."

"영호선, 어떻게 된 거야?"

영호선이 눈을 동그랗게 떴다.

"⋯⋯?"

"누구 짓이야? 누구 짓이냐고? 말을 해봐!"

"⋯⋯?"

"으아앗! 영호선을, 소중한 영호선을⋯ 결코 용서하지 않겠어."

영호선은 잠마원에 온 후 처음으로 울고 싶다는 생각이 들었다. 위험한 인간이라는 것도 어느 정도가 있는 법이다. 주변에서 자신을 보고 위험하다고 말하는 것 같지만 유은령은 따라갈 수가 없다.

유은령 정도면 완전히 성격 파탄이다.

"어서 치료하러 가자. 한시가 급해."

유은령은 영호선을 둘러업고 신형을 날려 의료방으로 향했다.

영호선은 연신 눈물을 흩뿌리며 달리는 유은령의 뒤통수를 보며 이대로 일장에 머리를 박살 낼 것인가 말 것인가를 고민했다. 고민하는 생각 사이로 유은령의 이모 되는 여자 사부가 불쑥 나타났다.

'휴, 나중에… 그래… 나중에……'

유은령을 부탁했던 여자 사부를 생각해서라도 지금 살수를 펼칠 수는 없었다.

길게 내쉰 한숨 사이로 유은령의 짙고 검은 머릿결이 바람에 휘날리는 것이 보였다. 꼴사납게 업혀간다는 것도 잊은 채 불현듯 손이 머리끝을 매만졌다.

'헉!'

다른 손으로 매만지는 손을 황급히 떼어낸 영호선이 화들짝 놀랐다.

'무슨 짓!'

고작 머릿결에 현혹되다니, 잠시 얼이 나간 것을 질책하며 영호선은 스스로에게 화가 치밀어 올라 견딜 수가 없었다.

와락!

양손으로 유은령의 머리카락을 거칠게 움켜쥐었다.

"더 빨리 달리지 못해! 달리란 말이야!"

머리털이 송두리째 뽑힐 듯 당겨졌다.

하지만 들려온 소리는 다정하기 짝이 없었다.

"알겠어. 조금 더 힘을 내볼게."

의료방에 영호선이 유은령의 머리카락을 움켜쥐고 등장하자 독안마의의 눈이 휘둥그레졌다. 까짓 머리카락이야 휘어잡을 수 있다지만 영호선의 옆구리에 박힌 단도와 벌써 피로 붉게 번진 하의를 본 때문이었다.

"어떻게 된 일이냐?"

설요홍이 아직까지 독방에 드러누운 상태에서 유은령이 영호선을 업고 왔다는 것은 분명 설요홍과 유은령이 손을 쓴 것은 아니라는 뜻이 된다.

독안마의가 판단한 영호선의 실력이라면 이제 거의 사인방 중 이조장 육온악을 뛰어넘었다고 봐야 했다.

"어서 구해주세요. 이러다 큰일 나겠어요."

유은령의 양 볼에 주르르 눈물이 흘러내렸다. 어찌나 슬퍼하는지 독안마의조차 측은함을 느낄 정도였다.

세 사람 중 가장 침착한 것은 영호선이었다.

“내려놔.”

유은령이 무릎을 구부리고 영호선을 내려놓자, 그제야 영호선도 꼭 쥐고 있던 머리카락을 놓아주었다.

영호선은 단도를 뽑고는 빠르게 손을 놀려 지혈했다.

“사인방 놈들이냐?”

독안마의의 물음에 영호선이 입을 쩝쩝거렸다.

“가져가.”

영호선이 뽑은 단도를 유은령에게 던지자 독안마의가 의문 어린 시선으로 유은령을 바라봤다.

“……?”

유은령이 눈물을 훔치며 배시시 웃었다.

“미안. 나도 모르게 그만 손이 나가 버렸어.”

“미안하면 웃지 말고 당장 꺼져. 다음에 또 이런 식이면 그땐 목을 비틀어 버릴 테니까 명심하고.”

독안마의가 영호선과 유은령을 번갈아 보면서 고개를 갸웃거렸다.

‘뭐야, 사랑싸움인 거냐? 사랑싸움이 조금 살벌하긴 하다만 원래 싸우면서 정도 드는 법이니까.’

대충 사랑싸움으로 상황을 이해해 버린 독안마의는 금창약을 찾아 영호선에게 건넸다.

“발라줘라. 그런데 무슨 일로 온 거냐? 보아하니 옆구리 때문은 아닌 것 같은데.”

대답 대신 영호선이 유은령을 노려봤다.

"너 아직 안 갔냐?"

유은령이 갑자기 이마를 짚었다.

"응, 나 좀 피곤해서. 치료를 받아야 할까 봐."

그러면서 비틀대면서 한쪽 구석에 놓인 의자에 가만히 엉덩이를 걸쳤다.

영호선과 독안마의가 속으로 중얼거렸다.

'아주 지랄을 해요, 지랄을.'

이쯤 되면 그냥 없는 사람 취급하는 것이 속이 편한지라 영호선이 입을 열었다.

"설요홍을 보러 왔는데 그냥 갈까 봐. 기분도 더럽고."

사실 영호선은 역용 수련에 있어 오조원들과 피를 뺀 수련생들의 모습을 생생히 떠올렸고, 훗날을 위해 설요홍의 얼굴을 자세히 기억해 두려고 의료방을 찾은 것이었다. 그런데 유은령을 보고 있자니 기분이 잡쳐 더 이상 함께 있고 싶은 마음이 없어졌다.

"그래? 설요홍을 왜?"

영호선이 전음으로 이유를 설명했다. 그러자 독안마의도 고개를 끄덕이고는 마찬가지로 전음으로 뜻을 전했다.

[그래, 오늘은 그냥 돌아가는 게 좋겠다. 유은령 저년 지금 눈에 독기 품은 거 보이냐? 네가 설요홍을 만난다니까 아주 싹 달라졌다. 게다가 설요홍이 지금 아무도 만나지 않겠다고

독실에서 모든 면회를 사절한 상태거든.]

[근데 유은령을 조용히 보내 버리는 방법 없을까?]

[생각해 보자. 나도 볼 때마다 섬뜩하거든.]

[나 갈게.]

영호선이 유은령 쪽으로는 눈길 한 번 주지 않고 자리를 뜨는데도 유은령은 잔뜩 화난 표정으로 의자에 앉아 있을 뿐이었다.

"넌 안 쫓아가냐?"

아무것도 못 들은 양 유은령은 그저 전면을 응시하고 있을 따름이었다.

유은령이 돌아간 것은 그 뒤로 반 시진이나 지나서였다.

그때까지 독안마의는 유은령이 언제 어떻게 발작할지 모른다는 불안감에 경계를 늦추지 않았고, 즉시 혈침을 날릴 만반의 준비를 갖추고 있어야 했다.

*   *   *

베개를 적시며 눈물이 하염없이 쏟아졌다.

설요홍의 눈은 퉁퉁 붓고 붉게 충혈되었지만 다행히 어둠에 잠긴 병실은 아무것도 보지 못했다는 듯 감싸주고 있었다.

몇 번이고 그냥 털고 일어나야지 하는 생각이 들었지만 잃

어버린 정절에 대한 생각이 조금이라도 일어나면 모든 세상
과 사람이 싫어졌다.

'그냥 죽어버릴까? 이렇게 괴로운 것보다야 낫지 않을
까?

죽은 뒤에 갖가지 말이 무성히 떠돌겠지만 그래도 사람들
은 서서히 잊어갈 것이다. 살아 있는 사람들의 이야기를 하기
에도 시간이 모자랄 테니까.

평생을 괴로운 기억 속에 머물고 있느니 차라리 죽는 게 낫
지 않을까 하는 생각이 점점 더 강해졌다.

잠마원 사인방의 우두머리이자 도도하기 짝이 없는 설요
홍이었지만 내면 깊숙한 곳의 감성은 소녀의 그것이 자리 잡
고 있었다.

그렇게 상실함에 겨워하며 생과 사에 대한 갈등이 점점 심
화되어 갈 때였다.

찰칵!

거의 들릴 듯 말 듯 옅은 소리가 창문 쪽에서 들렸다.

설요홍의 손이 휘둘러졌다.

베개 아래 숨겨둔 한 자루의 비도가 창문을 향했고, 어느새
설요홍의 몸은 반사적으로 튕겨 일어나 침상에 섰다.

"나야."

창문 쪽에서 흑의인영이 조용히 소곤거렸다.

".......?"

　흑의인영은 설요홍이 던진 비도를 낚아챈 상태로 역날로 쥐고 있었다.

　설요홍도 그것으로 상대를 죽일 수 있을 것이라고는 생각지 않았는지 담담히 상대를 응시했다. 중요한 것은 ‘나야’ 가 누구냐는 것이었다.

　“잊어버린 거야? 나야, 나. 유은령.”

　잊어먹어도 하등의 문제될 것이 없는 이름이다. 잊지 말자고 약조라도 했단 말인가.

　“무슨 일이냐?”

　“긴장 풀어. 이 방법 외에는 널 만날 길이 없어서 고생스럽지만 수고를 아끼지 않은 것뿐이야.”

　“괜한 수고를 했군. 할 말 없으니 돌아가.”

　“화났어?”

　“…….”

　“화난 것 같은데?”

　“…….”

　“화났구나? 근데 너, 그러면 안 되는 거야.”

　“…….”

　“듣고 있지? 너 왜 약한 척, 아픈 척하고 그러는 건데? 그렇게 관심 끌고 싶어? 그런 거야?”

　“갑자기 들이닥쳐서 무슨 개소리냐!”

　설요홍이 버럭 소리를 질렀다.

"네가 몸져누워 있으니까 사람들이 온통 네 이야기뿐이잖아. 그렇게 여우 짓하면 기분이 좋냐?"

설요홍은 어이가 없는 중에 가슴이 철렁였다. 어이가 없는 건 누구의 관심을 끌기 위해 병상에 있다는 말 때문이었고, 가슴이 철렁인 것은 벌써 소문이 돌고 있나 하는 염려 때문이었다.

"내, 내 이야기뿐이라니?"

"그런 게 있어."

유은령이 말하는 '사람들'의 기준은 사실은 영호선 하나였다. 그것도 오늘 영호선이 설요홍을 만나러 온 사실이 지금 유은령에겐 대사건이었고, 세상에서 가장 큰 문제였다.

하지만 설요홍은 자신이 겁탈을 당해 정절을 잃었다는 이야기가 은밀히 돌고 있다는 것으로 오해하여 안색이 다시금 창백해져 버렸다.

"그러니까 어서 떨치고 일어나란 말이지. 고작 피 좀 흘린 것뿐이잖아. 세상 여자 중에 피 안 흘리는 여자가 어디에 있겠어? 그냥 그런 일 중 하나라고 생각하면 편하잖아."

설요홍이 몸을 부들부들 떨었다.

같은 여자로서 어떻게 그렇게 쉽게 순결에 대해 아무렇지도 않게 이야기를 할 수 있는지 이해할 수가 없었다. 당장 쳐 죽이고 싶었지만 심장이 요동쳐 몸이 말을 듣지 않았다.

"넌 봤다고 했지? 누구냐?"

“아직까지 눈치 못 채고 있었어? 너, 생각보다 둔하구나?”

설요홍이 황급히 손으로 목덜미를 가렸다. 그 후 거울에 비춰보고 상처를 확인했었다. 괴한의 이빨자국, 흥분에 겨워하며 남긴 그 이빨자국을 보고 자국이 난 살을 도려낼까도 생각했던 설요홍이다.

“누구인지나 어서 말해.”

그가 누구더라도 지금 즉시 찾아 죽인다.

“이봐, 근데 너, 왜 그렇게 화내는 건데? 난 부러워 죽겠는데.”

“부, 부럽다고?”

미쳐도 이렇게 미치기가 쉽지 않을 거란 생각이 들 정도였다.

“이거 생각할수록 기가 막히네.”

기가 막힌 건 내 몫이다만, 설요홍은 내심을 숨기고 도대체 저 광녀가 무슨 말을 하려는지 기다렸다.

“정확히는 모르겠어. 하지만 내 기억으로는 그이가 네 모가지에 이빨을 박고 피를 빨 때 내 귀에는 옅은 흥분에 겨운 신음 소리 같은 게 들렸거든. 나, 나는 그때…….”

설요홍이 충격으로 비틀거렸다.

‘모가지에 이빨을 박고 피를 빨아?’

유은령이 처연한 표정으로 말을 이었다.

“…간절히 빌었어. 제발 내 피도 좀 빨아 마시라고. 하지만 그이가 가까이 다가오자 난 그만 얼굴이 달아올랐고, 그이가 놀라서 달아나 버렸지. 내가 조금만 마음을 다스렸다면 틀림없이 내 피도 그이 몸속에 머물 수 있었을 텐데…….”

설요홍은 비로소 당시 유은령이 했던 말들이 무슨 뜻인지 빠르게 이해되기 시작했다.

“부럽다. 사랑은 주는 거라잖아. 자신의 가장 소중한 것을 말이지. 물론 넌 강탈당한 것이지만.”

“나도 날 전부 주고 싶어. 내가 전부 녹아버린다고 할지라도 난 내 몸을 아끼지 않을 거야.”

“전혀 느끼지 못한 모양이구나? 그렇게 요란한 소리가 났었는데 희한하네. 사실대로 말해봐. 넌 이미 그이와 피가 섞여 버렸잖아. 그걸 어떻게 모를 수가 있니?”

“그래, 나라도 말렸어야 하는데 그러질 못했어. 사실 옆에서 보면서 같은 여자로서 내 기분도 그리 좋지만은 않았거든. 미안.”

‘하아, 그런 거였나?’

그동안 사느냐 죽느냐로까지 고민했던 문제가 고작 피를 빨린 것에 불과했다니 긴장이 풀리면서 힘이 쫙 빠졌다.

평상시 피를 빨렸다면 끓어오르는 분노를 참기 힘들었겠지만 지금은 '고작'이라는 생각일 들 뿐이었다.

그 짓을 한 것은 보나마나 영호선일 것이다. 왜 유은령이 영호선을 보고 '그이'라고 하는지는 중요하지 않았다. 그런저런 것을 다 떠나 그저 헛웃음만 나올 뿐이었다.

"고맙다고 해야 하나? 참 애매하군. 뭐, 오늘에 한해서는 고맙다고 해야겠지."

"그럼 이제 벌떡 일어날 테야?"

어둠 속에서 설요홍이 씨익 웃었다.

"그래야지."

"잘 생각했어. 난 네가 내 말을 알아들을 줄 알고 있었어."

유은령이 달려들더니 설요홍의 품에 안겼다.

'뭐, 뭐냐?

아련히 코를 간질이는 향내가 그윽이 풍겨났다.

"좀 떨어져 줄래?"

여자는 취미없다. 남자도 별반 다르지 않지만.

"조금만 더 이렇게 있을래."

'뭐 이런 게 다 있어?

사실 두 사람은 며칠 전까지만 해도 서로 목을 베겠다고 창공을 누볐던 사이가 아니던가.

설요홍의 정신 구조에서는 도저히 납득이 되지 않았지만 유은령은 마냥 좋은 모양이었다.

"아, 따뜻해."

설요홍이 질린 듯 억지로 밀어낸 뒤에야 유은령이 떨어졌다.

작별을 고하듯 유은령이 창가에 올라 손을 흔들었다.

그리고 나직이, 하지만 명확하게 입을 열었다.

"그이는 내 거야. 알고 있지? 피 좀 섞였다고 괜히 꼬리치다 걸리면 죽여 버릴 테야. 호호호!"

설요홍은 벙 찐 표정으로 멍하니 유은령이 사라진 창가를 바라볼 뿐 꿈쩍도 하지 못했다.

'하아, 미친 것들이 아주 쌍으로 놀겠다는 거냐? 유유상종이라더니 옛말은 하나도 틀리지 않구나.'

하지만 이내 설요홍은 마음의 무거운 짐을 내려놓아서인지 밝은 표정이 되었다.

희미하게 사라져 가던 세상이 다시 본래대로 돌아오고 있었다.

第四章
약왕의 진노

潛魔劍仙

잠마검선

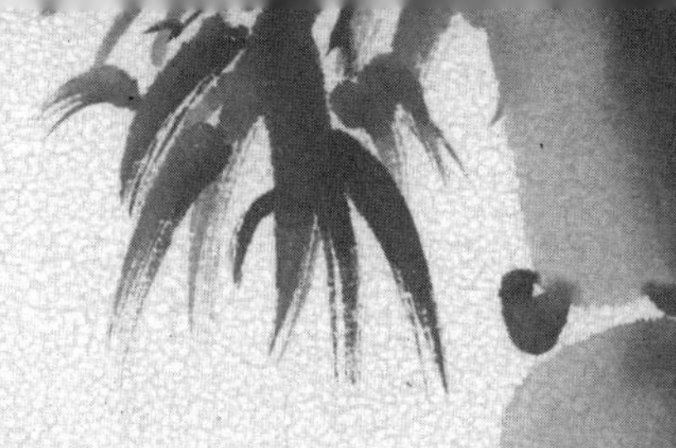

독상군은 인적이 드문 곳에 홀로 앉아 있었다.

방금 전에도 영호선이 피를 빨고 간 터였다.

이젠 진지하게 현 상황을 고민해야 할 시간이었다.

'이렇게 피를 빨리고, 얻어맞기만 하다간 잠마원 수련 기간이 끝나기도 전에 폐인이 될지도 모르겠다.'

아버지가 떠올랐다.

아버지의 힘이라면 영호선을 어떻게든 처리하실 테고, 조금은 편안한 삶이 이어질 것이다. 하지만 그 생각이 떠오른 순간 즉시 고개를 가로저었다. 잠마원에 오기 전 아버지의 말씀이 떠올랐기 때문이다.

"결코 외부의 힘을 의지할 생각을 해서는 안 된다. 잠마원은 필시 작은 강호와 같을 터. 그곳에서 네가 견디지 못한다면 잠마원이 아닌 다른 곳에서는 더욱 버틸 수 없을 것이다. 하지만 네가 잠마원에서 홀로 설 수 있다면 그땐 진정 나의 후계를 이어갈 기본 자격이 갖춰진 셈이 되는 것이다."

'아버지 말씀은 틀렸습니다.'

아니, 정확히 말하자면 틀린 부분이 있고, 맞는 부분이 있다고 할 수 있었다.

잠마원에서 멀쩡히 살아남을 수 있다면 세상 그 어떤 난관도 대수롭지 않은 일이 될 것이란 것은 확실했다.

하지만 그전에 폐인이 되거나 죽어버린다면?

독상군은 머리를 감싸 쥐었다.

아버지께 도움을 요청할 수도 없고, 그렇다고 이대로 굴욕만 당할 수도 없다. 가슴이 찢어질 것만 같았다.

그 모습을 한 사람이 지켜봤다.

지켜보는 두 눈에서 또르르 눈물이 떨어졌다.

독예미였다.

아무리 신경 쓰지 않는 것처럼 보여도 친오라버니의 상황을 모를 리 없는 독예미였다.

　근자에 오라버니가 영호선과 어울려 시시덕거리더니 다시 예전 상태로 돌아가 몰골이 말이 아니게 되어가는지라 독예미의 안타까움은 말로 형용할 수가 없었다.

　쓸쓸히 숙소로 향하는 뒷모습에 독예미가 주먹을 움켜쥐었다.

　'이대로는 안 돼. 아버지께 이 사실을 알리지 않으면 하나뿐인 오빠를 잃게 될지도 몰라.'

　한 가지 일에 매달리면 미련스럽게 파고드는 오라버니다. 그런 좌우를 돌아보지 못하는 오라버니라면 아버지의 말씀을 곧이곧대로 따르며 혼자 버텨내려고 할 것이다.

　'영호선! 곧 후회하게 될 거다. 약왕의 무서움을 보여주마.'

＊　　　＊　　　＊

　잠마원 입부 후 백여 일이 지나자 각 조장에게 공문이 전달되었다.

　이십 일 후, 조별 대항전이 개최될 것이다.

　대결전의 날에 대한 세부적인 사항은 추후에 전달될 것이며, 조별 대항전의 결과에 따라 조의 순위가 조정된다.

　조의 명예를 위해 지금부터 심기일전할 수 있도록.

조원들의 전투 의지를 고취시키고, 수련에 더욱 매진하도록. 조장들은 최선을 다하도록 하라.

잠마원주.

조별 대항전에 대해서는 이미 입부 때부터 발표된 바 있었지만 정식 공문으로 발표되자 각 조들은 본격적으로 마음을 가다듬었다.

상위에 위치한 조들은 최소한 한 단계라도 높아지려 했고, 하위 조들은 이날만을 고대하고 있었다는 듯 전의를 불태웠다.

몇 조였느냐는 훗날 두고두고 회자될 것이 분명했다. 어쩌면 대대손손 잠마원의 경력이 따라붙어 다닐지도 모르는 일이었다. 각 마도 가문의 위상을 위해서도, 개인의 명예를 위해서도 결코 소홀히 여길 수 없었다.

수련생들의 눈빛이 공문 하나로 확연히 달라졌음이 잠마원 곳곳에서 드러났다.

그것은 오조원도 마찬가지였다. 하지만 오조원들은 조별 대항전에 대한 소식을 정작 조장이 아닌 부조장 초이량으로부터 하달받아야 했다.

도대체 조장은 어딜 갔느냐고 묻자, 초이량의 대답이 가관이었다.

"그냥……."

“그냥 뭐?”

“그냥… 휙 던지고 사라졌어. 알아서 하라던데?”

“휴우!”

크게 기대한 것은 아니었지만 그래도 이건 좀 심한 일이었다. 다른 조들은 조장들이 핏대를 세우고 독려한다고 하지 않는가. 그건 특별한 것이라기보단 지극히 당연한 조장의 의무였다.

사인방의 틀을 깰 수 있는 절호의 기회이기도 했지만 그보다 조원들이 간절히 바라는 것은 오조라는 칭호를 버릴 수 있다는 데 있었다.

잠마원에서 오조라는 이름은 저주(詛呪)와 광기(狂氣)의 대명사였다.

슬그머니 사조 정도, 뭐, 할 수만 있다면 일조가 되면 더 좋다. 어떻게든 오조에 붙은 기괴함을 떨쳐 낼 수 있으면 되는 것이다.

물론 새롭게 일조가 된다고 해도 얼마 지나지 않아 그 아래 주렁주렁 저주와 광기가 서리겠지만 잠시라도 벗어나고 싶었고, 차라리 일조 정도 된다면 그 정도는 감수할 수 있다는 생각이었다.

그런데 조장이라는 인간은 수련 시간 이외에는 얼굴 보기도 힘들고, 밤새 무슨 짓을 하고 다니는지 아침 해가 거의 다 솟아오를 때에야 슬그머니 기어들어 오고 있다. 심지어

조별 대항전이 있는지나 알고 있는지 의심스러울 지경이었
다.

이렇게 되자 오조원들의 선택은 간단했다.

"우리라도 최선을 다하자."

단순한 것이 가장 위대한 것이란 말이 있지 않던가. 영호선
이라면 막상 상황이 닥치면 제몫의 다섯 배 정도는 능히 해낼
것이니 기대하지 않는 것이 낫다고 모두 뜻을 모았다.

그 뒤 닷새가 지났다.

불현듯 숙소 문을 박차고 들어온 영호선이 오조원들을 향
해 쩌렁쩌렁 일성을 날렸다.

"조만간 조별 대항전이 시작된다는구나!"

무슨 일인가 시선을 던지던 오조원들이 일제히 영호선을
외면했다.

"너희들, 그 반응은 뭐야? 그렇게 자신이 없어? 앙!"

당장에 모두 패버릴 기세를 사방에 뿌려대자, 부조장 초이
량이 귀찮다는 듯 종이 한 장을 날렸다.

구겨질 대로 구겨진 종이가 허공을 가르며 다가오자, 영호
선이 낚아채 빠르게 읽어나갔다.

"어?"

그래도 조장이랍시고 염치가 있는지 영호선의 입가에 쑥
스러움이 떠올랐다.

"안녕히 계세요."

영호선이 뜬금없는 소리를 하고 문을 쾅 닫아버리자 오조 원들이 일제히 손에 잡히는 대로 문을 향해 던졌다.

"저 미친 새끼, 정신이 있는 거야, 없는 거야?"

"저놈 때문에 내가 제 명을 못 채우지."

"나가 죽어! 다시는 들어오지 마, 미친놈아!"

*　　　*　　　*

약왕 독운학은 서신을 들고 흐뭇한 미소를 머금었다.

애지중지 사랑하는 딸아이의 고운 필체가 서신을 장식하고 있었다.

아버지, 강녕하신지요.

소저는 잠마원에서 뜻 깊은 시간을 보내고 있답니다. 가끔 집안에서의 생활이 그리워지기도 하지만 그때마다 아버지의 '약왕문의 위상을 위해 최선을 다하라'는 말씀을 떠올리며 수련에 매진하고 있어요. 이곳에 와서 보니 세상이 얼마나 넓고 다양한 사람들이 존재하는지, 그 또한 새삼스럽게 깨닫고 있는 중이랍니다.

여기까지 읽은 약왕의 눈에 흐뭇한 미소가 떠올랐다.

늘 어리게만 봤던 딸의 성장이 글 속에서도 느껴졌다.

약왕의 눈이 서신의 다음 문장으로 이어졌다.

하지만 걱정이 없는 것만은 아닙니다. 그건 오라버니에 대한 문제라 소저가 섣불리 말씀드릴 수는 없지만 오라버니는 최근 많은 고초와 어려움을 겪고 있어요. 하아, 그 생각을 하니 저도 모르게 한숨이 나오고 마음이 찢어지는 것 같아요.

약왕의 눈에 서서히 노기가 드러났다. 상군과 예미를 잠마원에 보낼 때 가문을 의지할 생각은 하지 말라고 호통쳤지만 어디 아버지의 마음이 그렇게 간단한 것이던가. 이 세상의 아버지들이야말로 겉과 속이 가장 다른 사람일 것이다.

잠마원 내 수련생 중 영호선이라는 위인이 있는데 이 인간이……

그 부분에서 격앙되었는지 필체가 다른 부분과 달리 흐트러져 있었다. 약왕 또한 마음이 잠시 어지러워질 지경이었다.

오라버니를 훔쳐 먹고 있습니다.

약왕이 눈을 부릅떴다. 혹시 자신이 잘못 본 것이 아닌가 스스로가 의심스러웠기 때문이다.

'훔, 훔쳐 먹어?'

참으로 다양한 해석이 나올 수 있는 말이었지만 너무도 노골적인 말이라 당장 떠오르는 것은 영호선이라는 놈이 아들의 살을 뜯어 먹고 있는 모습이었다.

하지만 이내 약왕은 고개를 가로저었다. 그런 일이 잠마원에서 일어날 리가 없었다.

또 뜯어 먹혔다면 지금쯤 살아 있을 리가 없다.

아무리 잠마원 입부시 '죽음도 인정한다' 라는 조항이 있다곤 해도 그렇게 쉽게 방치하지 않으리라는 믿음 정도는 있었다.

그러자 다시 침착해진 약왕이 합리적인 해석을 도출해 냈다.

'그렇겠군. 상군이의 영약이나 영초를 훔쳐 먹는 놈이 있는 게야. 그 때문에 매번 다툼이 일곤 하겠지.'

고개를 끄덕인 약왕이 다음 줄을 읽어 내려갔다.

더 자세한 것은 차마 소저의 입으로 말씀드릴 수가 없는 점 이해해 주세요. 부디 아버지께서 확인해 주셨으면 해요. 모쪼록 이 소저…….

서신의 내용을 다 읽은 약왕이 지그시 눈을 감았다.

딸의 성격은 누구보다 자신이 잘 알고 있다.

별일이 아니었다면 결코 서신을 보냈을 리가 없다.

독상군이 지나치게 우직하다면 예미는 유연하고 지혜로웠다.

아직 어린애들이 모여 있는 잠마원이라곤 하지만 현재 폼잡고 있는 마도의 원로들이 어린 시절부터 얼마나 미쳐 날뛰며 싹이 노랬는지 수도 없이 들어 알고 있었다.

그런 의미에서 잠마원의 어린 녀석들은 결국 시간이 지나면 마도의 수장으로 성장할 것이고, 그렇다면 별 해괴한 일들이 잠마원에서 벌어진다고 해도 이상할 것은 없었다.

'영호선이라…….'

약왕은 기억에 각인시키려는 듯 속으로 이름을 불러보았다.

그리고 이어 결정을 내린 듯 눈을 번쩍 떴다.

"적영(赤影)!"

나직이 울리는 음성에 전신에 혈의를 걸친 중년인이 모습을 드러냈다.

적영이라는 자는 광기로 번들거리는 눈에 매우 화가 난 표정이었다. 하지만 두 손만은 가지런한 것이 오직 자세만이 충성에 가득 차 있는 것으로 보일 뿐 그의 얼굴 어디에도 충성스런 모습은 찾아볼 수 없었다.

"하명하십시오."

“잠마원에 다녀오도록 하여라.”

“존명!”

약왕은 스르르 사라지는 충성스러운 오른팔을 보며 믿음직스럽게 고개를 끄덕였다.

*   *   *

끼이이! 끼이이익!

사람이 가장 깊은 잠에 빠져드는 축시 말, 괴이한 음향이 잠마원에 울려 나갔다.

쇠와 쇠를 각을 세워 긁을 때면 사람은 누구든 자신도 모르게 소름이 돋게 되는데 바로 지금 그 소리가 퍼져 가는 중이었다.

소음의 근원지는 잠마원 수련생들의 숙소가 운집해 있는 중앙 지역이었다.

한참 단잠에 빠져 있던 숙소가 발칵 뒤집힌 것은 순식간이었다.

자다가 날벼락을 맞은 것처럼 여기저기에서 각 조마다 괴성을 지르며 소리를 찾아 고개를 내밀었다.

그리고 모두의 시선이 중앙에 앉은 한 사람에게 집중되었다.

영호선!

“미친놈아, 조용히 못해! 지금이 몇 시인데 지랄 염병인 거
냐!”

“미쳐도 곱게 미쳐야지. 네놈이 죽고 싶어 환장을 했구
나.”

온갖 쌍욕이 영호선을 향했다.

하지만 영호선은 넓적한 쇠판에 단검을 세워 쫙쫙 긋는 짓
을 멈추지 않았다.

끼이익, 끽끽, 끄악깍!

“그만 좀 하라고, 개새끼야!”

“손모가지를 분질러 놓아야 정신 차릴 테냐!”

순간 불쾌한 소음이 뚝 그쳤다.

바로 욕을 쏟아냈던 몇몇이 움찔했다.

“난······.”

모든 귀가 영호선의 다음 말을 기다렸다.

심지어 침소 속의 잠마원주도 내력으로 발출하는 영호선
의 다음 말을 기다릴 정도였다. 왜냐하면 그만 좀 했으면 하
는 것은 그도 마찬가지였으니까.

“음공을 수련하고 있을 뿐이다.”

잠마원주가 분노를 참지 못하고 이불을 마구 헝클이다 푹
뒤집어썼다.

‘저… 개새끼… 기대한 내가 잘못이지.’

끼이익, 끽끽!

각 조에서 원성이 일제히 쏟아졌다.

하지만 그들은 누구 하나 달려들지 못했다. 영호선을 건드리기 꺼려진다는 점도 있었지만 그보다는 엄연히 말해 이 시간대는 수련은 가능해도 공격이 불가능한 시간대였기 때문이다. 그러니 영호선의 행위는 요란스럽기는 해도 정당했고, 칼을 들고 설치게 되면 규정을 어기는 것이 되는 셈이었다.

대놓고 음공이라고 하는 말이 애초에 억지라는 것은 누구라도 알 수 있는 것이었지만 울화가 치밀어도 우겨대면 어쩔 수 없는 노릇이었다.

소름과 모골이 송연해지는 소리 사이로 영호선의 고요한 음성이 모두의 염장을 연거푸 뒤집었다.

"음공이 얼마나 무서운지 뼈저리게 느끼는 것도 귀한 공부라고나 할까. 너무 고마워할 것까진 없다만 고마워한다면 사양은 하지 않으마."

끼이익, 끽끽!

애초에 말이 통할 위인이 아니었다.

이 시간 대항하는 길은 그 옆에 돗자리를 펴고 더 크게 소리를 지르는 것인데, 그것도 상대가 괴로워해야 의미가 있는 것이지 저리 태평해서야 소리 지르는 사람의 목만 아플 뿐인 것이다.

욕설이 한참이나 나오다가 하나둘 지쳐 결국 모두 제각기 침소로 돌아가자 다시 홀로 남은 영호선은 진지하기 이를 데

없이 쇠를 긁어댔다.

끼이익, 끽끽, 끼아아악!

사실 영호선이 한밤의 음공 수련(?)에 나선 것은 순전히 조별 대항전 때문이었다.

오조의 승리를 위해 취할 수 있는 것이 무엇인가 고민하다가 결국 선택한 방법은 아주 간단하게도 '괴롭히자' 였다.

최소한 수면 부족을 이끌어낼 수 있고, 운이 좋으면 몇 놈을 주화입마로 보낼 수 있는 것이다.

그래서 독안마의에게 수면제를 얻어와 오조원에게 강제로 먹인 후 지금 이렇게 실행에 옮긴 것이었다.

예상했던 대로 반응이 폭발적이자 내심 흐뭇함을 감출 길이 없었다.

그렇게 스스로를 희생해 가며 오조를 위해 분전할 때였다.

"좀 늦었어."

갑자기 들려온 음성에 영호선이 흠칫했다.

어느새 유은령이 옆에 찰싹 달라붙어 앉았다.

"……?"

"나도 음공에 관심이 많았거든."

영호선이 보니 유은령은 어디에서 구해왔는지 자신의 것과 비슷한 철판을 들고 있었다.

"미안. 이거 구하느라 시간이 좀 걸렸어."

"내가 오라고 했나?"

“그래도 함께하면 두 배의 힘이 나는 거잖아.”

영호선이 눈에 힘을 주고 노려보자 유은령이 슬그머니 눈을 피해 밤하늘을 보며 딴청을 피웠다.

‘휴, 관두자.’

“좋아, 오늘은 봐주마. 어차피 소리가 크면 클수록 좋은 거니까.”

유은령이 환하게 웃었다.

“응, 열심히 할게.”

두 사람은 나란히 앉아 주화입마를 위한 연주(?)를 시작했다.

끼익, 꺄이악, 끼익!

키이이, 끽끽!

두 배로 강화된 괴음이 잠마원에 유유히 퍼져 가 잠마원에 거주하는 모두의 귀도 두 배로 괴로워졌다.

두 남녀가 어깨를 나란히 하고 쇠를 갊아대는 모습은 기괴한 소리와는 별개로 진지하기 이를 데 없었다.

하지만 얼마 지나지 않아 영호선은 아까부터 코로 스며드는 향긋한 체향에 슬슬 짜증이 나고 있었다.

그리고 급기야 참을 수 없게 된 영호선이 손을 멈추지 않은 채로 버럭 소리를 내질렀다.

“야, 저리 떨어져!”

“무슨 소리야. 안 돼. 소리는 화음이야. 거리가 멀면 화음이 깨진단 말이야.”

“그럼 냄새라도 풍기지 말든지. 뭔 놈의 여자 녀석이 냄새가 풀풀 나. 아주 코가 썩어나갈 것 같잖아. 대체 몸에 뭘 처바르고 다니는 거냐?”

“나 아무것도 안 뿌렸어. 무슨 냄새가 난다는 거야?”

“흥!”

할 말이 없어진 영호선은 짜증스런 얼굴로 연주에 집중했다.

일단 지금은 다른 무엇보다 한 명이라도 주화입마에 빠지는 게 최우선이었다.

연주는 사흘가량 더 이어졌다. 잠마원의 수련생들은 미쳐버릴 지경이었다.

영호선 하나도 벅찰 판에 한밤의 혈투 이후 ‘다중인격마녀(多中人格魔女)’라는 새로운 별호로 불리게 된 유은령이 가세하자 그저 이빨만 갈아야 한다는 사실이 모두를 절망으로 밀어 넣었다.

사흘째가 되자 곳곳에서 연주의 후유증도 나타났다. 대다수의 얼굴이 제대로 수면을 취하지 못해 얼굴이 푸석거렸고, 점심 식사 도중 한 손에 숟가락을 든 채로 식탁에 머리를 박고 자는 사람이 나오는가 하면, 눈이 벌게져서 연신 하품을 해대기 일쑤였다.

얼마 지나지 않아 조별 대항전이 벌어지므로 그전까진 오로지 조별 대항전에 온 정신을 몰두했지만 지금은 최우선 순위로 '편안한 수면' 이 머리를 헤집고 다녔다.

그리고 그것은 비단 수련생들만의 문제는 아니었다.

잠마원주와 교두들의 속이 뒤집어진 것도 별반 다를 것이 없었다.

삼세판이라고, 그래, 이왕 미친 연놈들이 나섰으니 사흘은 당연히 채울 것이라고 생각했다.

규정에 의해 음공이라고 박박 우기면 딱히 할 말도 없는지라 사흘 정도 하고 나면 듣는 사람도 듣는 사람이지만 쇠를 긁어대는 두 연놈도 결국은 힘들어 포기할 것이라며 위안을 삼았다.

하지만 웬걸, 나흘째가 되는 날에도 영호선과 유은령은 어김없이 철판을 들고 모습을 드러냈다.

설마 하던 우려가 현실이 되었을 때, 가장 먼저 돌아버린 것은 잠마원주였다.

꾸벅꾸벅 졸면서도 손을 멈추지 않던 영호선과 유은령은 잠마원주 소요마선이 소싯적에 쓰던 장창을 꺼내 들고 쿵 소리와 함께 땅을 내리찍으며 눈앞에 나타났음에도 완전히 잠에 취해 꾸벅거리면서도 손은 쉬지 않고 있었다.

잠마원주가 입술을 굳게 다문 채 장창을 비스듬히 세웠다.

끼이익, 꺄아악!

영호선과 유은령은 눈앞에 저승사자가 선 것도 모른 채 쏟아지는 잠에 꾸벅거리다가도 불현듯 손을 움직여 괴음이 나면 그 소리에 제가 놀라 어깨를 움찔하면서 감길 듯 말 듯한 눈으로 쇠판을 긁어댔다.

그야말로 불굴의 의지라고밖에는 설명할 수 없었다.

그 꼴을 보며 잠마원주는 쉽게 장창을 휘두르지 못했다.

그리고,

"꺄악, 퉤!"

더러워서 그냥 간다는 것을 행동으로 드러낸 잠마원주가 신형을 거처로 향했다.

어차피 침상에 누워봤자 잠도 오지 않을 것이라 생각한 것인지, 아니면 울화통을 어떻게든 해소해야겠다고 생각했는지 잠마원주는 전각의 지붕 위에서 잠옷만을 걸친 채로 달빛을 쪼개고 밤공기를 가르며 장창을 연신 휘둘렀다.

쿵!

창무를 마친 잠마원주의 장창이 지붕 기와를 찍으며 멈췄다.

저 멀리 두 연놈은 여전히 땅바닥에 앉은 채로 꾸벅꾸벅 졸아가면서 쇠판을 긁어대고 있었다.

호흡을 가다듬은 잠마원주는 이내 처소로 미끄러지듯 들어가 다시 침상에 몸을 뉘였다.

그리고 결심한 듯 오른손을 들었다. '파팟' 하며 손이 번개
같이 움직였고, 이내 잠마원주는 깊은 잠에 빠져들었다.
　정말 이렇게까지 하면서 잠을 자고 싶진 않았지만 어쩔 수
없었다.
　그는 스스로 수혈을 짚어버린 것이다.
　무공을 익히고 점혈에 대해 수많은 실전을 겪었지만 살아
생전에 스스로 수혈을 짚어 잠들게 될 줄은 꿈에서조차 생각
지 못한 일이었다.

　다행히 영호선과 유은령의 합주는 이틀 뒤에 끝을 맺었
다. 다른 사람도 다른 사람이지만 정작 영호선과 유은령이
수면 부족으로 인해 마지막 날에는 거의 드러누운 채로 쇠
를 긁어대다가 결국 해가 뜨기도 전에 곯아떨어져 버린 것
이다.
　수련생들은 아침나절에 이미 솟아오른 햇살 아래 쇠판을
부여잡고 땅바닥에 널브러져 있는 두 사람을 볼 수 있었다.
　물론 그 다음날도 분연히 쇠판을 움켜쥔 영호선이었지만
부조장 초이량이 각 조에서 대비책으로 조장들이 조원들의
수혈을 찍어 강제로 재우고 있다는 말을 듣고는 슬그머니 쇠
판을 내려놓았던 것이지, 그 말이 없었다면 무슨 일이 있어도
쇠를 긁으려 나갔을 것이다.
　그런 사실을 모르는 유은령은 쇠판을 들고 늘 함께 앉았던

곳에 자리를 잡고 영호선을 기다렸지만 시간이 지나도 영호선이 오지 않자 몇 번 긁어대고는 시무룩해져서 그만 돌아가버려 모두를 괴롭혔던 주화입마 굉음은 더 이상 들을 수 없게 되었다.

조별 대항전이 시시각각 다가오는 중에 각 수련생들은 본신의 힘을 최대한 끌어올리기 위해 대부분 좌선에 들었고, 영호선은 영호선대로 바쁘게 움직이며 내공을 강화한다는 목적으로 몇몇의 피를 빨았다. 그렇게 어느 때와는 다른 비교적 고요한 하루하루가 지나갔다.

조별 대항전을 하루 앞둔 때 잠마원에 한 명의 외부인이 방문했다.

바로 약왕의 명을 받은 적영이었다.

독상군의 상태와 독상군을 괴롭힌다는 영호선이라는 인간에 대한 면밀한 관찰이 그가 해야 할 일이었다. 필요에 따라서는 손을 써도 된다는 허락을 받은 상태였다.

그러나 그 일을 위해 은밀히 잠마원을 염탐할 수는 없는 노릇이었다. 그건 잠마원주와 마도련에서 내로라하는 교두들에게 실례를 범하는 일이었고, 얼마 지나지 않아 탄로 날 확률이 높았기 때문이다.

적영이 잠마원주에게 정식으로 인사를 건네자, 잠마원주는 반갑게 맞아주었다.

사실 그동안 마도 가문 중에서 잠마원에 수련생의 부모가 찾아오거나 직접 수하를 보낸 경우는 이번이 처음이었다.

하지만 시간이 지나게 되면 결국 하나둘 궁금함을 참지 못해 잠마원을 방문하게 될 것이라고 생각하고 있던 잠마원주이다.

그리고 잠마원주는 가문 중 가장 먼저 찾아올 것으로 약왕문을 생각하고 있었다. 약왕은 아들과 딸을 한꺼번에 잠마원에 입부시킨 터였고, 무엇보다 아들인 독상군은 공인된 미친놈 영호선이 가장 선호하는 피를 지녔기 때문에 어떻게든 그 소식이 외부로 흘러나갈 것이라고 짐작하고 있었던 것이다.

그런데 지금 눈앞에 약왕문의 적영이라는 놈을 보니 잠마원주는 내심 짜증이 났다.

어린놈이 아무리 화가 나고 분노가 끓어올라도 그렇지 언짢은 기색을 숨김없이 드러내며 간혹 미간을 찡그리는데 그 모습이 지나치게 노골적이었다. 영호선을 쳐 죽이려 애초부터 작정하고 온 것이 틀림없었다.

하지만 일단은 외부의 손님이고 하니 반갑게 맞이했다.

"약왕은 잘 지내고 있겠지?"

"네, 평안하십니다. 약왕께선 소요마선님을 뵙거든 언젠가 직접 찾아뵙겠노라 하시면서 안부를 전하라 하셨습니다."

"가문의 일이 가볍지 않은데 뭘 일일이 찾아와. 잘 지내는 것만 알면 되지.”

약왕 독운학은 마흔이 넘어 약왕문의 문주가 되었고, 청년기 때 소요마선과 몇 번 얼굴을 마주한 적이 있었다.

그때도 소요마선은 지금의 외모와 다를 바 없었던지라 약왕은 소요마선에겐 언제나 어리게 인식될 뿐이었다.

그런 사실을 알고 있는 적영인지라 소요마선을 대하는 태도는 극히 조심스러웠다.

하지만 문제는 적영이 아무리 조심스러운 태도를 취한다 해도 그 모습조차도 상대방에게 오해를 불러일으킨다는 점이었다. 심지어 살짝 미소만 지어도 온갖 조롱 섞인 비웃음으로 보이는 것이 현재 적영의 용모였다. 그는 본래 일처리가 확실하고 신중한 사람이었으며, 약왕의 명이 없이는 함부로 사람을 해하지도 않았다.

“근데 특별한 방문의 목적이라도 있는 건가?”

잠마원주는 시치미를 뚝 떼고 물었다.

물어보나마나 영호선이 독상군의 피를 쫙쫙 빠는 일 때문이리라. 하지만 그 부분에 대해서는 딱히 해줄 말이 없었다.

이곳은 잠마원이다.

잠마원의 수련생으로 있는 한 외부의 압력에 의해 목을 내주거나 하는 일은 있을 수 없었다.

목을 따도 내가 딴다.

그건 영호선에게만 해당되는 것이 아닌 모두에 대한 공평한 시선이었다.

적영이 짧게 '흠' 하며 목을 가다듬고 입을 열었다.

"솔직히 말씀드리자면, 약왕께서 따님의 서신을 받아보시고 첫째 공자의 상태와 서신 속에 거론된 영호선이라는 수련생에 대해 정확히 알아보라는 말씀을 하셔서 방문하게 되었습니다."

"흠, 그렇군."

"외람된 말씀입니다만 소요마선님께서는 첫째 공자와 영호선의 관계를 알고 계시는지요?"

"물론 자알~ 알고 있지."

"……"

적영은 어째 잠마원주의 심사가 뒤틀린 것 같아 말이 나오기까지 묵묵히 기다렸다.

"독상군과 영호선이라……. 여기 잠마원에서 나와 교두들은 두 사람을 이렇게 부른다네."

"무척 궁금해지는군요."

"혈맹(血盟)!"

"네?"

적영의 눈이 휘둥그레졌다.

혈맹이라면 피로 연합되어 우정을 나눈 막역한 사이라는 것이 아닌가. 하지만 직접 약왕께서 건네준 서신을 읽어본 적영은 결코 독예미의 글에서 '우정(友情)'이나 '신뢰(信賴)' 등은 찾아보지 못했다.

같은 수련생의 입장에서 바라보는 시선과 크고 넓은 삶의 연륜에서 나오는 시선의 차이점인지 아직은 갈피를 잡을 수가 없었다.

적영은 곧 의문점을 말했다.

"하지만 서신에는 영호선이 첫째 공자를… 훔쳐 먹고 있다는 말이 있었습니다."

잠마원주가 막 찻잔을 들어 한 모금을 머금다가 그만 뿜어버릴 뻔했다.

"하하, 훔쳐 먹는다라……. 한 가지는 확실히 말해줄 수 있네."

적영의 눈이 한 치의 흔들림도 없이 잠마원주의 눈을 응시했다.

"영호선은 한 번도 훔쳐 먹은 적이 없어. 그건 내 별호 '소요마선'을 걸어도 좋아."

그렇다.

말은 바르게 하라고 했다. 영호선은 독상군을 대놓고 먹었지 훔쳐 먹지 않았다.

최근 독안마의로부터 들었던 영호선이 설요홍을 훔쳐 먹은 일을 제외하면 영호선은 당당히 피를 빨고 반드시 '잘 마셨습니다' 라는 인사 예절도 잊지 않는다고 하지 않던가.

한편 적영은 이내 혼란에 사로잡혔다.

서신의 내용과 잠마원주의 말 중 누구의 말이 맞는지 도무지 알 수 없었다.

'그럼 앞서 혈맹이라고 하셨으니 첫째 공자께서 영호선에게 영약을 직접 건네주셨다는 말인가! 그렇다면 굳이 다툴 이유도 없지 않겠는가.'

아직까지 적영은 훔쳐 먹었다는 말을 그저 영호선이 독상군의 개인 영약을 몰래 빼돌리는 것으로 생각했지, 설마하니 피를 빨아대는 만행을 저질렀을 것이라고는 꿈에도 생각지 못하고 있었다.

잠마원주 또한 영호선에 대해 말할 때 그다지 특별히 감싸거나 또는 극히 혐오한다는 느낌도 없이 그저 보통 수련생 중 하나를 말하는 듯하니 더욱 오리무중에 빠질 따름이었다.

그때 잠마원주의 말이 적영의 혼란한 머리를 세웠다.

"마침 잘 왔어. 내일은 각 수련생들이 조별로 대항전을 벌이게 되니 이왕 온 김에 보고 가도록 하지. 누구의 말을 백번 듣는 것보다 직접 눈으로 확인하는 게 그 무엇보다 확실한 법이니까."

적영도 듣고 보니 잘됐다 싶었다.

"그리하겠습니다."

"일단 처소를 마련해 줄 테니 여독을 풀게."

"배려에 감사드립니다."

적영은 예를 표하고 속으로 생각했다.

'원래대로라면 오늘 첫째 공자와 영호선을 만나 이야기를 나누려고 했지만 내일이 대항전이라면 굳이 모습을 드러내 공자의 심기가 분산되게 해서는 안 되겠구나. 차라리 내일 지켜보고 그 후에 이야기를 나누어도 늦진 않겠지.'

적영의 눈은 황당함을 금할 길이 없었다.

지금 눈앞에 펼쳐진 광경은 그가 예상했던 조별 대항전이 아니었다.

뭔가 어긋났다고 생각한 것은 거대한 광장에 도열한 수련생들을 향해 소요마선이 강렬히 일성을 토해낸 순간부터였다.

"싸워라! 물불을 가리지 말고!"

그래도 마도련 최고의 교육기관이란 이름으로 출범한 잠마원이다.

그런 만큼 조별 대항전이란 말을 들었을 때 그가 예상한 모습은 각 조가 제비를 뽑아 두 개 조씩 승부를 결하고, 승리를 쟁취한 조가 다시 승부하는 식의 점층 구조였다.

하지만 지금 광장은 그야말로 살벌한 난전이 펼쳐지고 있었다. 각 조마다 걸친 의복 색상이라도 다르다면 구별이 되겠지만 그것도 아니니 그야말로 살아 있는 강호 무림이 재현되고 있는 셈이었다.

그리고 원래 그런 것이 익숙하다는 듯 당연하게 받아들이는 수련생들의 태도는 무엇이란 말인가.

'시작'이라는 말이 떨어지기가 무섭게 신형을 분분히 날리는 모습은 아무래도 정상이 아니었다.

이래저래 생각할수록 머리가 복잡해기만 할 뿐이어서 적영은 합리적인 사고 따윈 포기하고 일단 난전 속으로 시선을 던졌다.

이미 영호선이 누구인지는 언질을 들은 터라 적영의 시선은 세 사람, 즉 독상군과 독예미, 그리고 영호선을 추적했다.

하지만 곧바로 문제가 생겼다.

영호선과 독예미는 쉽게 찾은 반면 정작 방문 목적의 핵심 인물인 첫째 공자를 아무리 눈을 씻고 봐도 찾지 못한 것이다.

'괴이하군. 가장 눈에 먼저 뜨여야 정상인 첫째 공자님의 모습이 보이질 않다니. 그새 특별한 역용술이라도 익혔단 말인가.'

첫째 공자를 찾는 것은 찾는다는 말이 원래 무색해야 맞았다. 두 사람을 합쳐 놓은 듯 뚱뚱한 체격인지라 보지 않으려고 노력을 기울인다 해도 덜컥 시야에 잡히게 되어 있는 것이다.

적영은 옆자리에 앉아 느긋한 시선으로 난전을 구경하고 있는 소요마선에게 첫째 공자를 물어봐야 하나 말아야 하나를 한참이나 고민했다.

'이해할 수가 없구나. 만약 첫째 공자에게 무슨 일이 생겨 현재 저 난전 중에 공자가 없다면 분명 소요마선께서 뭔가 언질을 주었을 것이 아닌가. 그럼 저기 어딘가 계시다는 말인데……'

약왕문의 인물이 정작 첫째 공자를 못 알아보고 누구에게 묻는다는 것이 우스운 일이 되는지라 적영은 안절부절못했다.

"독상군도 꽤 잘해주고 있군. 나쁘지 않아. 그렇지 않나?"

불쑥 들려온 말에 적영의 황망함은 말로 형용하기 힘들 지경이었다.

적영은 모르는 것을 아는 척할 수도 없어 그저 식은땀을 흘리며 대답을 못하고 있자니 잠마원주가 뚱한 표정으로 쳐다봤다.

"무슨 생각을 그리 골똘히 하나?"

"저, 그게 다름이 아니라……."

"응?"

창피한 일이지만 계속 첫째 공자의 활약을 놓칠 수 없다고 생각한 적영이 난감해하는 부분을 고했다. 그러자 잠마원주가 다 들은 후 껄껄껄 웃었다.

"아, 그럴 수도 있겠어. 꽤 많이 변하긴 했으니까. 우리야 계속 변하는 모습을 봤으니 대수롭지 않지만 오랜만에 보는 것이니 못 알아보는 것도 이상한 일이 아니지. 사실은 우리도 독상군이 너무 자주 변해서 헷갈리긴 하거든.”

“네? 자주 변하다뇨?”

“흠흠, 그게 아니고 성장한다는 게야. 하하하!”

잠마원주는 실언을 깨닫고는 말을 돌릴 생각으로 냉큼 한 사람을 지목했다.

“저기 푸른 옷 보이나? 막 솟구치고 있군.”

“머리에 띠를 두른 아이 말입니까?”

“아니, 그쪽 말고 그보다 아래쪽 말이네.”

“서, 설마요.”

“맞아, 독상군. 잘 지켜보게.”

적영이 잠마원주의 얼굴을 의아하게 바라봤다.

이미 잠마원주는 내 할 일은 다 했다면서 광장으로 시선을 돌려 버린 상태였다.

어쩔 수 없이 푸른 옷의 수련생을 의심의 눈초리로 바라보던 적영의 눈이 믿을 수 없다는 듯 점차 커져 갔다.

안력을 돋우어 세밀하게 뜯어보기 시작하니 얼굴 윤곽이 첫째 공자와 유사하긴 했다. 그리고 간간이 섞여 나오는 약왕문의 비전을 보며 확신할 수 있었다.

‘헉, 그런데 어떻게…… 환골탈태인 건가.’

환골탈태가 아니고서는 잠마원 입부 백이십 일 만에 저런 변화는 불가능했다. 그동안 복용한 영약이 결국 결실을 맺은 것이란 말인가. 첫째 공자의 몸은 군살 한 점 찾아볼 수 없을 정도로 날렵했고, 심지어 초췌해 보이기까지 했다.

주공이신 약왕께서도 어린 시절 때는 뚱뚱한 외모 때문에 꽤 고생했다는 말을 들은 기억이 떠올랐다. 하지만 고된 수련을 거치면서 지금의 주공 몸은 어느 한곳 흠잡을 곳이 없을 만큼 완벽했다.

그런데 잠마원에 머문 지 얼마 지나지 않아 완전히 새로운 사람으로 바뀌었으니 적영의 놀라움은 말로 형용하기 힘든 것이었다.

"도대체 첫째 공자님 주변에 무슨 일이 있었던 것인지요?"

적영의 물음에 잠마원주가 시선은 그대로 전방을 주시한 채로 답했다.

"음, 그야 물론 영호선 때문이지."

잠마원주의 말은 있는 그대로의 정답이며 백번 옳은 말이었다. 물론 거기에 한 사람을 더하자면 유은령 정도랄까.

달빛 아래 설요홍과 유은령의 대결전의 날 이후, 독상군은 영호선의 배신에 처절히 몸을 떨었다.

그리고 더불어 유은령이 건넨 설사약으로 인해 다른 의미로 또다시 몸을 떨어야 했다. 자신을 좋아한다는 처자를 영호선의 입에서 알아내기는 틀린 것 같았으며, 알아낸다고 해도 유은령의 협박으로 인해 살을 찌긴 글러 버린 상태에서 독상군은 이를 악물었다.

오직 명예를 회복할 길은 다가올 조별 대항전이라는 생각에 자신의 한계를 넘는 노력을 기울여 몸과 마음을 갈고닦았다.

그사이 몸은 저절로 만들어졌다.

이미 한번 만들어본 몸이어서인지 몸은 여전히 근육질 상태를 기억하고 있었다. 대항전 날짜가 다가오면서 영호선이 피를 꾸준히 빨아 마신 것도 몸을 만들어가는 데 일조했다.

그리고 바로 오늘 새롭게 거듭난 독상군이 적영의 눈에 선을 보인 것이다.

이런 숨겨진 사실을 알 리 없는 적영의 눈에는 감격의 눈물이 맺히고 있었다.

'아, 훌륭하십니다, 대공자님. 이젠 더 이상 소년이 아니시군요. 이 사실을 주공께서 아신다면 얼마나 기뻐하실지 벌써부터 가슴이 뜨거워집니다.'

그리고 그 변화의 중심에서 도움을 준 영호선!

서신의 내용처럼 영호선이 영약을 훔쳐 먹었다고 해도 이젠 아무 문제될 것이 없었다. 아니, 도리어 고마워해야 할 일이었다.

주르르 눈물이 흘러 미약하게나마 흐느낌이 들렸는지 잠마원주가 고개를 돌려 보다가 흠칫 놀랐다.

'이 자식 보게?

잠마원주는 슬그머니 내력을 끌어올렸다.

'이제야 모든 걸 알아버린 모양이구나.'

잠마원주는 적영이 독상군이 저렇게 말라 버릴 정도로 초췌해진 책임을 따진다면 바로 패대기를 쳐줄 요량으로 장심에 모은 기운이 흩어지지 않도록 주의를 기울였다.

그게 아니라도 영호선을 때려죽여야 속이 풀리겠다면서 난전에 몸을 던질지도 몰랐다.

잠마원주는 혹시 몰라 이 장여 떨어져 앉아 있는 무영마객 현원령에게도 은밀히 전음을 보냈다.

[약왕문에서 온 적영이란 놈이 아무래도 뭔가 벌일 것 같구나.]

[음, 지금 원주님 옆에서 분노에 몸을 떨며 울고 있는 사람 말입니까?]

[그래, 독상군을 못 알아보다가 이내 초췌해진 것을 보더니 갑자기 저러는군.]

[영호선이 빨아 먹는 걸 알게 된 거군요?]

[그게 아니면 울지도 않겠지.]

[저렇게 분노에 차 우는 사람은 처음 보는군요.]

[섬뜩하지. 보통 독한 놈이 아니야.]

[약왕이 단단히 마음을 먹었군요.]

[그래도 여긴 잠마원이야.]

[물론이죠. 설치게 놔둘 수야 없죠.]

[당연히.]

[네, 제가 바로 적영의 뒤로 가겠습니다.]

적영이 날고 기어도 잠마원주의 상대가 될 턱은 없었지만 누구라도 갑작스럽게 행동하게 되면 대처가 늦어질 수도 있는지라 예비 방편으로 현원령을 부른 것이었다.

현원령이라면 늦었다 싶었다 해도 바로 따라잡아 머리채를 붙들고 누를 수 있을 터였다. 잠마원주의 체면상 직접 그런 일을 할 수는 없지 않은가.

은밀히 현원령이 적영의 뒤편에 섰다.

적영은 여전히 눈물을 멈추지 못하고 있었다.

옆자리의 잠마원주가 내심 긴장을 늦추지 않고 장력을 발출할 태세로 조금이라도 수틀리면 패버릴 기세라는 것과 무영마객 현원령이 자신의 뒤통수에게서 시선을 떼지 않은 채로 어떻게 하면 광장에 이르기 전에 머리채를 휘어잡을까를 고민하는 것도 모르고 그저 한없이 감동에 젖어 있었다.

적영은 뿌옇게 흐려진 눈을 매만지고 벅찬 감정으로 다시 연무장에 시선을 던졌다.

어느덧 장내는 대충 승부의 윤곽이 드러나고 있었다.

이백 명이 펼치는 난전이라곤 해도 조별로 뭉쳐진 형태에서 거의 절반이 훌쩍 넘는 수련생들이 외곽에 드러누운 상태였다.

그때 적영의 눈이 부릅떠졌다.

그리고 거의 몸을 의자에서 절반가량 들어 올렸다.

그러자 대기 상태로 만반의 태세를 갖추고 있던 잠마원주와 현원령의 눈이 빛을 뿌렸다.

'이 자식이 끝내…….'

'여기가 어디라고!'

잠마원주의 손이 적영의 목을, 현원령이 적영의 뒷머리를 막 잡으려던 순간, 적영이 전방을 응시한 채로 '오호' 하며 다시 의자에 주저앉았다.

멈칫한 잠마원주와 현원령이 슬그머니 손을 거두었다.

그래도 적영은 전혀 눈치채지 못했다. 그는 한 사람의 신형에 완전히 사로잡혀 있었다. 그것은 바로 첫째 공자의 영약을 훔쳐 먹는다고 했던 혈맹을 맺은 수련생 영호선이었다.

분명히 다른 조의 조장이라고 들었는데 첫째 공자가 위험에 처하자 '쿠오오오' 하는 외침과 함께 영호선이 첫째 공자를 위험에서 구해낸 것이다.

역시 괜히 혈맹이라는 말이 붙은 것이 아니라는 감탄이 절로 나왔다.

조원들의 안위는 뒤로한 채 몸을 날릴 정도라면 비록 주위로부터는 공과 사를 구분하지 못한다는 말을 들을지언정 자신의 눈에는 훌륭한 처사로 보일 따름이었다.

대공자가 위험을 벗어나면 영호선은 곧바로 조원들 부근으로 돌아가 치열한 격전을 벌였고, 다시 대공자가 위험에 노출된다 싶으면 번개같이 나타나 도움을 아끼지 않았다. 그 덕분에 조원 몇몇이 쓰러졌지만 전혀 개의치 않는 모습이다.

'마도에 몸을 담으며 저러한 깊은 우정을 나눈 친구를 맺기가 얼마나 어려운가. 첫째 공자께선 진정 훌륭한 친구를 두었구나.'

적영은 마음이 따뜻해지며 이 벅찬 느낌을 주변과 나누고 싶었다.

"고맙습니다, 모든 것이 소요마선님의 은덕입니다."

잠마원주 소요마선은 적영이 '고' 란 말을 꺼내는 순간 머리를 찍어버리려고 했다가 이어 '…맙습니다' 가 나오자 가까스로 손을 늦게 뻗은 것을 다행으로 여겼다.

"어? 하하하하! 뭐 그런 일 가지고……."

현원령도 갑자기 적영이란 작자가 왜 고맙다고 하는지 알 수 없어 잠마원주에게 전음을 보냈다.

[이자가 지금 무슨 말을 하는 겁니까?]

[내가 어떻게 알겠냐. 맛이 가버린 것 같기도 하고.]

[그, 그런 건가요.]

적영이 홀로 행복한 오해의 세계에서 헤매고 있을 무렵, 대광장의 분위기는 거의 최종 목적지를 향해 달려가고 있었다.

조별 대항전은 이름에서 이미 드러나듯 마지막까지 어떤 조의 숫자가 가장 많이 남는지에 따라 순위를 결정했다.

그로 인해 각 조의 결속과 연합이 무엇보다 중요시되는 셈이었다. 그렇기에 이백 명의 난전으로 보이긴 해도 실제로는 열 개의 세력이 힘을 겨루는 것이라 할 수 있었다.

잠마원 내에서는 서열에 대한 반응이 민감하기 짝이 없었다. 몇 조에 속해 있느냐에 따라 자신의 소속을 밝히는 목소리가 다를 정도였다.

그런 점에서 가장 이를 악문 것은 당연하게도 십조였다.

최소한 이번 기회를 발판으로 십조에서는 벗어나자는 열망이 누구보다 강했다.

게다가 십조에는 서열 일위 설요홍과 맞먹는 서열 이백위가 있었기에 어느 누구도 십조라는 멍에를 벗어던질 수 있을 것이라고 생각했다.

하지만 그것이 한낱 착각에 불과했다는 것은 결전이 시작되자마자 알 수 있었다.

한데 뭉쳐 있어도 시원찮을 판에 유은령이 휘파람을 길게 불고는 오조의 영호선 옆에 찰싹 달라붙어 버렸기 때문이다.

십조원들의 안색이 새까맣게 변해 버린 것은 당연했다.

고수를 잃은 십조원들은 다른 조의 공격을 집중적으로 받게 되어 초반에 지리멸렬해 버리고 만 것이다.

그래서 결국 십조는 다시 십조로서의 위치를 확고하게 유지할 수 있었다.

한편 일조부터 사조까지의 사인방의 공격은 거의 약속이라도 한 듯 오조를 향했다. 아예 초반에 오조를 쓸어버리고,

그다음 천천히 다른 조들을 괴멸시키겠다는 생각이었다.

그 와중에 물론 영호선의 목을 따버리는 것도 당연히 포함된 계획이었다.

하지만 그들보다 더 빠른 것이 유은령이었다.

십조를 팽개쳐 두고 영호선 옆에 온 유은령은 '저리 좀 꺼지란 말이야!' 라는 영호선의 분노의 눈길에 그만 폭주해 일조를 향해 화풀이를 하러 떠난 것이다.

유은령의 공격은 일조와 떼로 몰려 있는 사조까지를 망라해서 순식간에 사인방의 조는 혼돈에 사로잡혔다.

살기를 분분히 뿌리는 유은령을 상대하는 것은 쉽지 않았고, 결국에는 설요홍과 유은령의 대결로 굳어져 버렸다.

그 틈에 오조는 이조와 삼조를 맞아 싸움을 벌였다.

오조원들의 열망은 당연히 일조가 되는 것이었으며, 정 안 돼도 최소한 사조였기에 눈에 불을 켠 상태였다.

각 조의 격전은 그와 같은 열망에 따라 상대를 맞이했다.

초반에 탈락이 확정된 십조의 열아홉 명을 제외하고 팔조와 구조는 서로 고만고만하다고 보고 치고받았으며, 백발청당의 육조와 소묘희의 칠조는 사조를 맞아 혼전을 벌였다.

그러던 중 오조에 변수가 생긴 것은 바로 육조의 위험을 감지한 영호선의 개입이 있고부터였다. 정확히는 육조가 아닌 독상군에 대한 것이었다.

영호선은 독상군이 위기를 맞이하자, 한참 싸우던 상대를 버려두고 '독상군!'이라고 외치며 훌쩍 자리를 떠나 버렸던 것이다.

그리고는 온갖 쌍욕을 해가면서 '내가 독상군이 피 한 방울 흘리도록 가만히 보고만 있을 줄 알았냐! 쌍, 죽어라'는 말과 함께 혼신의 힘을 다해 독상군을 지킨 것이다.

그 덕분에 육조는 큰 힘을 얻었지만 오조는 즉시 곤란한 상황에 빠져 버렸다.

바로 이때가 적영이 감동의 눈물을 흘린 때이기도 했다. 그렇게 영호선이 오조와 독상군 사이를 왕래하며 싸우는 바람에 오조원 몇이 나가떨어지는 사태가 벌어졌다.

그리고 이제 연무장에 선 자가 고작 사십 명 이내로 줄어들었을 때였다.

잠마원주가 몸을 떨치고 일어나 크게 외쳤다.

"멈춰라!"

어느 누구 할 것 없이 지쳐 갈 시간이었다. 각기 병기를 거두고 싸우던 상대를 향해 살기등등한 눈길을 던지는 것으로 물러섰다.

"이것으로 조별 대항전을 마치겠다. 좋은 경험이 되었을 것이다. 각 조별로 남은 자가 많은 순서로 조의 순위는 새롭게 정해질 것이다."

교두와 수련생들이 조의 인원을 헤아리며 순위를 확인했다.

그 결과 열두 명이 남은 일조가 일위를 유지했고, 아홉 명이 남은 이조가 이위, 그리고 삼위와 사위는 뜻밖에도 여덟 명과 일곱 명이 남은 육조와 칠조에게 돌아갔다.

그다음은 다섯 명이 남은 오조가 전과 동일하게 오위를 차지했다. 오조원들의 한숨 소리가 땅을 파고들 정도로 울려 퍼졌다.

그다음 육위는 기존의 삼조가, 칠위는 사조가 차지해 사인방 중 두 명은 체면을 구겼다.

팔조와 구조는 서로 치고받으며 기존의 팔조와 구조로 남았고, 마지막 십조는 유은령을 제외하고 모두 초반에 나가떨어진 덕분에 눈물의 십조에 다시금 머물게 되었다.

공식 발표가 나면서 가장 큰 환호성이 터진 조는 기존 육조와 칠조였다.

육조장 청당과 칠조장 소묘희는 영호선에게 당한 아픈 기억을 지니고 있던 터라 비록 영호선의 도움을 받은 것이 컸다손 치더라도 삼조와 사조가 되어 오조 위에 군림할 수 있다는 사실만으로도 기쁨을 주체할 수 없었다.

그에 반해 오조원들의 황망함은 탄식이 되어 쏟아졌다.

대항전이 끝난 지금도 영호선은 독상군이 상처를 입지 않았는지, 쓸데없이 피를 쏟지 않았는지 살피고 있었던 것이다.

그러나 그 모든 조에 비교할 수 없는 슬픔에 잠긴 것은 단연 십조였다.

그들은 내가 누구고, 여기가 어디인지 심각한 자괴감에 빠져들고 있었다. 유은령이 제정신만 차리고 함께하였다면 최소한 팔조는 될 수 있었을 것이라는 생각에 쓰린 속을 주체할 수 없었다.

하지만 또 다르게 생각해 보면 지나치게 유은령을 의지한 것이 아닌가 하는 반성도 있었다. 원래 유은령이 변하기 전에는 십조의 누구도 유은령의 존재에 의미를 부여하지 않고 있었으니 말이다.

처절한 격전이 지나자 그동안 대항전을 준비하며 가진 극도의 긴장도 풀어지고 다른 날보다 조금은 더 평안한 밤이 찾아왔다.

第五章
적영의 감동

潛魔劍仙
잠마검선

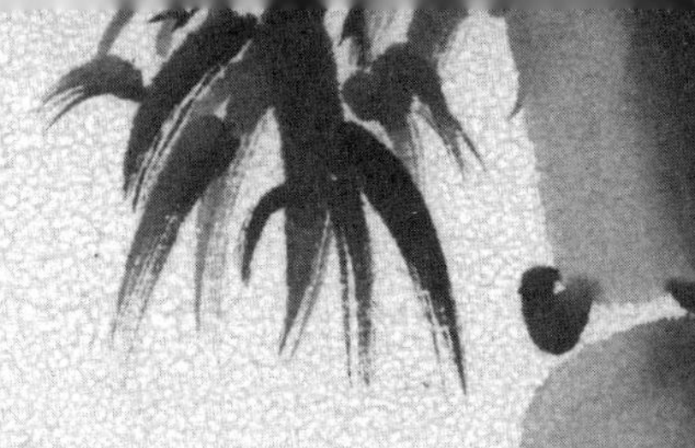

　적영이 잠마원을 떠난 것은 대항전이 끝난 그날 밤이었다.

　떨떠름하게 조금 더 머물다 가라는 잠마원주에게 적영은 두 손을 덥석 움켜쥐더니 '앞으로도 잘 부탁드립니다' 라고 인사를 건넨 뒤 쉼없이 달려 약왕문으로 돌아갔다.

　잠마원주 소요마선이 멍한 표정으로 적영의 뒷모습을 바라본 것은 당연했다.

　'약왕문 놈들 요즘 무슨 일 있나? 어린놈이나 나이 좀 먹은 놈이나 하나같이 정상이 아닌 것 같아.'

　그런 생각을 알 리 없는 적영은 잠마원주에 대한 고마운 마음을 가득 품고 약왕 앞에 이르렀다.

이제나저제나 소식을 기다리고 있던 약왕은 대충 소요마선에 대한 안부를 듣는 둥 마는 둥 하고 서둘러 본론을 물었다.

"그래, 자세히 알아왔겠지?"

"네, 소요마선님께서 곁에서 자세히 말씀을 주셔서 더 명확히 상황을 볼 수 있었습니다."

"오호, 그럼 틀림없겠군."

"주공, 기뻐하십시오. 공자께서는 완전히 다른 사람이 되어 있었습니다."

"다른 사람이라니?"

곧바로 적영은 잠마원의 조별 대항전 때 멋진 몸매로 무위를 뽐내던 독상군에 대해 아직도 가슴이 벅차다는 듯 격정적으로 설명했다.

즉시 약왕의 눈에도 아버지로서의 뿌듯함이 가득 어렸다. 감격에 겨운지 입을 굳게 다물고 연신 고개를 끄덕이는 것이 입을 열기라도 하면 떨리는 입술을 수하에게 보일까 염려하는 모습이 역력했다.

"부끄러운 이야기입니다만 속하는 처음에 대공자를 알아보지 못했습니다."

다시 약왕이 굳게 다문 입술인 채로 연신 고개를 끄덕였다.

"고작 백이십 일이 지났을 뿐입니다. 그런데 대공자께선 오히려 초췌해 보일 정도였습니다. 속하는 그만 가슴이 너무

벅차……."

그때의 감정이 고스란히 떠오르는지 적영은 못나게도 눈물을 보이고 말았다.

그리고 수하의 솔직한 모습에 약왕도 눈 끝에 살짝 이슬이 맺힌 것을 소맷자락으로 찍어냈다.

"주공, 죄송합니다."

"아니다. 계속 이야기를 해보아라."

"그러한 몸이 되실 때까지 대공자께서 얼마나 피와 땀이 어우러진 수련에 매진하셨을지…… 더 이상 대공자께서는 소년이 아니었습니다. 수련의 정도가 심하셨던지 조금은 움푹 파여 들어간 눈이었지만 그 눈은 살아 있었습니다. 심지어 독기가 서려 있기까지 해서 속하는 마치 과거의 주공을 보는 것 같았습니다."

약왕이 입술을 움직거리면서 고개를 다시 연신 끄덕였다.

"영호선에 대해서도 알아보았습니다."

격정에 잠겨 있던 약왕이 한순간 표정을 바꾸더니 살짝 살기를 드러냈다.

"그래, 그놈은 뭐 하는 놈이더냐?"

"주공, 전혀 문제의 소지가 없었습니다."

"응?"

"잠마원주이신 소요마선께서 직접 증언하시길, 영호선과 대공자는 '혈맹'으로 불리고 있다고 합니다."

"그 정도로 가까운 사이였단 말이냐? 그런데 왜 예미는 영호선이 아들 녀석을 훔쳐 먹는다고 한 게지?"

"속하가 볼 때는 소저께서 오해를 하신 것 같습니다. 그가 비록 대공자의 영약을 훔쳐 먹은 적이 있었는지 모르나 지금 그와 대공자 사이는 혈맹이 확실합니다."

"자세히 말해보아라."

적영은 곧바로 조별 대항전 때 영호선의 활약을 설명하기 시작했다.

"오호, 그러니까 영호선이 조원들을 버려두고 상군의 위험에 달려와 도움을 주었다는 말이냐?"

"그렇습니다. 그 때문에 영호선의 조원 몇몇이 피해를 입었음에도 영호선의 눈에는 오직 대공자만이 보이는 것 같았습니다."

"상군에겐 진정 큰 복락이로구나. 이 험난한 강호에서 그러한 친구를 얻는 것은 마치 하늘에서 별을 따는 것과도 같지."

"속하도 같은 생각입니다. 영호선의 모습을 속하가 지켜보면서 느낀 점은 그는 친구를 위해서라면 목숨까지도 아까워하지 않을 정도로 보였습니다. 조별 대항전이 종결된 후에도 영호선은 조원들보다는 대공자의 곁에 머물면서 상처를 입지는 않았는지, 어느 곳에 피를 흘리고 있는 것은 아닌지 면밀히 살피면서 걱정하는 모습을 보였습니다. 저는 그때 그만 울컥해서……."

적영이 다시 눈물을 쏟는 바람에 다음 말을 잇지 못했다.

약왕의 눈에도 은은히 감동이 어렸다.

'과연 상군이 어른이 되긴 된 모양이로구나.'

유유상종이란 말은 고금의 진리다. 친구를 보면 그 사람의 됨됨이까지 알 수 있다.

상군이 영호선이라는 좋은 친구를 두었다는 것은 상군 또한 그만큼 성장했다는 것을 의미하는 것이 아니고 무엇이겠는가.

'장하다. 내 너를 잠마원에 보낼 때 망설였던 것이 부끄럽구나. 혹시라도 영약을 노리고 접근하는 놈들을 염려한 때문이었지. 하지만 지금은 아무런 걱정을 하지 않아도 되겠구나. 네게는 영호선이라는 좋은 친구가 있으니 말이다.'

약왕은 생각을 접고 기쁨을 주체할 수 없는지 화통하게 입을 열었다.

"도저히 가만히 있을 수 없구나. 잠마원의 상황을 몰랐다면야 어쩔 수 없지만 이미 모든 것을 안 이상 영호선을 그냥 버려둘 수 없다."

"옳으신 말씀입니다."

"아무렴. 영호선은 필시 영약 한 줌 먹지 못하고 지금까지 살아왔을 터. 그래서 독예미에게 영약을 훔쳐 먹는다는 오해도 샀을 정도이니 그에게 영약을 선물하는 게 좋겠다. 적영,

너는 즉시 총관에게 가서 영호선에게 보낼 선물을 준비하라
일러라.”

“속하, 분부를 받들겠습니다.”

“최고 중에서 하나를 고르라 일러라.”

“네, 명심하겠습니다.”

적영이 나가자 약왕은 기쁨을 주체할 수 없는지 얼굴 가득
흐뭇한 미소가 떠올랐다.

‘그래, 잠마원에서 너의 꿈의 초석을 세우거라. 피를 나눈
친구와 뜨거운 정열이라면 천하를 내려다볼 수 있을 것이
다.’

*　　　*　　　*

오조의 분위기는 며칠째 흉흉하기 이를 데 없었다.

원인은 영호선과 오조원의 각각의 분노가 충돌했기 때문
이다.

안락한 수면을 포기하고 수일간 쇠판을 긁었으면 최소한
장단은 맞춰줘야 할 것이 아니냐는 것이 영호선의 주장이었
고, 오조원들은 조장이란 작자가 조원들을 팽개쳐 두고 살아
있는 영약을 지키겠노라 훌쩍 떠나 버린 것이 말이 되냐고 반
박했다.

분을 못 이긴 영호선이 문을 박차고 나섰다.

"내가 이 집구석을 들어오나 봐라!"

마치 마누라의 바가지 긁는 소리에 견딜 수 없다는 투로 문을 쾅 닫고 나가 버리자 오조원들은 '흥' 하고 콧방귀를 뀌었다.

저래놓고 또 어디선가 피를 빨고 있을 것이리라. 조원들을 무시해도 정도가 있는 것이다. 쇠판을 들고 나갈 때만 해도 저놈이 오조를 위하는 마음이 있구나 싶었던 것도 사실이다. 하지만 개 버릇 남 못 준다는 말은 누가 지었는지 명언이 아닐 수 없을 정도로 영호선이 정확히 그 꼴이었다.

"야, 오조! 너희들, 똑똑히 들어라!"

속으로 온갖 욕을 퍼붓고 있으려니 밖에서 쩌렁하며 영호선의 목소리가 들려왔다.

절대 똑똑히 듣고 싶은 생각이 나지 않는다. 모두들 귀를 틀어막았고, 이어 영호선의 말이 이어졌다.

"너희들이 친구의 소중함을 알기나 해! 각자에겐 어쩔 수 없이 소중한 것이 있단 말이다, 이 무식한 놈들아!"

영호선은 연신 버럭 소리 지르다 땅에 구르는 돌을 걷어찼다.

파악!

수박 깨지는 소리와 함께 곧바로 참혹한 신음이 터졌다.

"으윽!"

저만치 한 사람이 나뒹굴었다.

영호선이 머리를 쥐어 잡고 나뒹군 사람을 보니 잠마원 내 하급무사의 의복을 입고 있었다.

머리가 터졌는지 피가 철철 흘러 이미 얼굴 반쪽이 피로 범벅이 되어 있었다.

"이봐, 왜 돌을 가로막아! 돌이란 원래 멀리 날아가야 제맛이란 것도 몰라!"

도리어 때린 놈이 성을 내고 있었지만 하급무사는 영호선의 위명(?)을 익히 들어 알고 있었다. 머리가 깨졌지만 사과를 받을 기대조차 하지 않았다 그래도 저렇게 화를 낼 줄이야.

"잘, 잘못했다."

"앞으로는 절대 그러지 마. 알았어?"

"그래야지."

"그럼 어서 꺼져 버려."

"실은 네게 소식을 전하러 온 거다. 지금 접객실에 손님이 널 기다리고 계신다."

"응?"

영호선의 고개를 갸우뚱했다.

아무리 생각해도 외부에서 올 사람이 없었다.

"누군데?"

"약왕문에서 오신 손님으로만 알고 있다."

영호선은 순간 흠칫했다.

'약왕문? 제길, 약왕이라도 온 것인가?

그리고 번개같이 한 가지 생각이 머리를 스쳤다.

'튀자!'

*   *   *

접객실에서 영호선을 기다리고 있던 적영은 살짝 눈살을 찌푸렸다.

어서 빨리 영호선을 만나 뜨겁게 끌어안고, 엄지를 추켜세우고 영초를 선물할 생각이건만 영호선의 그림자조차 볼 수가 없었기 때문이다.

'부담스러운 건가?'

이미 일각 전에 영호선을 부르러 갔던 하급무사가 소식을 전했다면서 곧 접객실로 올 것이라고 말했다. 단지 멀쩡하던 하급무사가 머리가 깨져 피를 철철 흘리는 것이 이상하긴 했지만 팔이 잘리든 목이 달아나든 그거야 알 바 아니었다.

'그냥 찾아갈 걸 그랬군.'

그런 적영의 맞은편에는 무영마객 현원령이 태연히 차를 들이켜고 있었다.

그는 명목상 외부 인사를 접대한다는 핑계를 대고 있었지만 목적은 잠마원주의 명을 받고 감시하는 임무였다.

"적영이 또 왔군. 지난번 조별 대항전이 끝났을 때, '앞으로도 잘 부탁드립니다' 라는 말을 남기고 화사한 봄날의 미소까지 짓고 떠나기에 끝났나 싶었는데 비로소 정신을 차린 모양이야. 이번에는 확실히 영호선을 처리하려고 온 것이라고밖에는 생각할 수 없지. 자네가 곁에서 잘 지켜보게."

잠마원주의 말은 확실했다.

잠마원 수련 기간 중 외부인이 수련생을 해치는 일은 없어야 한다는 것.

물론 약왕문의 분노도 이해를 못하는 바는 아니다. 금이야 옥이야 영약을 처발라 키운 사랑하는 아들이 잠마원에서 걸어 다니는 영약 취급당하며 피를 빨리고 있다는 것을 알고 어찌 가만히 있을 수 있겠는가.

하지만 그 마음이야 이해하지만 이곳은 엄연히 잠마원의 규정이 있는 곳이다. 문제가 심각해진다 싶으면 내부에서 징계를 내려도 내리는 것이지 외부인이 감 놓아라 배 놓아라 하는 것을 멀거니 보고 있을 순 없는 것이다.

현원령은 영호선이 오지 않을 것이라고 확신했다.

영악하기로 첫손에 꼽히는 영호선이 죽여주쇼 하고 고개를 들이밀진 않을 것이다.

과거 자신에게 사과하라며 연거푸 찾아온 뒤로 무작정 대들다 뒈질 수 있다는 것을 깨달은 영호선이 아닌가.

까짓 미친 척하고 영호선이 온다고 해도 약왕의 오른팔인 적영의 손에 죽게 내버려 둘 수는 없었다. 이미 잠마원주의 허락도 떨어진 마당이니만큼 적영이 아니라 약왕이 온다 해도 목에 칼을 들이댈 생각이었다.

적영이 답답한지 자리를 박차고 일어났다.

"아무래도 직접 찾아가는 편이 낫겠군요."

현원령이 찻잔을 내려놓고 여유롭게 말을 받았다.

"그냥 기다려 보죠. 급한 볼일을 보고 오는지도 모르잖습니까."

하지만 적영의 생각은 달랐다.

"아마도 영호선은 나를 만나는 걸 부담스러워하는 모양입니다. 이렇게 되면 직접 찾아가는 수밖에요."

현원령은 내심 어처구니가 없었다.

'부담스러워한다고? 이 친구, 장난하나?'

적영이 고집을 부렸다.

"오조라고 했던가요? 숙소로 가봐야겠습니다. 시간이 되면 함께 가시겠습니까?"

따라오지 말라고 해도 따라갈 참인 현원령이다.

"정 그러시다면 제가 안내하겠습니다."

"영호선 있나?"

오조의 숙소 문이 열리고 목소리의 주인공이 얼굴을 내밀었을 때, 오조원들은 악귀가 쳐들어왔다고 생각했다.

곧바로 검을 뽑아 들고 전투태세를 갖췄다.

싸우고자 대놓고 말하고 있는 면상, 또 하나는 그 면상이 영호선을 찾았다는 점이다. 저 정도로 화난 얼굴이라면 같은 조라는 이유만으로 무슨 짓을 할지 몰랐다.

그러나 그러한 반응에 도리어 놀란 것은 적영이었다.

'훈련이 잘되어 있구나. 반응이 꽤 빠른걸.'

오조원 중 누군가 적영의 내심을 읽었다면 아마 이렇게 말했을 것이다.

'너도 오조원이 되어봐라. 이렇게 몸을 안 움직일 수 있나.'

오조원들의 경계가 풀린 것은 현원령이 뒤에서 모습을 드러낸 뒤였다. 교두와 함께라면 최소한 자신들에게 해가 오진 않을 것이다.

"이분은 약왕문에서 오신 분이다. 검을 거둬라."

현원령의 말에 오조원들이 처음보다 더욱 경악했다.

'드디어 올 것이 왔구나.'

'좀 늦은 감이 없진 않지.'

'낯선 얼굴을 보고 처음부터 알아봤어야 하는데……'

'이제 조장은 죽는 건가? 아무래도 죽겠지?

하긴 독상군이 당한 것을 생각하면 절로 약왕문의 심경이 이해가 갔다.

조별 대항전에서도 영호선은 독상군을 보호하긴 했지만 그건 어디까지나 걸어 다니는 영약이 다칠까 염려한 것이지 순수한 의미는 어디에도 없었다. 오조원들은 불똥이 자신들에겐 튀지 않기만을 바랄 뿐이었다.

현원령은 영호선이 없는 것에 일단 안심했다. 혹시나 적영이 손을 쓸 것을 우려해 오는 동안은 어깨를 나란히 했지만 숙소를 들어설 때는 고의로 뒤편에 섰다. 그래야 상대의 후미에서 쉽게 제압할 수 있기 때문이었다.

"조장은 지금 자리에 없습니다."

그래도 누군가는 나서야 하기에 부조장 초이량이 검을 거두고 공손히 답했다.

"그렇군. 네 이름은 무엇이냐?"

초이량은 의아했지만 바로 대답했다.

"초이량입니다."

"영호선과는 친한가?"

초이량이 침을 꿀꺽 삼켰다.

적영은 환하게 웃으며 말했다. 하지만 그것은 인간의 미소가 아니었다. 초이량의 눈에는 사람을 찢어발긴 뒤 광기에 젖어 웃는 것 그 이상도 이하도 아니었다.

"치, 친하지 않습니다. 사실 서로 눈도 마주치지 않습니다."

적영이 안 그래도 무섭기만 한 얼굴을 찡그렸다. 초이량이 저절로 두 걸음 물러섰다.

"유감스러운 일이군."

초이량은 적영이 영호선을 잡으러 온 마당에 친하지 않다는 말을 듣고 왜 유감스럽다고 하는지 이해할 수 없었다. 하지만 곧 한 가지 생각이 미치자 얼굴빛이 저절로 노랗게 변하고 말았다.

'뭐, 뭐냐! 한 놈이라도 더 엮어 죽일 생각이었던 건가?

오조원들도 모두 같은 생각을 하고 있었다. 만약 자신에게 똑같은 물음을 한다면 필사적으로 친하지 않다고 답해야겠다고 생각했다. 차라리 백번이고 천번이고 유감스러운 것이 나았다.

적영은 이곳에서도 영호선을 만나지 못하게 되자 답답함이 더했다.

그는 숙소 중간을 왔다 갔다 하면서 왜 영호선이 이리도 늦는지 안타까워했다.

"영호선… 도대체 어디를 간 거냐!"

그것은 어서 빨리 영호선을 만나고 싶다는, 그래서 영약을 건네주고 싶다는 염원이었지만 오조원들의 손은 저절로 검 자루를 움켜잡아 갔다. 이미 현원령은 비수를 꺼내 든 상태였다. 어느 누구 할 것 없이 적영의 말을 '영호선 이 새끼, 잡히기만 하면 바로 목을 꺾어버릴 테다' 정도로 이해했다.

초이량이 용기를 냈다. 어떻게든 살아야 한다는 절박함이
입을 열어젖힌 것이다.

"외람된 말씀입니다만 조장은 오지 않을 겁니다."

"무슨 소리냐?"

적영이 버럭 내지른 소리에 초이량이 움찔했다.

현원령은 순간 비수를 던져 버릴 뻔한 것을 간신히 참아내
야 했다.

'이 새끼가.'

"경황 중이라 미처 말씀을 못 드렸습니다만 조장은 개인
수련을 위해 아무도 찾지 못하는 곳으로 간다고 했습니다. 이
런 경우 적어도 사흘에서 닷새가량은 걸립니다."

적영이 고개를 끄덕였다.

"흠, 이렇게 되면 어쩔 수 없나!"

적영의 손이 품으로 들어갔다.

초이량을 비롯한 오조원들이 비명을 내질렀다.

그리고 동시에 현원령이 눈이 번쩍였다. 눈 깜짝할 사이에
현원령의 신형이 적영을 뒤덮었다.

"허허, 좀 어이가 없군."

잠마원주는 현원령과 마주한 채 고개를 절레절레 흔들었
다. 현원령이 말을 지어낼 리도 없고, 간밤에 오조 숙소에서
벌어진 일은 여전히 아리송하기만 했다. 그건 당사자인 현원

령도 마찬가지였다.

"사실 아직도 이해가 되지 않습니다. 약왕문이 원래 마음이 그리 넓었습니까?"

지난밤 적영의 목에 비수를 겨누고 맥문을 틀어쥐었을 때, 현원령은 보고 말았다.

적영이 품에서 막 꺼낸 영초를!

'이게 무슨 짓이오?' 라고 눈을 부릅뜨던 적영의 모습이 아직도 눈에 선했다.

이게 뭐냐고 물었을 때, 줄줄이 적영이 뱉어낸 말들은 도저히 이해할 수도 이해하고 싶지도 않은 말이었다. 어째서 영호선이 독상군의 멋진 친구이자 영원히 우정을 변치 않았으면 하는 대상이 된단 말인가! 그 많고 많은 사람 중에서 말이다.

"내 생각엔 말이야."

잠마원주가 입을 삐죽이 내밀며 잠시 뜸을 들였다.

"…약을 너무 많이 한 것 같아."

듣고 보니 현원령도 절로 고개가 끄덕여지는 말이었다.

약왕문이니 얼마나 약을 먹어댔겠는가.

"그렇군요. 약을 심하게 빨면 저런 현상이 나타나는군요."

영약도 적당히 처먹어야 제대로 된 삶이 보장되는구나, 라고 잠마원주와 현원령은 새롭게 인식했다.

*　　　*　　　*

독예미는 한 장의 서신을 받아 들고 기쁨에 젖었다.

겉봉투에 아버지의 인장이 찍혀 있었기 때문이다.

적영은 생김새와 달리 사려(?)가 깊어 두 차례나 잠마원을 방문하였지만 독상군과 독예미를 만나지 않았다. 최대한 객관적인 시선으로 상황을 이해하기 위함이었고, 가문에서 잠마원의 일에 개입하는 것을 두 사람에게 보일 경우 앞으로도 조금만 어려운 일이 생기면 외부의 힘을 의지하려고 할 것이기 때문이었다. 그건 약왕의 뜻이기도 했다.

그래서 독예미는 지금 이 서신이 비로소 아버지가 손을 쓰겠노라는 답장일 것이라 생각했다.

예미, 보거라.

잠마원의 생활에 하루하루 성장해 가는 너의 모습이 눈에 선하구나.

비록 지금 떨어져 있지만 아비의 마음이 항상 함께 있다는 것을 잊지 마렴.

독예미는 저절로 미소를 떠올렸다.

'저도 알아요.'

독예미의 시선이 아래를 향했다.

지금쯤 네가 서신을 읽고 있을 때면 모든 조치가 끝나 있을 것이다.

거기에서 독예미의 눈에 의혹이 맺혔다.
'응? 무슨 말씀이시지?'
그도 그런 것이, 모든 조치가 끝났다면 지금 밖에서 들려오는 저 명랑 유쾌한 괴성은 환청이라도 된단 말인가! 어째서 조치가 끝났다면서 여전히 영호선이 '너 거기 서! 안 서면 뒈진다!' 라는 소리를 꽥꽥 질러대고 있을 수 있는지 독예미로서는 이해할 수가 없었다.

이 아비는 적영에게 모든 것을 들었다.
조별 대항전에서 보여준 영호선의 뜨거운 우정과 피로 연결된 상군이와의 관계는 부럽기까지 하더구나.

독예미는 놀라서 혹시나 이것이 영호선의 장난인가 싶어 인장을 다시 확인했다. 하지만 인장은 확실히 약왕문의 약왕만이 사용 가능한 고유의 표식이 새겨져 있었다. 아무리 영호선이 날고 기어도 그것을 위조할 수는 없었다.
'무슨 해괴한 말씀을 하고 계시는 거예요? 뜨거운 우정이라뇨?

　잠마원에서의 생활은 앞으로 마도의 길을 걸어감에 있어서 소중한 인간관계와 우정이라는 세상에서 그 무엇과 바꿀 수 없는 보물을 손에 넣는 열쇠가 될 것이다. 그러나 매일 함께 지내다 보면 본의 아니게 오해가 생길 수도 있겠지만 결국에 진심은 통한다고 하지 않더냐. 네가 비록 영호선에 대해 오해가 있었던 것 같으나 이제 모든 것이 해결되었으니 너도 마음을 열고 영호선을 대하길 바란다. 언젠가 잠마원을 나오게 되는 날 영호선을 초대해 함께 이야기를 나누다 보면 지금의 이 일들이 좋은 추억이 되어 흐뭇한 이야기가 될 것이라고 생각하니 벌써 입가에 미소가 지어지는구나.

　독예미는 부르르 손을 떨었다.
　도대체 영호선이 어떻게 적영을 구워삶았단 말인가. 아버지의 오른팔인 적영은 충직함이 비교 대상이 없을 정도였고, 언제나 상황을 객관적인 이성으로 판단할 뿐 정에 연연하거나 사정을 봐주지 않았다. 그렇기에 더욱 머리가 돌아버릴 지경이었다.

　설령 어려움이 있더라도 굳건히 잘 이겨내리라 믿는다. 난 너희를 믿는다. 너희도 스스로를 믿도록 해라. 더불어 앞으로는 섣불리 다른 사람을 의심하지 말거라. 그래서 하는 말인데, 그곳에서의 어려움은 더 이상 가문에 의지하지 말도록 하여라. 이번에는 처음이고 워낙 간곡하여 네 청을 받아들였지만 네 말만 믿고 영호선을 벌했다면 크게 실수를 할 뻔하지 않았느냐. 다시 한 번 말하지만 영호선에 대한 오해는 풀도록 하여라. 그는 마도에 몇 안 되는 의리를 갖춘 자니라. 모쪼록 큰 성취를 이루어 훗날 만날 때는 이 아비를 놀라게 할 만큼 성장해 있는 너를 기대하마.

독예미의 눈에서 어쩔 수 없이 눈물이 주르르 쏟아졌다.
"아버지, 도대체 이게 뭐예요? 적영 아저씨는 또 무엇을 보고 간 것이고요?"

第六章
귀여운 소녀
第六章
귀여운 소녀

潛魔劍仙

잠마검선

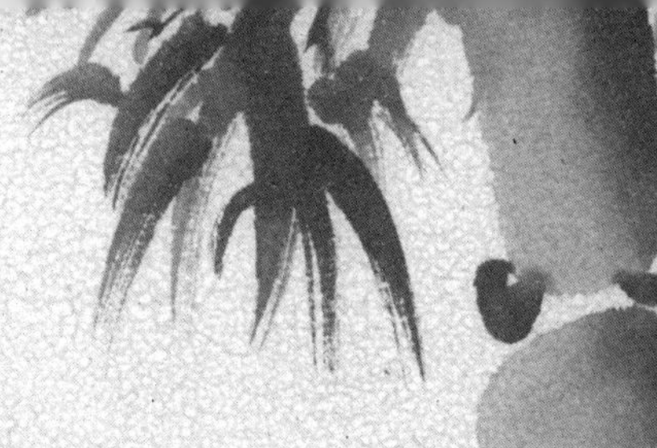

“나 어때?”

“아름다우십니다.”

“그렇지?”

“네.”

“내가 봐도 난 너무 아름답고 귀엽구나.”

“네, 아름답고 귀여우십니다.”

“나의 어린 시절은 암흑이었지. 친구도 없는 외로운 나날
들. 아무리 떠올려도 추억이랄 게 없으니⋯⋯.”

“⋯⋯.”

“풍진! 잠마원이라고 했더냐?”

“네, 잠마원입니다.”

“추억을 만들어보고 싶구나. 내 생애 텅 비어버린 그 시절을 다시 느껴보고 싶다.”

“좋은 생각이십니다.”

“그래, 그게 좋겠어.”

“제가 잠마원에 다녀오겠습니다.”

＊　　　＊　　　＊

잠마원주 소요마선은 입을 쩍 벌리고 다물 줄 몰랐다.

그 앞에는 형체를 알아볼 수 없는 안개 같은 것이 어른거리고 있었다. 그러나 그가 경악한 것은 괴상한 형태의 어른거림 따위 때문이 아니었다. 그 형체가 꺼낸 말이 아무리 납득하려고 해도 납득할 수 없었기 때문이다.

“풍진, 너 그게 지금 말이 된다고 생각하냐!”

“말이 된다고 생각합니다.”

잠마원주가 물었고, 안개가 답했다.

“절대 안 돼. 있을 수 없는 일이야.”

“있을 수 있는 이야기입니다.”

“드디어 미쳐 버린 거냐?”

“정상이십니다.”

“네 눈에는 다 정상으로 보이겠지! 네 눈에만!”

“물론입니다.”

“어휴, 복창 터져!”

“…….”

“그 마녀 할망구가 미쳐 돌아가면 풍진 너라도 제정신을 차려야 할 것 아니냔 말이야!”

“정신 차리고 있습니다.”

“안 돼. 가봐.”

“됩니다. 갈 수 없습니다.”

“맞기 전에 가라고 했다.”

“맞겠습니다.”

소요마선도 말은 그렇게 했지만 풍진이 맞아도 가지 않을 것이란 것을 알고 있었다.

목을 잘라도 잘린 목으로 꼬박꼬박 말대꾸를 할 놈이 바로 풍진이었다. 마녀 할망구를 위해서라면 지옥 끝까지 갈 놈이 바로 눈앞에 있는 것이다.

“자, 그럼 천천히 내가 설명을 해주마. 네놈의 머리통에 오직 마녀 할망구만 들어 있다고 해도 일말의 상식이란 것쯤은 가지고 있을 테니까. 먼저 여기가 어디냐?”

“잠마원입니다.”

“해당 연령은?”

“십오 세에서 십팔 세로 알고 있습니다.”

“근데, 마녀 할망구는?”

"……."

"어린애들 사이로 마녀 할망구가 귀밑머리 희끗해 돌아다니면 어떨 것 같으냐?"

"착각이십니다."

"뭐가 착각이란 거냐?"

풍진이 흐릿한 상태로 두루마리 족자를 쫙 펼쳤다.

족자 안에는 한 떨기 꽃과 같은 아름다운 소녀가 나비를 쫓아 손을 뻗고 있었다.

"누구냐?"

"……."

"서, 설마……."

"맞습니다. 반로환동하셨습니다."

"이런 젠장, 늙으면 뒈져야지 그런 이상한 것을 해서 사람을 귀찮게 해."

"그럼 해결되었다 말씀드리겠습니다."

"안 돼."

"됩니다."

"언제나 잠마원은 이백 명이 정원이다. 이백한 명은 없다."

"이백 명이군요."

"알았으면 가봐. 어지럽게 어른거리지 말고."

"가보겠습니다."

풍진이 잔영을 남기고 사라지자, 잠마원주가 털썩 주저앉

왔다.

 '왜 이상한 인간들은 죽지도 않을까? 죽을 때가 한참 지났
는데.'

*   *   *

 귀곡문 문주 평불익은 서신을 읽고 부르르 몸을 떨었다.
 떨리는 손아귀에서 벗어난 서신이 바닥에 떨어졌다.

 잠마원에 보낸 손자를 즉시 귀가시켜라. 질문은 사절이다. 괜
히 고집 피우다…….

 서신이 여기까지였다면 평불익은 어떤 새끼냐고 핏대를
세웠을 것이다.
 하지만 제일 마지막 문구가 문제였다.

 멸문이다.

 그리고 더 큰 문제는 그 아래 서신을 보낸 자였다.
 평불익은 길게 한숨을 내쉬었다.
 '내 사랑하는 손자 안생아, 미안하구나. 멸문을 피하려면
어쩔 수 없이 네가 더 이상 잠마원 생활을 하기가 어렵겠구

나. 네가 아쉬워할 얼굴을 생각하니 이 할아비의 가슴이 찢어
지는 것 같구나.'

*　　　*　　　*

쾅!
저녁 시간, 오조 숙소 문이 거칠게 열렸다.
오조원들의 시선이 저절로 문 쪽을 향했다.
문 앞에는 평안생이 눈물을 하염없이 흘리며 서 있었다.
원주님의 부름을 받고 나갔다가 반 시진 만에 돌아온 평안
생이었다.
"이봐, 평안생! 무슨 일이야?"
"조장이 패든?"
"다른 조에게 당한 거야?"
"울지만 말고 뭐라고 말 좀 해봐."
"아휴, 답답해 죽겠네."
평안생이 소맷자락으로 눈물을 훔쳤다.
"얘들아!"
"……?"
"나 이제 돌아간다. 집으로 돌아간다고!"
평안생이 격정에 사로잡혀 내뱉은 말에 오조의 숙소는 일
순 적막이 감돌았다.

꿀꺽.

몇몇이 침을 삼키는지 고요 속에 작은 파문이 일었다.

그리고 동시에 오조원들이 폭발적으로 신형을 날려 평안생에게 달려갔다.

"와아아아! 이 자식아, 축하한다!"

"이 빌어먹을 행운아 같으니!"

"도대체 무슨 꿈을 꾸면 그렇게 되는 거냐!"

오조원들은 평안생을 손으로 받쳐 들고 높이 던졌다가 받고 또다시 떨어지면 높이 던졌다.

열렬한 환호 속에 평안생의 격정에 젖은 목소리가 숙소에 울려 퍼졌다.

"고맙다, 고마워. 너희들을 잊지 못할 거야."

*　　*　　*

한 소녀가 팔랑거리며 나비를 쫓고 있었다. 아슬아슬하게 잡힐 듯 말 듯 나비는 소녀의 손을 벗어났고, 그럴 때마다 소녀의 입에서는 까르르 웃음이 터져 나왔다. 한 점 티없이 맑고 귀여워 누구라도 그 모습을 보노라면 절로 흐뭇한 미소를 짓고 말 정도였다.

하지만 그 광경을 아까부터 지켜보고 있던 잠마원주를 비롯한 네 명의 교두는 식은땀과 소름이 동시에 솟아나는 괴이

한 체험을 하고 있었다.

저만큼 소녀의 입에서 까르르 하는 웃음이 터질 때면 잦아들던 식은땀과 소름이 뭉텅이로 솟아났다.

겨우 삼뇌신마 담요가 입을 열었다. 눈은 여전히 귀여운 소녀에게서 거두지 못한 채였다.

"무섭군요."

그리고는 몸을 부르르 떨었다.

"원주님께서 너무 쉽게 허락하신 것 아닙니까?"

잠마원주가 한숨을 내쉬었다.

아직도 귀곡문의 문주 평불익이 귀곡삼마와 함께 들이닥쳐 외친 음성이 귓가에 아른거린다.

'내 손자 내놔!'

귀곡문의 평불익이 귀곡삼마와 함께 왔다는 것은 끝을 보겠다는 말이나 다름없었다. 그때 잠마원주가 떠올린 말은 풍진이 남긴 마지막 말이었다.

"이백 명이군요."

그 말을 남기고 순순히 물러났을 때 예상했어야 했다.

평불익이 광분하며 손자를 찾는 이유가 살아보겠다는 발악임을 안 이상 평안생을 중도 귀가시킬 수밖에 없었다.

만약 그때 평불익의 말을 거절했다면 저기 꽃밭을 뛰노는 것은 소녀가 아니라 귀곡삼마였을 테니 그건 또 그것대로 짜증나는 일이었을 것이다.

"도대체 왜 잠마원에 들어오겠다고 우기시는 거랍니까? 뭐, 이미 들어오긴 했습니다만……."

"어린 시절의 추억이 없어서 뭔가 그럴싸한 추억을 만들고 싶다더라."

"늙으면 애가 된다는 말을 실제로 보게 될 줄은 몰랐군요."

"흐흐, 그런 셈이지. 늙으면 곱게 늙어야지 저게 뭔 짓이야."

"제가 알기론 마도에 곱게 늙으신 분이 거의 없는 것으로 압니다만."

수라검마 동요비의 말에 모두가 침묵을 지켰다.

인정하고 싶지 않다.

하지만 결코 인정하지 않을 수 없는 말이었다.

당장에 머리에 몇 명이 떠올라 버린 것이 그 반증이었다.

'누구였더라? 그래, 마성요불!'

멀쩡한 산을 반쪽으로 만들어 버린 인간.

어느 날 문득 '산을 옮기는 것이 수련에 도움이 되지 않을까?' 라는 말을 하고는 삽을 들고 산을 떠내기 시작했다. 그런데 마침 그곳이 녹림채의 소굴이었던지라 녹림채 고수들이 '저 노인네 누구냐?' 하며 대들었다가 이윽고 함께 삽을 들고 그 옆에서 산을 옮기는 일을 도와야 했다. 쉴 틈도 없이 구슬

땀을 흘리며 산을 절반 정도 깎아냈을 때, '이건 아닌 것 같아' 라며 홀연히 자리를 떠나 버렸다는 마성요불.

그리고 강시를 제련한 뒤, 자기가 만든 강시 오백여 구에 맞아 죽은 마역신군! 마지막 죽으면서 '내 아들들이 날 죽이는구나. 이 불효 막심한 놈들아, 너희들이 인간이냐!' 라고 했다던가!

그런 몇몇 사례를 떠올리고 저 귀엽게 팔랑거리는 모습을 보니 위로가…….

'전혀 안 돼.'

"평안생이 오조이지 않았던가요?"

삼뇌신마 담요가 물었다.

모두가 다시 침묵에 잠겼다.

*　　　*　　　*

점심을 마친 유은령은 낯선 얼굴의 소녀를 보고 호기심을 느꼈다. 나비를 못 잡아 안달하는 모양이 여간 안타깝기 그지없었다. 그러면서도 뭐가 그리 좋은지 놓치면서도 까르르 웃고 있었다.

유은령의 신형이 번쩍하는가 싶더니 소녀의 눈앞에 나타났다. 그리고 어느새 빼어 든 단도에는 나비 두 마리가 꼬치구이처럼 꿰어져 죽어 있었다.

"자, 받아."

소녀의 눈이 부릅떠졌다.

"내 나비……."

"걱정하지 마. 이제 못 날아갈 거니까. 영원히 네 품을 벗어나지 못할 거야."

소녀가 웃어야 할지 울어야 할지 갈팡질팡한 얼굴로 유은령을 바라봤다.

유은령은 청순한 미소를 싱긋 지어 보였다.

"너무 고마워할 필요는 없어. 너는 처음 보는데 이름이 뭐야?"

"화운설."

"난 유은령이라고 해. 다음에 나비 잡고 싶으면 날 찾아와. 난 십조거든. 내가 실컷 잡아다 줄게."

화운설이 멍하니 쳐다볼 때, 유은령은 화운설의 손을 펼치고 생기 잃은 나비 두 마리를 손에 곱게 내려놓았다.

"안녕!"

화운설은 슝 하니 사라져 가는 유은령을 보고 다시 나비를 내려다보다가 피식 웃고 말았다.

앞으로 채워 나갈 꿈 많은 소녀 시절의 시작이 삐끗한 느낌이긴 해도 어디에도 이해 불가한 족속은 있게 마련이니까.

화운설의 눈에 다시 나비가 아른아른 날아가는 것이 보였다.

화운설은 손에 들린 나비를 버리고 다시금 팔랑거리며 '영차영차' 하며 나비를 잡으려 애를 썼다.

그렇게 연신 팔랑거리며 한 마리의 나비도 잡지 못한 화운설의 뒤에 수라검마 동요비가 어느샌가 서 있었다.

동요비는 극구 싫다고 말했지만 잠마원주와 모든 교두의 과장된 찬사에 떠밀려 화운설의 안내를 맡게 된 것이었다. 물론 오조의 오후 교육이 그에게 배정되었다는 이유가 있었지만.

"흠흠."

동요비가 어색하게 헛기침을 했다.

화운설이 흠칫 놀라 돌아봤다.

"어머, 깜짝이야!"

동요비의 등줄기에 소름이 쫙 돋았다. 나타난 걸 모를 리 없지 않는가.

"동요비입니다. 천사성모님을 안내해 드리러 왔습니다."

"어머, 수라검마님이시로군요? 그런데 저는 천사성모가 아니고 화운설인데요?"

"흠흠, 천사성모님이 배정된 오조의 오후 교육을 제가 맡은지라 적응도 하실 겸, 오후 교육부터 참관하시는 것이 좋겠습니다."

"어머, 어머, 천사성모가 누구인지 모른다는데도 계속 고집을 피우시네요? 그리고 말씀 편하게 하세요. 부담스럽잖아요."

"제가 어찌 감히 천사성모님께……."

동요비는 그다음 말을 맺지 못했다. 귓속으로 전음이 파고 들었기 때문이다.

[이 새끼야, 작작 좀 해. 몇 번 말해야 알아들을래? 애들 앞 에서도 그러면 가만 안 둔다.]

동요비가 즉시 구슬땀을 쏟으며 머리를 조아렸다.

"명심하겠습니다."

[머리 세우지 못해!]

동요비는 그제야 크게 숨을 몰아쉰 후 굳게 결심한 듯 입을 뗐다.

"따… 라와라."

"네, 기대되는걸요."

그제야 화운설이 방긋 웃었다.

동요비와 화운설이 오후 교육이 예정되어 있는 제이연무 장에 도착할 때는 영호선을 비롯한 오조원 전원이 자리를 지 키고 있었다.

오조원들은 귀엽게 생긴 여자애가 교두 동요비 옆에 바짝 붙어 나타나자 이내 수군거렸다.

"혹시 평안생 대신 들어온 건가?"

"그럴 리가. 저렇게 귀여운 애가……."

"야, 무지 귀엽게 생겼다."

"우리 오조에도 드디어 여수련생이 생긴 건가?"

영호선 또한 먹이를 노리는 독수리처럼 예리하게 눈을 번

뜩였다.

영호선이 옆에 앉은 초이량에게 물었다.

"어때 보이냐?"

"뭐가?"

초이량이 눈을 깜박였다.

영호선은 눈을 부라렸다.

"영약발 좀 들게 생겼냐고?"

그제야 초이량이 움츠린 채로 고개를 끄덕였다.

"좀 허약해 보이는데? 싱겁겠어."

"그래 보이지? 제길, 실망스럽네. 어떻게 된 게 조원들이란 게 피가 평범하기 짝이 없으니."

"그래도 꽤 귀엽게 생겼는걸."

초이량이 이내 관심 어린 미소를 짓자, 영호선이 초이량의 어깨를 툭 쳤다.

"마음에 드냐?"

"무슨 소리! 사람은 겪어봐야 알지."

그러나 초이량의 얼굴은 말과 달리 홍조가 떠올라 있었다.

"흐흐, 귀여운 얼굴을 좋아하나 보구나? 잘해봐라."

"아니라니까."

오조의 수군거림은 동요비가 거칠게 헛기침을 하는 것으로 이내 잠잠해졌다.

"오늘은 교육 전에 너희에게 소개할 한 사람이 있다. 너희도 알다시피 얼마 전 평안생이 집안 사정으로 인해 중도 귀가 했다. 그 빈자리에 평안생을 대신해 오조원이 될 새로운 수련 생이다. 너희는 이제 충분히 잠마원 생활에 적응이 끝나고 서 로 친숙해졌을 테지만 새로운 수련생은 모든 것이 낯설고 어 색할 것이니 여러모로 도움을 주기 바란다. 자, 그럼 본인 소 개는 직접 하도록 하겠다."

오조원들은 수라검마 동요비가 다른 때에 비해 버벅거린 다는 인상을 받았지만 여자애가 성큼 한 걸음 디디며 입을 열 자 동요비에 대한 생각은 바로 잊어버렸다.

"나는 화운설이라고 해. 전부터 잠마원을 동경해 왔는데 비록 처음부터는 아니지만 지금이라도 함께할 수 있어 기뻐. 어린 날의 추억은 소중한 것이니까 나는 하루하루 의미있게 보내고 싶어. 우정과 사랑과 화합을 경험하는 시간들이 될 것 이라고 생각해. 잘 부탁할게."

화운설이 말을 마치고 환한 미소를 지었다.

하지만 오조원 어느 누구도 웃는 사람은 없었다. 거슬리는 단어가 여러 개 나왔지만 그중 압권은 뭐니 뭐니 해도 두 가 지였다.

'어린 날의 소중한 추억?

'우정과 사랑과 화합?

오조원들의 머릿속이 복잡해졌다.

'착각한 모양인데?

'항마원에 가야 하는 거 아니냐?'

'혹시 정파에서 온 건가?'

저 귀여운 얼굴을 보고 있자니 소속 문파가 어디인지 궁금할 따름이었다.

영호선이 비록 형산파 출신이라지만 영호선의 경우는 그 모든 것을 초월하는 경우였고, 결코 본인 스스로가 추억이나 우정과 사랑, 화합 따위를 존재하지 않는 것처럼 여기는 것이니 아무런 문제가 없었다.

하지만 저렇게 태연히 사랑과 우정을 논한다면 이건 심각한 일이었다.

"반… 갑다."

"그래, 어서 와."

"어어, 그래."

여기저기서 간헐적으로 형식적인 환영 인사가 간신히 새어 나왔다.

수라검마 동요비도 오조의 반응이 지극히 당연하다고 생각했다. 하지만 천사성모의 얼굴에 의혹이 떠오르자 마음이 급해졌다.

"이 자식들이! 그게 새로운 조원에 대한 예의냐?"

으르렁거리는 말이 떨어질 때에야 비로소 오조원들은 떨떠름한 표정 속에서 우레와 같은 박수와 환호성을 내질렀다.

그러나 그것을 보고 있는 화운설은 상상했던 세계의 한 축

이 와르르 붕괴되는 기분이었다.

＊　　　＊　　　＊

　귀곡문의 문주 평불익은 어둠에 잠긴 서재에 앉아 깊은 시름에 잠겨 있었다.
　잠마원에서 돌아온 손자 평안생이 아무래도 심한 좌절감에서 벗어날 것 같지 않았기 때문이다.
　'내가 너무 섣불리 결정을 내렸던 걸까? 천사성모님을 찾아뵙고 머리를 조아리고 부탁을 드린 후 결정을 내려도 되었을 것을. 아! 내 힘이 모자라 내 손자도 지켜내지 못했으니.'
　그는 멸문이 두려워 손자를 억지로 데려온 것이 내내 마음에 걸렸다.
　지금 평안생의 상태는 누가 보더라도 정상이 아니었다.
　하루 종일 웃음을 그치지 않았고, 심지어는 잠을 자다가도 벌떡 일어나 광소를 터뜨렸다.
　극과 극은 서로 만난다는 것은 모든 이치의 공통점이다.
　극한의 좌절감에 시달리면서도 가문의 결정에 따를 수밖에 없는 자신의 존재에 대한 비통함이 그렇게 도리어 웃음으로 표출되는 것이리라.
　잠마원은 마도의 기재라면 반드시 거쳐야 하는 관문 같은 곳.

그곳에서 어쩔 수 없는 사정으로 나왔다고는 해도 꼬리표에는 늘 잠마원 중도 탈락이 붙어 다닐 것은 불을 보듯 뻔한 일이다.

상대가 천사성모가 아니었다면 평불익은 가문의 온 힘을 기울여 상대의 뜻을 꺾었을 것이다.

하지만 상대는 마도련의 련주이자 현 마교 교주인 오천마의 사저.

교주조차도 상대하기 꺼리는 천사성모를 무슨 수로 대적한단 말인가.

천사성모가 도대체 무슨 이유로 손자를 불러들이라고 했는지는 알 수 없었다. 그것이 지금까지 귀곡문 문주로서 마음을 놓을 수 없게 하는 이유이기도 했다.

"하하하하, 집이 이렇게 좋은 줄 꿈에도 몰랐네. 하하하하!"

서재로 손자 평안생의 좌절감 가득한 웃음이 들려오자 평불익은 이마를 짚었다.

'아, 안생아! 날 용서해 다오. 네 웃음이 들릴 때마다 처절한 비명 소리보다 더한 아픔이 이 할아비의 심장을 후벼 파는구나.'

서재는 더욱더 깊은 어둠에 잠겼다.

*　　　*　　　*

스릉!

영호선은 숙소 한복판에 서서 검을 뽑아 들었다.

이글거리는 눈은 한 놈이라도 움직인다면 썰어버리겠다는 진심이 가득 담겨 있었다.

"남자와 여자를 차별하는 놈은 결코 살려두지 않겠다. 인간은 모두 똑같거늘 어찌 누가 더 고귀하고 천하고를 가릴 수 있다는 말이냐!"

휘이잉~

오조 숙소에 때 아닌 찬바람이 몰아쳤다.

지금 이 상황은 새로 들어온 화운설의 거처를 두고 갑론을박이 벌어지면서 영호선이 일성을 터뜨린 것이었다.

원래 각 조의 숙소는 이십 개의 개방형 침상이 양쪽으로 배치되어 있고, 그와 별개로 두 개씩 독립된 방이 존재했는데 그 용도는 여자 수련생에 대한 배려였다.

통상 잠마원의 수련생 중 여자 수련생이 드물어 각 조에 두 개씩의 방이라면 충분히 불편함이 없었다.

하지만 각 조에 일정하게 여자 수련생이 배치된 것이 아니라 어떤 조에는 아예 여자 수련생이 없는 경우가 있는데 그 조들은 조장이 방을 차지하고 또 하나의 방은 창고나 혹은 다른 누군가가 사용하는 식이었다.

오조는 그동안 여자 수련생이 없었던 만큼 당연히 영호선이 하나의 방을 차지했고, 남 잘되는 꼴을 못 보는 영호선의 주장에 의해 또 하나의 방은 아예 창고 형태로 운영되고 있었다.

이에 조원들은 영호선의 방은 그대로 두고 창고 방의 물건을 빼낸 뒤 그곳에 화운설의 방을 마련하자는 것이었는데 영호선이 적극 반대를 하는 상황이었다.

"평안생의 뒤를 이어 화운설이 왔으니 당연히 화운설이 평안생의 자리에 들어가는 것이 이치에 맞는 것이다. 이것은 조장의 뜻이자 평안생도 바라는 바일 것이다."

평안생이 도매금으로 넘어갔다.

당황한 것은 화운설이었다.

우정과 사랑과 화합을 강조했던 그녀는 이 정도의 사소한 배려조차 거부하는 영호선을 이해할 수 없었다.

그녀가 알고 있는 잠마원은 마도 최고 기재들의 연합교육체로써 명성이 자자한 바로 그 '잠마원' 이었다. 정파의 잡것들을 쓸어버리기 위한 초석이 되는 이곳에서 고작 이런 문제에조차 칼을 뽑아 든다는 것은 있을 수 없는 일이었다.

'이 어린놈의 자식을 확 패버릴까?'

하지만 이내 그녀는 고개를 가로저었다. 아직까지 희망을 버려서는 안 된다며 마음이 외치고 있었다. 어린 시절의 추억이랄 것이 없는 나날들을 보낸 마당에 이 기회를 홧김에 날려버릴 수는 없는 일이었다.

상념 속에서 마음을 고쳐먹은 화운설의 귀로 영호선의 말이 파고들었다.

“화운설, 너는 이곳에 놀러 온 것이냐, 아니면 잠마원의 위대한 가르침을 받고자 온 것이냐?”

“……”

“그저 편안히 시간을 보내려 왔다면 지금 당장 돌아가! 그런 사람은 우리 오조에 필요 없으니까.”

오조원들이 일제히 영호선을 외면하며 바닥을 쳐다봤다.

‘이제 말도 청산유수로구나.’

‘양심도 없는 새끼!’

‘저 귀여운 얼굴을 앞에 두고 저런 말이 나오다니.’

‘어휴, 저 인간 말종!’

하지만 영호선의 일장 연설은 끝이 아니었다.

“화운설, 왜 말이 없는 것이냐? 너는 마도의 길이 장난으로 보이나? 내 눈을 똑바로 쳐다보고 답해라.”

천사성모 화운설이 멍하니 영호선을 바라봤다.

‘어린놈의 자식이 입술에 침도 안 바르고 지랄이네. 후, 그래, 참자. 잠자리 정도야 천천히 설득해 보면 되겠지.’

미친놈 하나 때문에 일을 크게 벌일 수는 없었다. 그러기엔 얻어야 할 것이 아직 많았다.

“좋아, 조장의 말을 따를게.”

착!

“하하하하, 넌 역시 멋진 여마두다.”

영호선이 검을 넣고 화운설에게 다가와 와락 껴안았다.

이어 대견하다는 듯 등을 토닥거렸다.

얼이 나간 것은 화운설뿐이 아니었다. 오조원들은 저렇게 귀여운 애를 거친 광야에 방치하면서도 껴안아 버린 영호선의 극악무도한 행위에 이를 갈았다.

이윽고 영호선이 몸을 떼더니 한쪽을 가리켰다.

"저쪽이 평안생이 쓰던 침상이다. 그럼 좋은 밤 보내라. 하하하하!"

반로환동까지 이루었지만 아직까지 순결한 처녀의 몸인 천사성모 화운설이 아직까지 몸에 남은 영호선의 체취에 온몸을 부르르 떨었다. 이제껏 어떤 남자도 껴안은 적이 없는 몸이다.

"야! 영호선!"

돌아서 방으로 향하던 영호선이 우뚝 걸음을 멈췄다.

"어리광 피우지 말고 자라. 난 여자로서 널 대한 것이 아니다. 넌 내 취향이 아니야."

싸늘하기 이를 데 없는 말과 함께 영호선이 방으로 들어가 버렸다.

오조원들의 얼굴이 일제히 일그러졌다.

'그게 아니잖아, 이 자식아!'

화운설은 호흡이 가빠지면서 마음을 진정하느라 정신이 없었다. 이대로 분노를 다스리지 못하게 되면 영호선은 물론이고 잠마원을 다 쓸어버릴 것임을 자신이 누구보다 잘 알고 있었다.

'참아야 한다. 아직 어린애들이잖아? 그래, 숨을 크게 쉬고 천천히 내뱉는 거야.'

"후… 하아… 후… 하아……."

오조원들은 누구 할 것 없이 화운설을 이해하고도 남았다.

안 되겠다 싶었는지 초이랑이 나섰다.

"네가 참아. 조장이 저렇게 보여도 사실은……."

그다음 말을 하려는데 초이랑은 아무 생각도 떠올릴 수 없었다. 보통 사람의 경우에는 '사실은 속이 깊어' 라든지, '사실은 마음이 따뜻한 사람이야' 정도가 나왔을 테지만 영호선은 저렇게 보이는 것이 전부일 뿐, 사실도 뭣도 없다는 것을 다시 한 번 깨달았을 뿐이다.

"…그냥 없는 사람 취급하면 돼. 그리고 지금은 조금 불편하겠지만 잠시 동안만 평안생의 침상을 쓰고 있어. 내가 시간을 두고 말해볼게. 옷은 그동안 창고 방에서 갈아입도록 하고."

다정스러운 목소리에 화운설이 빙긋 웃었다. 이제야 뭔가 사람 같은 사람을 봤다는 느낌이었다.

"응!"

"우리 모두 네 편이라는 것도 잊지 말고."

"고마워!"

화운설이 살짝 홍조를 띠었다.

'그래, 이 맛이지. 내가 원했던 것이 이런 것이라고.'

보통 때라면 모두 곤히 잠들었을 시간이지만 오조의 숙소는 여기저기 뒤척이는 소리에 가끔씩 침을 꿀꺽 삼키는 소리까지 어둠 속에서 울려 퍼졌다. 처음부터 여자 수련생이라곤 없던 공간에, 그것도 분리 독립된 방이 아닌 개방된 침상에 나란히 누워 있으니 한창때인 오조원들은 영호선이 죽인다고 달려들 때보다 더욱 두근거리는 심장을 주체할 길이 없었다.

그것은 화운설도 마찬가지였다.

비록 초이량의 친절한 음성에 한결 마음이 풀리긴 했지만 이것은 그녀가 바란 모습이 아니었다. 개방된 곳이다 보니 잠옷으로 갈아입지도 못하고 옷을 입은 채로 누워 있으니 도대체 내가 뭐 하는 짓인가 싶었다.

그렇게 시간이 흐르고 어느덧 하나둘 피곤에 젖어 잠들었을 때다.

문득 잠이 들었던 화운설이 미세한 인기척을 느끼고 몸을 일으켰다.

복도 쪽에서 누군가 조심스럽게 다가오고 있는 것이 느껴졌다. 은잠법을 극도로 익힌 자임이 틀림없었다.

'누구지?'

화운설은 초이량으로부터 대략적인 잠마원 생활에 대해 들었던 말을 떠올렸다.

'취침 시간은 암습이 불가하다고 하지 않았던가?'

솔직히 암습에 의해 죽어나갈 수 있다는 말을 듣고 뒤통수를 한 대 맞은 것 같은 기분을 느꼈던 화운설이다. 그녀가 생각하는 잠마원, 어린 나날의 꿈과 우정을 나누는 곳과는 거리가 멀어도 너무 먼 살벌함 속에서 운영되고 있는 것이 아닌가.

그런데 지금은 아예 그 규정마저 우습다는 듯 접근하고 있다니!

이윽고 소리없이 문이 열리는 것이 보였다.

'어떤 놈일까나?'

천사성모 화운설의 경지에서 이까짓 어둠은 안력을 돋울 것도 없이 대낮이나 크게 다를 바가 없었다.

순간 화운설의 눈이 커졌다.

놈이 아니었다.

'낮에 본 나비 꼬치구이녀? 근데 왜?'

침입자는 유은령이었다.

유은령은 스윽 둘러보다가 버젓이 앉아 있는 화운설을 보더니 흠칫 어깨를 떨었다.

유은령 또한 이 정도의 어둠은 걷어낼 정도의 안력을 갖춘 터라 이내 화운설을 알아봤다.

[안 자고 있었구나?]

전음으로 보내는 말에 화운설이 답했다.

[넌 여기 웬일이야? 원래 취침 시간은 이러는 거 아니잖아.]

[널 만나러 온 거야. 네가 오조에 들어갔다고 해서 얼마나 놀랐는지 아니?]

[왜?]

[그런 게 있어.]

[…….]

[너, 내가 낮에 준 나비 내놔!]

화운설이 침을 꿀꺽 삼켰다.

낮에 볼 때도 심상치 않다고 생각했는데 밤에 몰래 기어들어 와서는 한다는 소리가 나비를 내놓으라니!

[그, 그거 버렸는데…….]

괜히 스산한 기분이 들었다. 어린 계집이 어쩌다가 저렇게 된 것인지 불쌍하다는 생각도 들었다. 그리고 또 한편으로 왜 저런 정상이 아닌 애가 잠마원에 머물 수 있는지도 의문이었다.

[남의 성의를 그렇게 무시해도 되는 거야?]

[…….]

[어라? 근데 너 왜 거기서 자고 있어?]

[조장이 방을 안 내줘서 어쩔 수 없었어.]

[오호, 그랬구나? 호호호호!]

[…….]

화운설은 왜 유은령이 좋아하는지 알 수 없었다. 솔직히 별로 알고 싶지도 않았다.

사실 유은령은 오조에 몰래 기어들어 온 것은 오조에 여자 수련생이 들어왔다는 것에 긴장했기 때문이다.

화운설을 낮에 봤을 때만 해도 크게 신경 쓰지 않았다. 그런데 저녁 무렵에 십조원들이 하는 이야기를 들어보니 오조에 새로운 여자 수련생이 들어왔다고 하지 않는가.

그때부터 유은령은 불안에 떨었다.

귀엽게 생긴 애가 영호선을 꼬드기며 침상에 기어들어 가는 상상이 저절로 떠올라 견딜 수가 없었다.

그래서 지금 이 야심한 시각에 적절한(?) 조치를 취하러 온 것이었다.

그러나 막상 오조에 와보니 수많은 남자 침상 사이에서 덩그러니 놓여 있는 것을 보니 십 년 묵은 체증이 내려가는 기분이었다.

'아, 영호선! 넌 역시 나뿐이로구나.'

구름 위를 떠다니는 기분 속에서 유은령은 흐뭇한 미소를 머금었다.

화운설이 입술을 굳게 다물고 눈에 힘을 주며 그런 유은령을 바라보았다.

[화운설이라고 했지?]

[응.]

[나비는 됐어.]

[응? 으응.]

[신경 쓰지 마. 밖에 나가면 많은 데, 뭐.]

[고, 고마워.]

[잘 자. 다음에 또 보자. 나비 많이 잡아줄게.]

그 전음을 끝으로 유은령이 스르르 기척없이 빠져나갔다.

하지만 화운설은 유은령이 떠난 뒤에도 문에서 시선을 떼지 못했다.

과연 잠마원에 오기로 한 선택이 옳았는지 그른 것이었는지 심각하게 고민되기 시작했다.

콸콸콸!

"아아… 으음…."

화운설은 아침 일찍 못 볼 것을 보고 말았다.

숙소 뒤편에서 신음 소리가 들리기에 누가 다쳤나 싶어 걸음을 옮긴 것이 화근이었다. 차라리 보지 않았다면 좋았을 것이라고 후회를 해도 이미 늦고 말았다.

'저, 저 새끼가… 지금 뭘 하고 있는 거지?'

화운설은 뭘 하고 있는지 알고 있었다. 하지만 단지 믿을 수 없을 따름이었다.

심상치 않은 놈이란 것은 눈치챘지만 설마하니 대롱을 꽂고 피를 빨아 마실 정도로 맛이 가버린 놈일 줄은 몰랐다. 마도의 미래가 살아 숨 쉬는 이곳 잠마원에서 어떻게 이런 일이 벌어진단 말인가!

더 기막힌 것은 대롱을 꽂은 채로 쭉쭉 소리까지 내며 마시는 중에 굳어버린 자신을 눈동자만 굴려 쳐다보며 손을 흔들었다는 것이다.

이 일을 다른 수련생들이 안다면 얼마나 경악할까! 공개 처형을 해도 모자랄 놈이 떡하니 조장으로 있다니!

화운설은 잠마원주에게 이 일을 고할까 하다가 고개를 가로저었다.

'모든 일을 쉽게 해결하려고 해서는 안 되지. 나의 지금 상황은 엄연히 잠마원 수련생이니까.'

그때 누군가 잡아끄는 손길에 화운설이 보니 오조원 중 하나였다. 이름은 아직 모르지만 얼굴은 기억하고 있었다.

"이봐, 거기서 뭐 하고 있어?"

화운설을 급히 당긴 것은 옥헌무였다.

염려스러운 표정이 가득한 옥헌무를 보고 화운설이 진정되지 않는 가슴에 손을 얹고 말했다.

"조장이 피를 빨고 있어. 이 일을 어서 모두에게 알려야 해."

“응?”

“가만히 보고 있을 수 없는 노릇이잖아.”

“이봐, 진정해.”

“지금 진정하게 생겼어?”

“넌 생소할지 모르겠지만 저건 그냥 일상이야. 모두에게 말할 것도 없어. 모르는 사람이 없거든.”

화운설이 믿을 수 없다는 듯 눈을 부릅떴다.

“설마?”

“너도 적응해야 해. 마음 단단히 먹어.”

옥헌무의 말이 이어졌다.

“한 가지만 주의하면 돼. 조장이 혹시 은근한 목소리로, ‘너 영약 많이 먹은 것 같다? 꽤 내력도 높고 말이야’ 라고 넘겨짚으면 절대 영약 같은 건 먹은 적도, 심지어 본 적도 없다고 말해. 그것만이 살길이야. 알겠어?”

“그, 그럼 저게 영약 많이 먹은 수련생들의 피를 빼는 거였어?”

“그렇지. 이해가 빠르구나. 대략 현재 잠마원에서 열댓 명 정도 되거든. 굳이 거기에 예쁜 네가 들어갈 필요는 없잖아?”

화운설은 경악 중에도 예쁘다는 말에 볼이 발그레해졌다.

“그중에 여자도 있어?”

“아니, 그중에 여자는 없어. 소문에 의하면 일조 조장 설요홍이 영호선에게 피를 빨렸다는 말이 있는데 확인되지는 않았거든.”

“설요홍이면 마교 교주의 딸이잖아.”

“그렇지. 영호선은 누구든 가리질 않거든.”

“설요홍이면 나도 좀 아는데 피를 빨리진 않았을 거야. 피를 빨렸다면 영호선을 가만두었을 리가 없잖아?”

“물론 설요홍도 대단하긴 하지. 하지만 피를 빨리지 않았다고도 할 수가 없는 게 그 소문이 나돌면서 설요홍이 몇 번인가 영호선을 죽이려고 했거든.”

“진짜… 죽이기도 하고 그래?”

“물론이지. 예전에 영호선도 거의 죽기 직전까지 갔었는데… 으음… 밥을 엄청 먹고 살아났지.”

“바, 밥이라고?”

“나도 자세히는 몰라. 단지 피를 다 쏟고 죽은 줄 알았는데 그날 아침 거의 삼백 인분을 혼자 다 먹어치웠던 말이지. 믿지 못하겠지만 증인이 한둘이 아니야.”

“그, 그렇구나.”

“아까 이야기로 돌아가서, 설요홍이 죽이려고 했지만 실패한 이유가 있어.”

“잘은 몰라도 내가 볼 땐 영호선은 아직 설요홍의 상대가 안 되는 것 같던데?”

“물론 그렇지. 영호선이 설요홍과 비슷한 실력에 올랐다면 설요홍이 멀쩡히 걸어 다닐 리가 없잖아?"

그 말을 하면서 옥헌무는 '다 알면서 그러냐'는 식으로 어깨로 툭 쳤다.

"실패한 이유가 뭔데?"

"그건 유은령 때문이지."

"유은령이라면… 그 나비……."

"나비라니?"

"아, 아니야. 그런 게 있어."

"유은령이 영호선의 개인 호위 같은 것이랄까나. 영호선은 적극 부인하고 있고 유은령은 숨긴다고 숨기지만 유은령이 영호선을 좋아한다는 것은 거의 다 알려진 사실이거든. 도대체 영호선의 어디가 좋은지는 알 수 없지만 그거야 개인 취향이니까 뭐라고 말할 수는 없는 노릇이고. 어쨌든 그 때문에 유은령은 영호선 근처에 여자가 얼씬거리는 것을 굉장히 싫어해. 혹시 모르니까 너도 괜히 영호선이 친한 척하더라도 거리를 두는 게 좋아. 물론 네가 좋아할 리는 없지만 유은령이 네 목을 언제 따버릴지 모르는 거니까."

"……."

화운설은 그제야 간밤에 유은령이 왜 찾아왔는지 이해가 되었다.

"너, 내가 낮에 준 나비 내놔!"

'그까짓 나비로 트집을 잡아 살수를 쓰려고 했던 거였냐!'

그리고 남자들 사이에 있는 것을 보고 그제야 안심했다는 것도 알 수 있었다.

'하아!'

"이봐, 정신 차려!"

멍한 눈으로 입까지 벌리고 있던 화운설은 옥헌무의 말에 퍼뜩 정신을 차렸다.

"내 말 잘 기억해야 돼. 네가 이곳을 어떻게 생각하고 왔든 한 가지만 생각하면 돼."

"......?"

"무공 증진이고 수련이고 다 필요없어. 그냥 살아서 나가면 되는 거야. 알겠지?"

"으응."

"나도 여기 와서 알았어. 사형이 잠마원 출신이거든. 그런데 자꾸 물어보는데도 가보면 안다면서 말을 돌리기만 하는 거야. 그 이유를 여기 와서 알게 된 거지."

"무슨 소리야?"

"모르겠어? 너도 한번 가서 당해봐라 그거지. 사악하기 이를 데 없다니까. 나는 그나마 양호한 편이야. 조원들 대부분이 잠마원이 꿈의 낙원으로 생각들 하고 왔다고 하던걸."

화운설이 몸을 휘청했다.

'그, 그런 거였나.'

옥헌무가 재빨리 부축했다.

"이봐, 왜 그래? 괜찮아?"

＊　　　＊　　　＊

오전 수업이 끝나고 영호선이 가만히 부조장 초이량을 불렀다.

"조장, 무슨 일이야?"

"조원들에게 알려야 할 게 있어서 말이지."

"뭔데?"

"어제는 첫날이니 그냥 넘어갔지만 최소한 새로 온 조원에 대한 환영식 정도는 해야 하지 않겠어?"

'오호' 하면서 초이량이 웃었다.

"이야, 영호선, 달라 보이는걸."

"뭘, 이 정도 가지고."

"제대로 환영해 주자."

"그래. 모두 좋아할 거야."

화운설은 눈앞으로 바쁘게 움직이는 오조원들을 보며 온종일 충격에 빠져 허우적거리던 마음에서 간신히 헤어 나왔다. 오조원들은 어디에서 준비했는지 갖가지 음식과 다과 그리고 많은 양은 아니지만 술까지 위치를 잡느라 분주했다.

'나를 위해 환영식을 준비하다니. 괴이한 녀석이긴 해도 어쩌면 속이 깊은지도 모르겠구나.'

사실 영호선만 아니라면 크게 오조원들 중 모난 인물이 없었다. 어쩌면 영호선이 하도 설쳐 대서 숨겨진 끼를 발휘할 기회를 얻지 못한 것인지도 모르지만 지금 현재 보이는 모습만으로는 모두들 진심이라는 것을 알 수 있었다.

'반로환동하길 잘했어. 잠마원에 오길 잘했어.'

피를 빼는 것이 마음에 걸리긴 해도 어찌 된 일인지 잠마원의 수련생들의 태도가 '그럴 수도 있지' 라는 분위기까지 감지되는 마당에 굳이 문제 삼을 일은 없다고 생각했다.

"와아, 푸짐한데!"

"꼭 화운설이 아니었어도 진작 이런 시간을 가질 걸 그랬어. 보기 좋잖아?"

"그러게. 하지만 아직도 영호선이 환영식을 생각하고 있었다는 것이 믿어지지 않는걸."

"녀석도 양심이란 것이 조금은 남은 모양이지."

"어제 일도 사실 조금 심했잖아. 속으론 미안했을 거야."

"그래, 환영식이 무르익으면 다시 한 번 화운설의 침소에 대해 이야길 꺼내보자."

오조원들이 두런거리며 나누는 대화에 화운설은 슬며시

미소를 지었다.

"그런데 조장은 어디 가서 아직 안 오는 거야?"

그러고 보니 정작 환영식을 열자고 했던 영호선을 볼 수가 없었다.

"깜짝 선물이라도 준비하려는 건가?"

"하하, 그럴 리가."

"모르지. 화운설이 마음에 들어 어제 괜히 화난 척한 건지도. 원래 좋은 감정이 생기면 더 짓궂게 굴기도 하잖아."

마지막 말은 소곤거리는 목소리였다.

하지만 화운설이 그것을 듣지 못할 리가 없었다.

'흥, 그건 결사반대다.'

모두가 영호선을 기다리며 잡담을 나누고 있을 때였다.

쾅!

거칠게 문이 열리면서 영호선이 드디어 모습을 드러냈다. 하지만 몇몇 조원들이 기대했던 선물은 볼 수 없었다. 대신 영호선의 얼굴에 비장미가 흘렀다.

영호선이 버럭 소리를 질렀다.

"환영식인데 지금 뭐 하는 짓이냐?"

"……?"

모두 의문이 잔뜩 서린 표정으로 영호선을 쳐다봤다.

"지금 이렇게 한가하게 있을 때가 아니란 말이다. 화운설은 장검 들고 나오고, 다른 사람들도 당장 뒤따라와."

“장, 장검? 왜?”

초이량이 얼떨떨하니 물었지만 이미 영호선은 사라진 지 오래였다.

멍하니 정신을 놓고 있자니 영호선의 고함 소리가 들렸다.

“빨리 오지 못해!”

화운설이 얼떨결에 옥헌무가 건네준 장검을 받아 들었다.

곧바로 오조원들이 우르르 숙소를 빠져나갔지만 그다지 멀리 갈 필요도 없었다.

오조 아래쪽에 삼조원들이 집결해 있었다.

양쪽이 대치한 상태에서 이번에 삼조로 승격된 백발청당이 영호선을 노려봤다.

“끝을 보자는 거냐?”

영호선이 어깨를 으쓱했다.

“삼조 따원 관심도 없다. 단지 오늘은 오조에 새로 들어온 조원에 대한 환영식이다 보니 대상이 필요했을 뿐이야.”

백발청당과 삼조원들은 어이가 없었다. 그들도 오조에 조원이 바뀌었다는 소식은 들어 알고 있었다. 그저 속으로 ‘불쌍한 녀석’ 이라고 지껄여 주는 것으로 위로를 대신했는데 이젠 환영식이란 이름으로 싸움을 붙이려는 것이다.

“우리 영광의 오조원, 떠오르는 샛별 화운설을 소개하지.

그쪽에선 누가 나올 테냐?"

화운설은 일순 멍해져 버렸다.

'환영식이란 게 이런 것이었단 말인가.'

오조원 모두도 마찬가지로 허탈함을 막을 길이 없었다.

백발청당이 '훗' 하고 웃었다.

"어처구니가 없지만 네 소원이 정 그렇다면 오조원 중 한 명 정도는 보내주지."

백발청당은 이 기회를 통해 오조원의 기를 확실히 꺾어놔야겠다고 생각했다. 오조원 놈들이 삼조원을 볼 때마다 어부지리로 삼조가 된 놈들이라며 조롱하고 다닌다는 것도 잘 알고 있다.

백발청당이 누가 적당할까 조원들을 돌아봤다.

그때 한 사람이 불쑥 튀어나왔다.

"내가 하지."

청당이 보니 삼조의 부조장인 독상군이었다.

'독상군이라면 충분하겠군.'

독상군이 비록 영호선의 봉으로 매번 피를 빨리고 있다곤 하지만 명색이 삼조의 부조장이다. 부조장이란 자리는 그저 폼으로 달고 있는 것이 아니다. 그동안 맺힌 것도 많을 터이니 독상군은 최선을 다할 것이 틀림없었다.

청당이 독상군을 향해 고개를 끄덕였다.

독상군은 조별 대항전 이후 더욱 변해 있었다. 대항전 때

위기의 순간 영호선의 도움을 받긴 했지만 그때까지도 나름 위맹을 날려 육조가 지금의 삼조가 되는 데 지대한 공헌을 한 것은 명백한 사실이다. 그리고 체격도 날렵하게 변해 더 이상 과거의 독상군이 아니었다.

독상군이 나선 것은 순전히 영호선에 대한 분노 때문이었다.

비록 지금은 영호선을 당해낼 수 없어 영약 보급소 역할을 하고 있지만 언제까지 그럴 생각은 없었다.

또한 오조원이라면 독상군은 이가 갈렸다. 딱히 손을 쓰는 녀석은 없었지만 볼 때마다 얼굴 가득 조롱기 어린 미소로 수군거렸다.

오늘 그중 하나를 제거할 기회를 얻은 것이니 최선을 다해 오조원의 얼굴에 경악스러운 표정이 떠오르게 할 참이었다.

반면 오조원의 얼굴은 살짝 어두워졌다. 독상군이 조롱거리로 전락하긴 했어도 그렇게 만만한 상대가 아니라는 것은 모두들 잘 알고 있었다. 귀엽기만 한, 아직 모든 것이 어리둥절할 뿐일 화운설이 당해낼 수 있을 리가 없었다.

"자, 그럼 결정됐군. 오조의 화려한 검신 화운설과 삼조의 과거 뚱땡이! 그럼 시작해 볼까!"

독상군이 한 걸음 더 나섰다.

하지만 아직 화운설은 그 자리에 머물고 있을 따름이었다.

독상군이 화운설을 똑바로 쳐다보고 말했다.

"최선을 다해주길 바란다. 오늘 난 널 벨 것이다. 정 나서겠다면 죽음도 불사하는 마음으로 나서라."

화운설이 손에 들린 장검을 내려다보았다.

그리고 주위를 천천히 둘러보았다.

걱정하는 표정이 역력한 오조원들.

한껏 조롱기를 머금고 있는 삼조원들.

목숨을 걸어야 한다며 독을 품은 독상군이라는 녀석.

손을 비벼가며 흥미진진한 구경을 놓칠 수 없다는 듯 눈빛을 빛내는 영호선.

'내가 대체 뭘 기대했던 걸까?

문득 사랑과 우정과 화합에 대해 인사말을 할 때 오조원들이 애써 눈길을 외면하며 건성으로 환호하던 모습이 떠올랐다. 얼마나 어이가 없었으면 그랬을까? 지금 생각해 보니 그때 이미 눈치챘어야 했다.

'이것이 정녕 마도 최고 교육기관의 실체였던가.'

좀 어처구니없긴 해도 그렇다면 마도는 정녕 미래가 밝기 그지없었다.

다시 독상군을 바라봤다.

단칼에 목을 베면 그만이다.

'불쌍한 녀석.'

*   *   *

잠마원주의 거처 지붕 위에는 잠마원주를 비롯한 교두들
이 눈을 빛내며 오조의 환영식을 구경하고 있었다.

그중 잠마원주는 손발이 오그라드는 기분에 마구 손과 발
을 주무르기에 바빴다.

수라검마 동요비가 입을 열었다.

"독상군은 이렇게 죽는 건가?"

무영마객 현원령이 입을 쩝쩝거렸다.

"약왕이 꽤 슬퍼하겠군."

"난 그보다 영호선이 더 슬퍼할 것 같은걸."

삼뇌신마 담요였다.

"그렇군."

수라검마 동요비와 무영마객 현원령이 동시에 고개를 끄
덕였다.

삼뇌신마가 옆에 쭈그리고 앉아 연신 손을 주무르고 있는
잠마원주를 바라보았다.

"어디 불편하십니까?"

"……"

잠마원주 소요마선은 말없이 꿀꺽 하고 침만 삼켰다.

삼뇌신마는 눈을 두 번 깜박이고 고개를 갸우뚱하다가 이
내 관심을 돌렸다.

"그나저나 독상군의 목이 일검에 달아나면 모두들 표정이

가관이 아니겠는걸.”

“하하, 볼만하겠지.”

“뭐, 서열 일위야 원래부터 논할 의미도 없었던 것이지만.”

세 교두가 나름 눈을 빛내며 환영식을 논할 때, 그때까지도 잠마원주는 여전히 침만 꼴깍거리며 손발을 주무르기에 바빴다.

*　　*　　*

화운설이 한걸음을 내디뎠다.

그런데 분위기가 이상했다. 안개 같은 형체는 어디에도 보이지 않았건만 마치 안개가 자욱이 주변에 퍼져 가는 것 같았다. 또한 그것은 기묘한 위압감이 서려 있어 일순간 어느 누구도 입을 열지도, 몸을 움직이지도 못했다. 아니, 더 정확히는 몸을 움직여야겠다는 엄두조차 나지 않았다고 해야 옳았다.

독상군도 이 기괴한 현상에 짓눌려 검을 뽑고자 했으나 손이 말을 듣지 않았다.

스멀거리는 기운이 점점 짙어졌다.

“후우!”

화운설이 가볍게 호흡을 내뱉었다.

그 순간 질식할 것 같은 압박이 공간을 내리눌렀다.

내공이 약한 삼조와 오조의 몇몇이 맥없이 쓰러졌다.

영호선도 온몸을 내리누르는 보이지 않는 힘에 순식간에 온몸이 땀에 흠뻑 젖었다.

'뭐, 뭐냐, 도대체 이 기운은?'

독상군이 검을 뽑지도 못해 검집째로 땅을 짚고 한쪽 무릎을 꿇었다.

여기저기서 머리가 텅 빈 느낌을 안고 수련생들이 쓰러져 갔다. 가까스로 정신을 유지하고 있는 사람은 영호선과 청당, 초이량, 그리고 독상군 정도였다.

스르릉.

화운설이 검을 뽑았다.

그녀의 눈이 살짝 틀어지며 허공을 꿰뚫고 저 멀리 잠마원주의 거처 지붕으로 향했다.

화악!

그때까지 침만 꼴딱대고 있던 잠마원주는 공간을 격하고 화운설의 눈과 마주치자 쭈그리고 앉은 자세 그대로 철퍼덕 엉덩방아를 찧고 말았다.

심상치 않은 기운을 느낀 삼뇌신마와 무영마객, 수라검마가 누가 먼저랄 것도 없이 신형을 날렸다.

굳이 말이 필요없는 상황이었다. 일단 도망가는 것이 최선책일 뿐.

화운설이 무릎을 살짝 튕겼다. 단지 그것뿐이었다.

하지만 그 순간 이미 화운설의 신형은 잠마원주의 지붕 근처에 이르러 있었다.

잠마원주 소요마선이 눈을 부릅뜨고 뒤편으로 신형을 날렸다. 지금 이 순간 잠마원주의 머릿속에 떠오른 것은 오직 한 가지였다.

'잡히면 죽는다.'

화운설의 신형이 눈 깜짝할 사이에 사라진 것을 목격한 것은 영호선과 청당, 그리고 초이량과 독상군이었다. 이미 네 사람은 정도의 차이가 있을 뿐 마치 물에 빠졌다가 방금 나온 것처럼 온몸이 땀으로 흠뻑 젖어 있었다. 머리카락에서도 물이 똑똑 떨어질 지경으로 간신히 몸을 일으킨 영호선이 순간 다리 힘이 풀려 비틀거리면서 균형을 잃었다.

'뭐, 뭐지? 대체 사람이야, 귀신이야?'

아직도 사지가 굳어 뜻대로 움직이지 않았다.

단지 몸에서 뿜어져 나온 기운을 막아내는 것조차 버거울 정도의 존재를 면전에 두고 있었다는 것이 믿을 수가 없었다. 게다가 그동안 한 짓을 생각하니 온몸이 부들부들 떨리며 오한이 솟구쳤다.

영호선은 그나마 상태가 괜찮은 편이었다.

청당과 초이량, 독상군은 정신을 잃지 않았다 뿐이지 만취한 사람처럼 제대로 걷지도 못하고 이리 비틀 저리 비틀대고 있었다. 그리고 끝내 초이량과 독상군이 거의 동시에 고꾸라졌다.

영호선은 후들거리는 몸을 움츠리며 숙소로 향했다.

"추워. 왜 이렇게 춥지? 으드드드드."

숙소 안으로 들어가 이불을 머리끝까지 뒤집어써도 추위를 떨칠 수가 없었다.

"너무 추워. 춥다고. 추워. 드드드."

그때 귀청이 날아가 버릴 듯한 소리가 울려 퍼졌다.

"소… 요… 마… 선……!"

숙소 전체가 진동할 정도의 굉음에 영호선은 더욱 몸을 움츠렸다.

이어 한줄기 비명이 뒤를 이었다.

"으아아악!"

第七章
기이한 여행
第七章

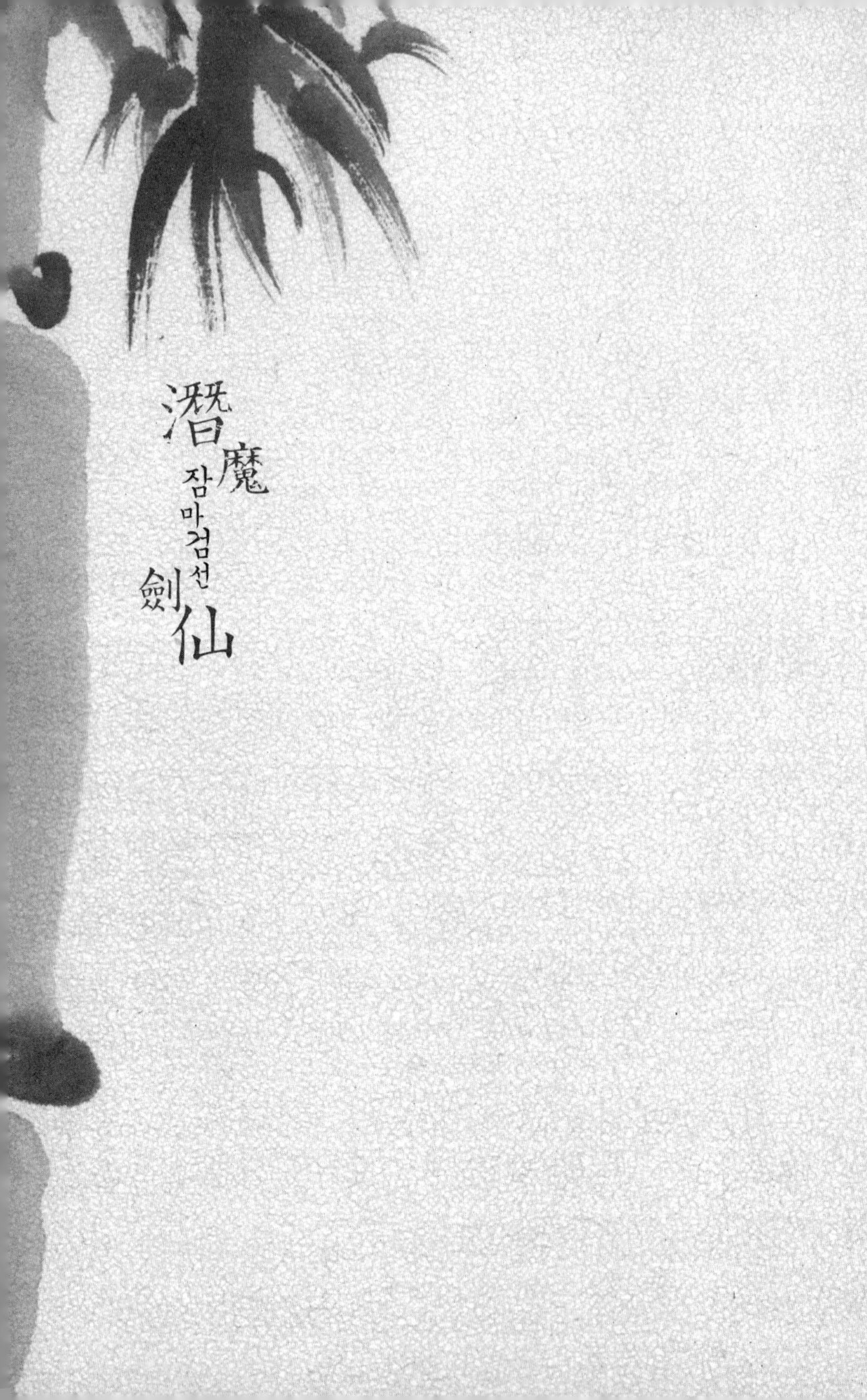
潛魔
잠마검선
劍仙

그날 이후 한동안 모습을 보이지 않는 사람은 꽤 되었다.

그리고 가장 바빠진 것은 독안마의였다.

의료방에는 환자가 한 가득이었다.

잠마원주 소요마선이 거의 온몸에 붕대를 감고 있었고, 영호선은 두꺼운 이불을 세 겹이나 덮고 연신 춥다고 오들거렸다. 청당과 독상군, 초이량은 침상에 누워 멍한 눈으로 숨만 헉헉거릴 따름이었다. 혼절해 버렸던 삼조원과 오조원 중 대다수는 정신도 차리지 못했다.

"참, 어처구니가 없군."

독안마의는 그때까지도 천사성모가 반로환동하여 잠마원

에 들어온 것을 모르고 있던 터라 당시 잽싸게 꽁지를 빼버렸
던 수라검마와 삼뇌신마, 무영마객으로부터 정황 설명을 듣
고 혀를 끌끌 찼다.

"그나마 이 정도로 끝난 게 천만다행이지."

수라검마가 그날의 정경이 떠오르는지 진저리를 치며 말
했다.

"어쩐지 원주님이 안절부절못하더라니. 예감 같은 게 있으
셨던 거지."

삼뇌신마는 당시 손발을 주무르던 모습을 떠올렸다.

"아무래도 지은 죄가 있으니까."

무영마객이 투덜거렸다.

"그래도 천사성모님도 너무하셨지. 잠마원에 대해 아무것
도 모르고 계셨다니, 그게 말이 되냐고!"

"모르는 사람이 의외로 많아. 애들이나 어른이나 말이지.
잠마원 출신 녀석들은 아예 입을 닫아버리고는 너도 당해보
라는 식이고, 마도의 어른이란 작자들은 별로 신경도 안 쓰잖
아. 뭐, 원주님이 입단속을 시킨 것도 있지만."

"하필이면 오조를 고른 게 문제였을라나?"

"아니, 오조여서 다행이지. 초반에 뻥 하고 터졌으니 망정
이지 두고두고 쌓였다면 이 정도에서 그치지 않았을 거야."

"끙, 그도 그렇군."

세 명의 교두는 주거니 받거니 말하다 독안마의가 건네는

찻잔을 받아 들었다.

삼뇌신마가 독안마의에게 물었다.

"원주님은 어떤가?"

"싹싹 빌기라도 한 건지 죽지는 않을 것 같은데… 한동안
은 일어나지 못할 것 같군."

"휴, 다행이군. 애들이야 시간이 지나면 회복될 테니 걱정할
건 없을 테고. 영호선이 목숨을 부지한 게 용하단 말씀이야?"

그 말에 독안마의가 킬킬거렸다.

"그놈이 의외로 목숨 줄이 질기긴 질기지."

세 교두도 슬쩍 입꼬리를 올리며 웃었다. 천사성모님이 떠
났으니 영호선을 잘했다고 칭찬해야 할지, 아니면 네놈 때문
에 이 지경이 되었노라고 혼내야 할지 혼란스러웠던 것이다.

"휴, 어르신들 말이야. 어지간하면 반로환동 같은 건 좀 안
했으면 좋겠다."

삼뇌신마의 혼잣말에 모두가 고개를 끄덕였다.

"동감이야."

"그런 건 노망난 정파 늙은이들이나 실컷 하란 말이지."

*　　　*　　　*

귀곡문 문주 풍불익은 눈앞에 어른거리는 형체를 보며 의
문이 가득했다.

"그게 무슨 소린가? 다시 잠마원에 보내도 된다니?"

"그게 아닙니다."

풍진이 감정없이 답했다.

"응?"

"잠마원에 꼭 보내야 한다는 뜻입니다."

"아하, 그거라면 듣던 중 반가운 소리지. 하하하하!"

풍불익은 벌써부터 기뻐할 손자를 생각하니 어서 빨리 이 소식을 전하고 싶어 엉덩이가 들썩일 지경이었다. 조금 줄어들긴 했지만 여전히 손자 녀석은 실성한 듯 실실거리고 있었다.

"보내지 않으면……."

"않으면?"

"멸문입니다."

풍불익이 흠칫 몸을 떨었다.

손자를 잠마원에서 데리고 오지 않으면 멸문이라고 한 것이 한 달도 채 되지 않았건만 도대체 뭐가 어떻게 돌아가는지 알 수가 없었다. 하지만 잠마원에 보낼 수 없는 것이 한이지 보내는 것이야 무슨 대수겠는가.

"물론이지. 천사성모님께 고마움을 전해주게."

"전하겠습니다."

"허허, 이 은혜를 어떻게 갚아야 할지."

"기억하십시오."

"응?"

"보내지 않으면 멸문입니다."

"아, 이 사람, 싱겁게 왜 그러나. 평생 농을 안 할 것 같더니 이제 보니 농이 제법 늘었구먼."

"농담 아닙니다. '멸문' 이란 두 글자를 잊지 마십시오."

그 말과 함께 풍진이 스르르 사라지자 풍불익이 떨떠름한 표정을 지었다.

"융통성이라곤 눈곱만큼도 없는 놈 같으니."

하지만 이내 기쁨에 겨워 안색이 밝아졌다.

'흐흐, 안생아! 기뻐하거라. 다시 돌아갈 수 있게 되었다. 이 할아비 무거운 짐을 하나 내려놓은 듯 홀가분하구나.'

그날 밤, 평안생의 방에서는 대성통곡이 울려 퍼졌다.

그 소리를 들으며 문주 평불익은 흐뭇함에 젖었다.

"녀석, 얼마나 감격했으면 저럴까. 그저 천사성모님께 감사할 따름이지."

*　　*　　*

그날 이후 한 달이 지났을 때, 한껏 움츠러들었던 잠마원은 본래의 모습으로 돌아왔다. 인간의 기억이란 편리하기 그지없어서 도저히 잊기 힘든 일조차도 당장 눈앞에 없으니 언제 그랬냐는 듯 각자의 삶을 이어갔다.

잠마원주는 붕대를 풀었고, 영호선은 추위를 떨쳐 냈으며,

청당과 초이량, 독상군은 도리어 한 단계 성장하는 면모로 거듭났다. 삼조와 오조의 조원들 또한 한동안 시달리던 악몽을 떨쳐 냈다.

그 와중에 평안생은 다시 오조로 돌아와 조원들의 열렬한 환대를 받았다.

"평안생 이 자식, 보고 싶었다! 그리웠다고!"

"네가 얼마나 소중한지 떠나니까 알겠더구나."

"다시는 중도에 그만두는 일 같은 건 하지 마. 알겠어?"

평안생으로서는 울며 겨자 먹기로 돌아온 것인지라 사실 잠마원의 입구에 들어설 때만 해도 오조원들로부터 온갖 조롱의 손가락질을 받을 것이라고 생각했다. 하지만 도대체 무슨 일이 있었는지 이 환대의 정체를 알 수가 없었다. 환대의 대열엔 심지어 영호선도 끼어 있어 보자마자 격하게 포옹하고는 '어서 와. 다시는 네 자리를 누구에게도 양보하지 마라'며 떨리는 음성을 드러낼 정도였다.

변덕스러운 할아버지를 원망하던 평안생의 마음이 그나마 위로가 되는 순간이었다.

그렇게 하루하루가 지나갔다.

잠마원의 수련생들이 끊이지 않는 소란에 어느 정도 익숙해질 때, 잠마원주가 처음 말했던, 육개월이 지나면 '본격적인 교육이 시작된다' 라는 말을 확실히 인지하고 있는 수련생은 아무도 없었다.

　　　　*　　　　*　　　　*

　유난히 커다란 잠마원주의 거처에 잠마원주를 위시한 교두들이 자리를 함께했다.

　하지만 그들이 서 있는 곳은 처소에서도 외곽에 위치한 잠마원주의 개인 연공관이었다.

　잠마원주가 한쪽 벽에 걸어진 도끼 자루를 반대 방향으로 돌렸다.

　덜컹!

　둔탁한 음향이 울림과 동시에 연공관의 바닥이 서서히 열리기 시작했다.

　그리고 드러난 공간은 온통 어둠뿐 빛이라고는 찾아볼 수가 없었다.

　"확인만 하고 오도록 해. 괜히 망가뜨리지 말고."

　수라검마와 삼뇌신마, 무영마객이 일제히 고개를 끄덕였다.

　"금방 다녀오도록 하죠."

　세 개의 신형이 어둠 속으로 몸을 날렸다. 어둠이 기다렸다는 듯 그들을 삼켰다.

　그것은 마치 지옥의 입과 같아서 세 교두는 영영 돌아오지 못할 것처럼 보였다.

＊　　　＊　　　＊

촤촤악!

달빛 아래 검이 난무하며 숲은 점점 숲이 아닌 평지로 변해 갔다. 광기에 휘말린 검격에 뿌리까지 통째로 드러난 나무가 있는가 하면 미처 피하지 못해 두 동강난 짐승들이 널브러졌다.

홀로 분노의 검무를 미칠 듯이 추고 있는 이는 영호선이었다.

최근의 영호선은 화가 치밀어 미칠 것만 같았다. 서열 이백 위인 유은령이 설요홍과 팽팽히 맞서던 것도 모자라 이젠 귀엽게 생긴 여자애가 기세만으로 숨조차 쉬기 곤란하게 했다. 그뿐인가? 신형이 눈앞에서 푹 꺼지는가 싶더니 어느새 잠마 원주의 거처에 이른 것만 봐도 도대체 저게 사람인가 싶을 정도였다.

만약 죽이려고 마음만 먹었다면 그 자리에 있던 모두는 지금쯤 차가운 흙바닥에 누워 몸이 서서히 썩어가고 있을 것이다.

영호선이 화가 나 견딜 수 없는 것은 바로 그 때문이었다.

어쩌면 죽을 수도 있었다는 것, 아니, 사실은 이미 죽은 것이나 다름없다는 것.

혹시 자신이 모르는 특별한 종족인가 싶어 독안마의에게
물어보았지만 독안마의는 그저 어깨를 으쓱하고는 별 의미
없는 말을 중얼거렸을 따름이다.

"나도 모르지. 원래 이 바닥이 기괴한 천재들이 불쑥불쑥 튀어
나오니까. 그런 연놈들이 뭘 숨기고 있는지 어떻게 알겠냐!"

그 말 어디에서도 화운설이 반로환동에 이른 마도의 고인
중 하나라는 사실을 알 수 없었던 영호선이기에 그저 끓어오
르는 피의 열기에 비해 강한 놈들이 많다는 것에 화가 난 것
이었다.
고작 또래 중에서, 그것도 여자애에게 위축되어 열흘이 넘
게 추위에 덜덜 떨고 있었다.
이불을 뒤집어쓰고 떨 때는 이대로 얼어버리나 싶어 화를
낼 마음조차 없었으나 지금은 아니다. 그래서 이렇게 칼춤이
라고 추지 않는다면 견딜 수 없게 된 것이다.
그 사건은 역용술에 대한 기대도 허물어뜨려 버렸다.
여자의 말에 의하자면 역용술은 최소한 일 년은 지나야 어
느 정도 흉내를 낼 수 있게 되고, 제대로 시전하기 위해서는
최소한 삼 년이라는 시간이 필요하다는 것이다. 그 말을 듣고
도 역용술에 덤벼든 것은 '이 나 영호선께서 그것을 삼 년씩
이나 끌 리가 있느냐!' 하는 자신감에서였다.

하지만 막상 부딪쳐 보니 그리 간단한 문제가 아니었다. 수많은 반복적인 훈련이 반드시 필요한 기법이라는 것을 절감한 것이다.

또 한 가지, 역용술에 대한 흥미가 떨어지고 만 것은 화운설의 등장 그 자체였다.

압도적인 무위!

상상해 본 적도 없는 신법!

잠마원주를 때려잡겠다고 달려가던 기백!

그것을 고작 또래가 완성했다는 것은 영호선의 가슴에 깊이 새겨져 '위대한 역용술'을 '역용술 따위'로 생각하게 하기에 충분했다.

그전까지는 막연히 잠마원 서열 일위로 모두 위에 군림하고자 하였지만 화운설이 그 모든 고정관념을 뒤바꾸어놓고 말았다. 화운설은 수련생들은 우습다는 듯 잠마원주를 쥐 잡듯이 잡아버린 것이다. 바로 그것! 영호선이 진정으로 원하는 것이 바로 그것이었다.

"으아아악! 그래서 화가 난단 말이다!"

신형이 움직이며 검이 뻗어나갈 때마다 숲은 형체를 잃어갔다.

"영감, 솔직히 말해봐. 내 눈 똑바로 쳐다보고."

영호선이 독안마의의 어깨를 마구 잡아 흔들었다. 아무

리 생각해도 영호선은 화운설이 이해가 되지 않아 다시 한 번 질문을 퍼붓고 있는 중이었다. 뱃속에서부터 무공을 익혔다고 해도 어떻게 그런 무위를 드러내는 것이 가능하단 말인가! 아니면 어떤 특정한 길을 찾은 것인지라도 알고 싶었다.

퍽!

"이 자식이 노인을 잡으려 드네."

독안마의가 발을 내지르자 영호선이 그대로 나뒹굴었다. 죽이겠다고 걷어찬 것이 아니기에 영호선은 이내 벌떡 일어났다.

"대체 뭘 숨기고 있는 거냐고! 왜 대충 얼버무리느냔 말이야!"

"네놈 말마따나 뱃속에서부터 무공을 익혔나 보지. 내가 그걸 어떻게 알겠나."

"아니, 무슨 말이라도 해보란 말이지. 어떤 영약을 처먹었다든지, 사부가 누구라든지, 아니면 뺑이라도 반로환동을 했다든지 말이야."

독안마의는 반로환동이라는 말에 내심 흠칫했지만 겉으로는 태연히 고개를 가로저을 뿐이었다. 괜히 입을 잘못 놀렸다가는 그 뒤에 닥쳐올 후환은 상상하고 싶지도 않았다.

"원주님께 가보든지. 부러진 몸이나 주물럭거리는 내가 뭘 알겠냐. 뭐 사실 관심도 없고."

“거긴 벌써 갔다 왔어.”

“오호, 그래? 그래서 어떻게 됐나?”

“아후, 영감도 참. 내가 말을 들었으면 여기서 묻고 있겠어! 갔더니 성질을 막 내면서 ‘미칠 것 같으니까 그 얘기 내 앞에서 한 번만 더 꺼내면 확 묻어버린다!’는 거야. 그 나잇살 먹은 노인네가 어린것한테 얻어터져서 붕대를 친친 감고 몸 져누웠으니 부끄럽기도 하겠다 싶어 차마 더 못 묻겠더구만. 그래서 그냥 왔지. 잠마원주씩이나 하면서 어디서 처맞고 다닌다고 하면 낯이 서겠어?”

“호호.”

독안마의는 웃으면서 속으로 생각했다.

‘처맞은 사람이 어디 한둘이어야지.’

“영감, 실실거리지만 말고 무슨 말이라도 해봐.”

“그러니까 네 요지는 그렇게 강해지고 싶다?”

“그렇지. 이제 말귀를 좀 알아듣네.”

독안마의가 천천히 고개를 끄덕였다.

혈마환으로 돌아버린 놈이 열흘 넘게 오들오들 춥다고 떨어댔는데 이 정도는 닦달을 해야 영호선답다고 할 수 있었다.

“열심히!”

“엑?”

“열심히 하면 된다. 그게 다 피가 되고 살이 되는 거지.”

“아후, 이 영감이 갈수록 노망기가 심해지네.”

픽!

독안마의의 주먹이 영호선의 면상을 갈겼다.

나뒹군 영호선을 보며 독안마의는 씨익 웃었다.

‘아직은 말할 때가 아니지. 아암, 그렇고말고.’

*　　　*　　　*

잠마원주는 수석교두인 수라검마 동요비와 바둑을 두고 있었다.

“이번 여행은 꽤 볼만하겠군.”

“아무래도 쟁쟁한 편이니까요.”

잠마원주의 말에 수라검마가 답했다.

“그렇지. 조장과 부조장 외 누굴 또 추가해야 할 사람이 있나?”

“아무래도 십조의 전력이 다른 조에 비해 처지는 편인만큼 십조에서 부조장 대신 유은령이 들어가는 게 좋을 듯싶습니다.”

“음, 그게 낫겠군.”

*　　　*　　　*

대연무장에는 이백 명의 수련생이 빼곡히 도열해 있었다.

처음 입부식 때 말고는 처음 있는 전체 모임이었다.

잠마원주가 단상에 오르자 소곤거리던 소리가 잦아들었다.

하지만 한 소리만은 또렷이 주변에 울려 퍼졌다.

"아, 언제까지 사람을 세워둘 작정이야? 지겨워 죽겠네."

영호선이 짜증을 있는 대로 부리자, 옆에 있던 초이량이 옆구리를 찔렀다.

"뭐야?"

초이량이 눈짓으로 전면을 가리키자, 영호선이 잠마원주가 노려보고 있는 것을 발견했다.

"조금 늦으셨네요."

버럭 호통을 치려던 잠마원주가 기습당한 듯 얼굴이 굳었다.

'저 새끼가…….'

더 이상 소란스러운 소리가 없었으므로 잠마원주가 입을 열었다.

"너희 모두를 한자리에 부른 것은 한 가지 사실을 알리기 위함이다. 아무래도 건너서 듣는 것과 직접 듣는 것에는 차이가 있을 수 있는 만큼 오해의 소지를 없애려는 것이다."

안 그래도 의문이 가득했던 수련생들의 얼굴에 의문이 더욱 짙어졌다.

잠마원주의 말은 계속 이어졌다.

"지금까지 육개월여의 기간이 지났다. 누군가에겐 짧다면 짧았을 것이고, 또 다른 누구에겐 길다면 긴 시간이었을 것이다. 우선 원주로서 너희들이 오늘까지 한 명의 사망자도 없이 살아 숨 쉬고 있다는 것이 불만스럽지만 앞으로 잠마원에서 보낼 기간은 충분한 만큼 조만간 몇 명이나마 죽을 것이라고 믿어 의심치 않는다."

휘이잉~

바람 한 점 없는 날씨임에도 수련생들은 찬바람이 스치는 것 같았다. 저것이 과연 잠마원을 총괄하는 원주로서 할 말이란 말인가. 그럼 지금껏 누가 죽어나갈 것인지 흥미진진하게 바라보고 있었다는 것이니 원래부터 생각해 왔던 잠마원에 들어온 것을 후회하는 마음이 마구 커져만 갔다.

"원주로서 바라는 것은 모든 인원이 무사히 수련을 마치는 것이 아니라 단 한 명일지라도 더욱 강한 자가 나오길 바라는 것이다. 그래서 이제 너희 중 일부는 먼 여행을 떠나게 될 것이다. 무사히 귀환할 수 있을지는 미지수다. 그저 열심히 최선을 다하라는 말밖에 내가 해줄 말은 없다."

모두의 머리로 자연스럽게 정파 공격이 떠올랐다.

'역시 실전이었나.'

"이번 여행은 먼저 각 조의 조장과 부조장을 합해 총 이십 명이 선발대로 가게 될 것이다. 조장과 부조장이 가는 것은 무공의 수준이 그만큼 높기 때문이다. 단, 십조의 경우는 특별히 조장과 부조장이 아닌, 조장과 유은령이 함께 갈 것이다."

즉시 십조 부조장 강우룡의 얼굴이 벌겋게 달아올랐다. 모두 앞에서 백일하에 무공 수준이 형편없다는 말을 들으니 부끄럽고, 또 한편으로는 화도 났다. 굳이 이 많은 수련생들 앞에서 말할 필요는 없지 않았느냐는 생각이 들면서 원주의 처사가 잔혹하기 이를 데 없다고 느꼈다.

반면 조장과 부조장만 떠나는 여행이라는 말에 시무룩해 있던 유은령은 대놓고 환호성을 질러대고 있었다.

"십조 부조장은 혹시 불만이 있나?"

부조장 강우룡은 곧바로 원주가 물어올 것이라고는 생각하지 못했기에 당혹감을 감추지 못했다. 하지만 마음속 깊이 불만이 있었기 때문에 즉시 대답을 못하고 머뭇거렸다.

"흠, 그럼 다시 묻지. 십조 부조장은 유은령과 비교해서 자신이 어떻다고 생각하지? 이길 자신이 있나?"

강우룡은 더욱 얼굴이 붉어질 뿐 대답하지 못했다.

그때였다.

"호호, 네가 배가 간 밖으로 나오려고 안달을 하는구나."

그 말과 함께 유은령이 허공으로 솟구치더니 오른발로 강우룡의 면상을 날려 버렸다.

퍼억!

주르르륵.

강우룡은 미처 대답도 하지 못하고 혼절해 버렸다.

유은령이 큰 소리로 잠마원주에게 외쳤다.

"원주님, 제가 이겼어요!"

잠마원주가 너털웃음을 터뜨렸다.

"강우룡은 말이 없는 것을 보니 불만이 없는 것 같군. 여행은 내일 밤에 떠날 것이다. 조원들은 조장과 부조장이 살아서 돌아오길 빌어야 할 것이다. 그 여행 경험이 너희를 돕게 될 것이기 때문이다."

*　　*　　*

오조 부조장 초이량은 초조함을 감추지 못했다. 간밤에 꿈자리가 뒤숭숭하더니 바로 이번 여행이 발표된 것도 마음을 불편하게 했다. 잠마원에 들어온 이후 좋은 꿈과 나쁜 꿈은 아주 단순하게 구별되었다.

영호선이 나오는 꿈과 나오지 않는 꿈.

영호선이 꿈에 나올 때면 어김없이 다음날 재수가 없었다. 그런데 어제는 영호선이 모든 조원들을 몰살시킨 후 마지막 남은 자신도 죽이겠다며 다가오다가 꿈에서 깨어났다.

사실 영호선이 꿈에서 조원들과 수련생들을 죽인 것으로 치자면 오조는 물론이고 수련생 중 살아남은 자는 몇 명 되지 않았다. 심지어 꿈속에서는 잠마원주도 영호선에게 매질을 당했다.

'휴, 무사히 돌아올 수 있어야 할 텐데……'

그런 초이량과 달리 영호선은 연신 휘파람을 불면서 신바람을 내며 검을 닦고 있었다.

"아, 답답하던 차에 잘됐다. 오랜만의 바깥 구경이라니. 하하하하!"

초이량은 물론이고 오조원들은 걱정스럽게 영호선을 쳐다봤다.

도대체가 걱정이라곤 찾아볼 수 없는 저 태평함의 근원은 무엇이란 말인가. 그러나 그다음 중얼거리는 말을 듣게 되자 모두들 휘청거리지 않을 수 없었다.

"흐흐, 이번 기회에 정파 놈들 모조리 쓸어버릴 수 있겠군. 좋아, 시원하게 쓸어버리는 거야."

출신이야 옛적에 집어던졌다지만 형산파의 제자라는 작자가 저렇게 살벌하게 말하다니.

'불안해.'

약속된 시간이 되자 잠마원주의 처소로 각 조의 조장과 부조장이 한자리에 모였다.

물론 십조의 경우 부조장 대신 유은령이 참여했다.

이미 이번 여행에 참가하는 수련생들이 오기 전에 잠마원주와 모든 교두들이 먼저 와 있었다.

　무영마객 현원령이 인원 확인을 마치고 잠마원주에게 보고했다.

"이상없습니다."

"좋아, 필요한 물품을 나눠 주도록."

"네."

　즉시 이십 명의 조장, 부조장들에게 쇠로 만든 물통과 작은 주머니가 건네졌다.

"그것은 비상 식품이다. 물통에 담긴 물과 주머니에 든 벽곡단을 함께 먹게 되면 한 끼 식사의 포만감과 실제 영양 공급이 이루어질 것이니 잃어버리지 않도록 주의해라."

　모두 물통을 허리에 두르고 주머니를 품에 넣는 것을 확인한 잠마원주가 자리를 떨치고 일어섰다.

"나를 따라와라."

　묘한 긴장이 어려 있어 심지어 영호선조차도 느긋이 미소를 지을 뿐 아무도 섣불리 말을 꺼내지 못했다.

　원주가 앞서고 그 뒤를 수련생들이, 끝부분에 교두들이 따랐다.

　원주는 연공관이라고 쓰인 문을 열고 들어갔다.

"들어와라. 한 가지 보여줄 것이 있다."

　이번 임무에 대한 내용이 틀림없었다.

　연공관 안에는 특이하게도 거대한 원형 구덩이가 파여져 있었다. 하지만 일반적인 구덩이가 아닌 도저히 끝을 알 수

없을 것처럼 깊은 어둠이 아가리를 벌리고 있는 형국이었
다.

"잘 보아라. 이상한 점이 없는지."

이십 명의 수련생이 모두 의문에 휩싸여 어둠을 내려다보
았다.

바로 그때였다.

퍽! 퍽 !퍽!

교두들이 수련생들을 발로 밀어버렸다.

"으아아악!"

"이게 뭐야! 사람 살려!"

"이 자식들아, 이게 뭐냐!"

"원주 너 이 개자식, 사람을 속이다니!"

모두들 경악과 놀라움에 추락하면서 욕을 퍼부었지만 곧
그 소리도 사라졌다.

그리고 남은 것은 오직 설요홍 하나뿐이었다.

"너는 밀지 않아도 되겠지?"

설요홍이 인상을 찡그리고 훌쩍 어둠 아래로 몸을 던졌
다.

설요홍의 모습도 순식간에 어둠에 휩싸여 사라졌다.

잠마원주의 입가에 씨익 미소가 걸렸다.

하염없이 욕만 퍼붓고 있을 수 없다는 것은 본능이 먼저 말

을 걸어왔다. 이 어둠 속 밑바닥에 무엇이 있을지, 쇠꼬챙이가 날을 세우고 촘촘히 박혀 있을 수도, 아니면 거대한 괴생물체가 입을 벌리고 먹잇감이 추락하는 것을 흐뭇하게 기다리고 있을지도 모르는 일이었다.

누가 시켜서가 아닌 본능에 의해 이십 명의 동병상련에 빠진 일행은 적안마심공을 펼쳐 냈다.

단지 안력을 돋운다고 해결되는 그런 수준의 어둠과는 질적으로 달랐기 때문이다. 적안마심공의 특징은 극한의 어둠을 극복할 수 있는 안공으로, 펼치는 순간 모든 보이는 정경이 붉은색 일색으로 보이긴 하지만 그 외에는 시야에 보이는 사물이 왜곡됨이 없이 고스란히 드러나는 안법이었다.

번쩍!

추락하는 중에 모두의 눈이 옅은 자줏빛이 어른거리는 순간 비로소 모든 시야가 확보되었다. 하지만 시야를 확보한 순간 막연히 두렵게만 느끼던 공포가 당면한 현실이 되어 다가왔다. 땅바닥이 바로 눈앞에 다가온 것을 확인한 것이다.

"으헉!"

현재 추락하는 몸과 지면과의 거리가 최소한 이 장여 정도라도 되었다면 신법을 발휘할 여력이 있었을 테지만 어처구니없게도 고작 반걸음 정도로 다가온 지면에서는 달리 손쓸 방법이 없었다. 걷는 상태에서의 반걸음과 추락하면서의 반걸음은 하늘과 땅의 차이였다. 눈을 한차례 깜박이는 순간 박살이 나고 말 정도의 정체절명의 순간인 것이다.

방법은 오직 한 가지였다.

쿵!

일행은 발이 땅에 닿는 순간 관절의 피해를 최소화하기 위해 곧바로 핑그르르 바닥을 굴러 충격을 해소했다. 그래도 날고 기는 기재들 중 무공 서열 이십위까지라는 것은 그저 장식은 아니었던지 꼴사나운 모습을 보이긴 했지만 다친 사람은 없는 듯 이내 툴툴대며 몸을 일으켰다.

그르르릉!

저만치 떨어져 내린 곳이 확실한 구멍이 닫히고 있었다.

기가 막힌지 어느 누구도, 심지어 영호선조차 '허허' 하고 바라볼 정도였다.

"먼 여행이라더니 정말 멀게 느껴지는군."

삼조장 백발청당이었다.

"누구 잠마원에 이런 곳이 있다는 이야기를 들은 사람 있어?"

소묘희였다. 하지만 그 말에 답하는 사람은 아무도 없었다.

유은령의 시선이 설요홍에게 쏘아졌다.

"설요홍, 넌 뭘 좀 알고 있는 것 같은데?"

그 말에 모두 설요홍을 바라봤다.

유은령은 추락하는 와중에 교두의 목소리를 똑똑히 들을 수 있었다.

"너는 밀지 않아도 되겠지?"

교두의 말인즉, 설요홍 너는 알고 있지 않느냐는 말이 아니고 무엇이란 말인가!

설요홍의 얼굴에 조금은 쓸쓸해 보이는 미소가 떠올랐다.

"지하로 오게 될 것이란 것은 알고 있었지. 그래서 여행을 떠난다고 했을 때 이미 짐작하고 있었다. 내가 확실히 알고 있는 건 진정한 잠마원의 교육은 바로 지금부터라는 것이지. 그 이상은 나도… 모른다."

도도하게 짝이 없는 설요홍이 유치하게 표정을 거짓으로 꾸밀 것이라고는 그 자리의 누구도 생각할 수 없었다. 그러기엔 설요홍의 안면 두께가 너무나 얇았다.

모두는 빠져나갈 구멍도 없이 절체절명의 순간을 맞이한 것이라 상대를 경계하기보다는 저절로 의지하는 상태가 되어 무심결에 한마음으로 이 난관을 어떻게 타파해야 할지 머리를 굴리기 시작했다.

설요홍은 잠마원의 교육이 바로 지금부터 시작되는 것이라고 했으니 지금 이 순간 이 장소는 교육이라는 이름에 걸맞게 무언가를 배워야 하는 시간일 것이다. 하지만 정작 눈에 보이는 것은 아무것도 없이 그저 텅 빈 지하공간일 뿐이다. 적안마심공을 숙련되게 펼칠 수 있도록 익히라는 뜻이라고

하기에도 굳이 이런 방법을 쓸 필요가 없었다. 이러한 어둠은 이미 잠마원 내에서 충분히 존재했고, 직접 그 안에서 체험도 했기 때문이다.

불안이란 드러난 것보다는 드러나지 않은 것, 미래를 전혀 가늠할 수 없을 때 더욱 크게 다가오는 법이 아니던가. 바로 지금이 그 순간이었다.

모두의 머리가 복잡하게 엉켜 답을 찾지 못할 때였다.

쿵! 쿵!

"누구 없어요? 어이, 아무도 없어요~!"

아까부터 무리를 홀로 이탈해 벽을 쭉 둘러보고 있던 영호선이 벽을 두드리고 있었다. 혹시 뭔가 알고 있나 싶어 잠시 모두의 시선이 영호선을 향했다.

"이봐, 우리 왔어! 할아범이나 할망구나 아무나 튀어나와 봐! 우리 왔다니까! 어서 나와서 무공을 가르쳐 달란 말이야!"

순간 모두의 얼굴에 그늘이 깊게 드리워졌다.

참 한가하기도 하지. 그래, 배짱 하나는 인정하마. 하지만 벽을 두드린다고 뭔가가 튀어나와 '너희를 기다리고 있었느니라' 하면서 무공을 가르친다는 발상을 하다니 겁을 잃었다고 해도 이건 정도가 지나친 것이었다.

그때 유은령이 쪼르르 영호선 곁으로 다가갔다.

그녀의 삶의 유일한 신조가 되다시피 한 '영호선이 있는 곳엔 언제나 내가 있다'를 실천하려는 듯 유은령도 곧바로 떠들어대기 시작했다.

"호호호, 어서 나와보세요! 이젠 나올 때도 된 것 같은데 뭘 꾸물거리는 거예요!"

"저리 꺼지지 못해!"

영호선이 버럭 고함을 지르자, 유은령이 움찔하며 서운한 표정을 지었다.

"한 사람보다는 두 사람이 낫잖아. 그리고 원래 나이든 사람들은 귀여운 여자아이를 좋아한단 말이야."

"네가 어딜 봐서 귀엽다는 거야!"

"왜 그래, 평소답지 않게? 응?"

그러면서 유은령은 살짝 눈까지 흘겼다.

영호선이 입술을 깨물고 벽을 향해 크게 소리쳤다.

"이 영감탱이들아, 얼른 나오란 말이야! 기다리다 목이 빠지겠다고!"

"그래, 어서 말 들어! 늦으면 목을 분질러 버리겠다!"

유은령도 질세라 소리를 버럭 질렀다.

설요홍을 비롯한 일행이 한숨을 내쉬며 두 사람을 외면했다.

그때였다.

그그그긍!

영호선과 유은령이 소리를 내질렀다.

"나온다!"

뒤쪽에 있던 일행의 눈이 휘둥그레졌다.

어이없게도 영호선과 유은령이 마주하고 있는 벽이 열리고 있었기 때문이다. 하지만 그것은 시작에 불과했다. 각 사방의 벽들이 각기 독립된 방처럼 열리기 시작한 것이다.

"와아! 나왔다, 나왔어!"

유은령이 손뼉을 치며 펄쩍펄쩍 뛰다 영호선을 껴안았다. 영호선도 드디어 누군가 튀어나올 것이라고 생각했는지 유은령을 끌어안고 껑충껑충 뛰면서 좋아했다.

그그그궁!

쿵!

석벽이 열리고 그 안을 확인한 일행의 눈이 의혹으로 물들었다. 벽 안쪽으로 사람의 형체가 서 있었는데 사람이라고 하기 곤란한 모습을 하고 있었다. 당연히 있어야 할 것이 보이지 않았다. 눈도, 코도, 입도, 심지어 머리카락이랄 것도 보이지 않았다. 그런 정체불명의 형체가 총 이십 개에 육박하고 있었다.

"뭐, 뭐지?"

"영호선! 정신 차려라!"

초이량이 영호선을 크게 부르자, 마구 뛰며 좋아하던 영호선과 유은령이 끌어안은 채로 바로 눈앞에 서 있는 정체불명의 괴인을 확인했다.

"하아, 반갑습……."

영호선의 친절한 인사는 이어지지 못했다. 괴인 하나가 빛살처럼 여전히 끌어안은 상태의 영호선과 유은령에게 짓쳐들어왔기 때문이다. 살기를 뿜어낸 것은 아니었지만 함께 끌어안자고 호의적으로 다가온 것이 아니라는 것은 알 수 있을 만큼.

"히익!"

영호선과 유은령이 동시에 몸을 떼어냈다. 그와 함께 영호선이 발을 내질렀다.

펑!

괴인은 신형을 날리던 속도 그대로 뒤로 튕겨져 원래 머물던 석벽 안쪽에 쿵 하고 부딪쳤다.

"인사치곤 너무 격하잖아. 적당히 하란 말이다."

영호선이 삿대질을 할 때, 완전히 뻗어버려야 정상인 괴인이 벌떡 몸을 일으켰다.

"어라, 이 자식 보게나? 이 눈깔 없는 놈이 정말 눈에 뵈는 게 없는 모양이네?"

괴인이 무릎을 살짝 구부리는 것이 보였다. 그리고 무릎을 튕겼다고 생각한 순간,

휘익~

가공할 속도로 괴인의 신형이 순간적으로 영호선의 눈앞으로 다가왔다.

그리고 괴인의 주먹이 뻗어왔다.

"욱! 빠르잖아."

영호선은 얼굴을 향하는 주먹을 가까스로 흘려보내고 그와 동시에 왼쪽 어깨 쪽으로 빗겨가는 괴인의 목을 움켜쥐었

다. 그것은 단지 목을 잡은 것이 아닌, 힘을 주어 누르면 곧바로 죽음에 이르는 사혈이었다.

"죽어봐라."

당연히 영호선의 손이 강한 경력을 품고 사혈을 찍어 눌렀다.

이내 축 처져 버려야 마땅한, 당연히 그래야만 하는 괴인이 눈도 없는 얼굴로 확 돌아봤다.

'헉!'

놀라는 사이 괴인이 손이 영호선의 가슴을 파고들었다.

펑!

영호선의 몸이 허공을 날아 바닥에 덱데구루루 굴렀다.

"으윽, 뭐야? 저거 설마 사람 아닌 거야?"

그때 설요홍의 날카로운 소리가 들렸다.

"아무래도 강시 같다. 혈도를 제압하는 것 따윈 통하지 않아."

영호선이 몸을 일으키고 장내를 보니 이미 일행이 각기 한 명씩의 괴인과 더불어 치열한 사투를 벌이고 있었다. 그리고 연이어 당혹성이 곳곳에서 터져 나왔다.

"이 자식들, 칼이 안 박혀."

"강시 맞는 거냐? 강시는 원래 통통거리며 뛰어다니는 거 아니었어?"

"왜 자꾸 다시 일어서는 건데? 도대체 뭘로 만든 거야?"

"나는 누가 만든 건지가 더 궁금하다. 제길."

말로는 여유를 부리고 있는 것 같았지만 실제로는 곤란한 지경에 처해 여기저기 손발이 어지러워지는 모습들이 역력했다. 설요홍을 비롯한 사인방과 유은령 정도가 밀리지 않고 있을 뿐이었다. 하지만 그들도 괴인들에 겨우 맞서는 정도였지 제압을 하는 것과는 거리가 멀어도 한참 멀었다.

영호선 또한 마냥 구경만 하고 있을 순 없었다. 어느덧 괴인이 미끄러지듯 달려와 머리를 움켜잡으려 했기 때문이다.

"제길, 이 영호선님이 괴물 따위에게 당할쏘냐!"

영호선은 머리를 숙임과 동시에 검을 빼 들고 머리 위를 휘젓는 괴인의 두 팔을 그어갔다.

검기를 품은 일격. 이 정도면 두 팔 정도는 싹둑 날릴 수 있다고 생각했다.

그러나 탁, 소리와 함께 검이 튕겨 나왔다.

손에 거친 감각이 그대로 전달되었다.

'역시… 이건 아니로군.'

신형을 핑그르르 회전해 일정 간격을 벌린 영호선은 숨을 토해내고는 괴인을 향해 폭사해 들어갔다.

'세상 그 무엇도 급소가 없을 순 없겠지. 그것만 찾아내면 된다.'

다행이라면 괴인의 움직임이 자연스럽긴 해도 신형의 속도 면에 있어서는 영호선이 한 수 위라는 점이었다.

영호선은 오로지 '자' 결만을 사용해 머리부터 시작해 빠르게 온몸을 찔러갔다. 두상에 이어 상체, 그리고 후면으로 돌아 등 부위, 그리고 하체의 전후에 가능한한 모든 곳에 검격을 꽂아 넣었다. 영호선이 찌른 곳은 인체의 혈이란 혈은 모두 총망라된 곳이었다. 그중 한 군데라도 급소를 발견한다면 더 이상 문제될 것이 없는 것이다.

하지만 영호선의 시도는 허망하게 끝을 맺고 말았다. 괴인은 칼이 박히지도 않았을 뿐 아니라 움찔하는 기색조차 없었다. 만약 급소가 있고 그곳에 적중했다면 괴인의 동작이 느려지거나 주춤하는 모습을 보일 테지만 괴인은 어떠한 피해도 받지 않은 것뿐 아니라 더욱더 난폭한 움직임을 보이기 시작했다. 그것은 마치 오랫동안 몸을 쓰지 않았다가 이제야 겨우 몸이 좀 풀리는군, 이라고 말하는 것 같았다.

"이 자식아, 네 정체가 도대체 뭐야!"

화가 치민 영호선이 일격필살로 괴인의 머리를 두 조각 내버리겠다는 기세로 내려쳤다.

캉!

괴인이 기세 좋게 내리꽂던 검을 붙잡았다.

"헉!"

왼손으로 검을 붙잡은 괴인이 검을 당기자 영호선의 몸이 쑤욱 괴인의 품에 안길 듯 끌려갔다. 그리고 괴인의 오른손이 영호선의 머리를 움켜잡았다. 다섯 손가락이 짓누르니 영호선은 당장에 머리에 다섯 개의 구멍이 날 것만 같았다.

"이 새끼가!"

영호선은 검을 놓고 장심에 전력을 끌어모으고 괴인의 가슴에 연달아 장력을 발출했다.

펑펑펑펑!

이 정도의 내가장력이면 보통의 경우 내장이 전부 바스러지고 만다. 하지만 문제는 괴인이 보통 사람이 아니라는 점이었다. 얼굴에 눈, 코, 입도 없는 보통 사람이 있을 리가 없지 않는가. 게다가 이미 급소 따위가 없다는 것이 드러난 마당이다. 그러니 당연히 있어야 할 내장 기관 따위가 없는 것도 당연했다.

"어?"

분명히 아까 전에 처음 괴인과 마주쳤을 때, 영호선은 괴인을 날려 버렸기 때문에 당연히 이번에도 같은 결과가 나올 것이라고 생각했었다.

그사이 괴인의 손아귀에 힘이 들어가는가 싶더니 머리가 깨질 듯 통증이 밀려왔다.

"으아아아아악!"

괴인이 머리를 한 손으로 잡고 들어 올리며 힘을 계속 가하자 영호선은 두 발을 대롱거린 채 떠올랐다. 고통 중에 양팔로 괴인의 손을 뜯어내려고 해도 꿈쩍도 하지 않았다.

머리의 압박에 눈이 충혈되고, 전심전력으로 호신지기를 발휘해 머리를 보호하려고 해도 한계가 있었다.

그때였다.

"누가 감히 영호선을 괴롭히는 거냐!"

목소리의 주인 유은령이 맞서던 괴인을 팽개쳐 두고 크게 외치며 달려왔다.

"손 놓지 못해!"

유은령이 괴인을 향해 장력을 내뿜었지만 괴인은 그대로 받아내면서 자신의 목표는 오직 영호선의 머리에 구멍을 내는 것이라는 듯 놓지 않았다.

"안 돼, 이 괴물아!"

유은령은 영호선의 일그러진 얼굴을 보고 더 이상 버티기 힘들다는 것을 깨달았다.

"널 부숴 버릴 테다."

유은령이 영호선을 붙잡고 놓지 않는 괴인의 팔을 잡더니 '으아아악! 부서져!' 라고 외쳤다.

뚜득, 둑!

기묘한 소리와 더불어 드러난 광경은 놀라움 그 자체였다.

유은령의 손에는 괴인의 한쪽 어깨와 팔목까지가 분리되어 들려 있었다.

머리를 움켜쥐고 아직도 고스란히 남은 머리의 통증을 어루만지던 영호선이 숨을 몰아쉬며 유은령을 바라보았다. 유은령도 뜯어낸 팔을 들고 영호선을 바라보았다. 그리곤 살짝 웃었다.

“하아, 다행이다.”

영호선이 ‘끙’ 하고 일어나 유은령의 머리를 쓰다듬었다.

“고맙다, 유은령.”

“응?”

유은령의 눈에 울컥한 듯 기쁨의 눈물이 맺혔다. 영호선에게 칭찬을 들었다. 그리고 쓰다듬어 주기까지. 예전에 칠현금을 들고 십조 숙소에 들어왔다가 울고 있는 자신에게 다가와 뺨에 흘러내린 눈물을 닦아주던 바로 그 손길이었다.

‘영호선⋯⋯.’

영호선이 모두가 들을 수 있도록 크게 외쳤다.

“마룡박격을 펼쳐! 내가장법은 통하지 않는다!”

영호선은 죽었다고 생각한 순간 괴인을 부숴 버린 유은령을 보고 번쩍 한 가지 생각을 떠올렸다.

처음 괴인과 마주쳤을 때 영호선이 괴인을 날려 버렸던 것과 그 뒤 내가수법이나 검기가 도리어 통하지 않았던 것, 그리고 순전히 유은령이 힘으로 괴인의 머리와 팔을 뜯어낸 것을 보고 기본 수련 과정에서 이따위 외공을 왜 배우냐고 항변했던 마룡박격이 괴인을 상대할 수 있는 유일한 길이란 것을 깨달은 것이다. 실제로 유은령이 부숴 버리겠다고 하며 사용했던 것도 바로 마룡박격이었다.

영호선이 누구 좋으라고 가르쳐 줄 인간은 아니었지만 지금 상태에서는 자신이 살아나는 길은 다른 이들의 도움을 받아야 한다는 점 때문이었다.

이때까지 그나마 버티고 있던 것은 설요홍과 상위 조장 급들이었고, 부조장들은 거의 맞서싸운다기보다는 간신히 피해내고 있었다. 유은령이 몸을 빼면서 상대를 잃은 괴인이 바로 근처에 있던 초이량에게 덤벼드는 바람에 초이량은 거의 몸을 던지다시피 하며 피해내고 있었다.

하지만 영호선이 내지르는 소리를 듣고 비로소 일행은 마룡박격을 펼치기 시작했다.

그야말로 고급스럽거나 화려함을 완전히 무시한, 살을 뜯어내고 짓이기며 꺾어 뼈까지 바스러뜨리는 것이 목적인 마룡박격이었다. 대부분의 수련생들이 아무리 마도라도 이건 좀 해도 너무한 것 아니냐면서 등한시했던 바로 그 마룡박격이 바로 이날을 위한 준비였다는 생각을 비로소 하게 되었다.

그러자 곧바로 상황이 바뀌었다. 명확한 대처법을 가지고 무식한 방법으로 살을 짓뭉개는 마룡박격이 효과를 드러내기 시작한 것이다.

하지만 그렇다고 유은령이 했던 것처럼 단번에 머리를 뽑아 버리고 어깨를 잡아 빼 부숴 버리는 그 정도까지 마룡박격을 펼치는 이는 단 한 명도 없었다. 유은령 또한 남은 괴인에게 달려들었지만 아까와 같은 절박함이 없어서인지 당장 쓰러뜨리지는 못하고 있었다. 그것은 수련생들 대부분이 그러하듯 지금 조장과 부조장으로 구성된 이들조차 마룡박격을 혐오스러운 외공으로 치부하고 다른 수련에 더욱 힘을 기울였기 때문이다.

팍!

가장 먼저 결과를 낸 것은 설요홍이었다. 설요홍은 괴인의 머리를 뽑아 들고 거칠게 숨을 몰아쉬었다.

"쳇, 더럽게 목도 뻣뻣하군."

그 뒤를 이어 하나둘 과격한 마룡박격을 펼치며 전리품을 들고 얼굴에 미소를 짓기 시작했다.

그러나 아직까지 곤혹스러워하는 것은 역시 부조장들이었다.

"이거 왜 이렇게 안 꺾여! 제발 좀 부러져라."

독상군이 괴인의 팔을 꺾어놓고 부러뜨리지 못해 애를 먹고 있었고, 초이량은 한쪽 팔을 뜯어내긴 했는데 남은 한쪽 손에 멱살을 잡힌 채였다. 초이량은 그 와중에 두 발을 붕 띄워 괴인의 목을 가위처럼 잡고 비틀고 있었다. 조장 중 가장 무위가 떨어지는 십조장 서문익은 손으로 괴인의 허벅지를 으깨는 중이었다.

물론 그 와중에도 괴인들 또한 강력히 대항하였기에 지하 공간에는 팔팔하게 뛰어다니는 사람은 없고, 오직 비틀고, 으깨고, 뽑아내느라 온갖 기합과 신음이 난무했다.

그래도 다행인 것은 하나둘 괴인이 쓰러지면서 한결 여유로워져 협공이 가능하다는 점이었다.

괴인을 분쇄한 이들은 설요홍과 유은령, 그리고 영호선, 구송추, 육온악, 청당, 장휘천이었다. 평상시라면 다른 조의 누가 죽어도 상관할 건 없었지만 이때는 이미 공통의 적이라는 입장이 마음속에 가득하여 누가 먼저랄 것도 없이 함께 달라붙어 괴인들을 차례로 짓이겨 놓았다.

그렇게 거의 한 시진(2시간가량)이 넘는 접전을 마쳤을 때, 괴인들은 다리가 뭉개지고 머리가 떨어져 나가는가 하면, 허리가 두 동강나 아무렇게나 버려졌다.

물론 있는 힘, 없는 힘 모두 쏟아낸 덕분에 이십 명의 여행자(?) 또한 기진맥진한 상태였다.

그렇게 잠깐의 여유를 즐기고 있을 때였다.

스스스스.

거의 대부분이 드러누워 숨을 헐떡이고 있던 중에 소묘희가 뾰족한 비명을 내질렀다.

"아악! 사라지고 있어!"

깜짝 놀라 주변을 둘러보던 일행은 멍하니 그런 기괴한 모습을 지켜봤다. 놀랍게도 괴인들의 파괴된 몸이 모래가 무너져 내리듯 허물어지더니 이어 그 모래 가루 같은 것조차 어디론가 사라져 버렸다.

영호선을 비롯한 몇몇이 전리품으로 팔과 머리, 다리를 들고 있다가 손에서 바람처럼 스러지는 것을 보고 꿀꺽 마른침을 삼켰다.

변화는 그뿐만이 아니었다.

드르르륵, 드르르르륵.

가장자리 부근의 땅이 뿌옇게 먼지를 일으키며 가라앉고 있었다. 그 부근에 누워 있던 구조장 한익이 화들짝 놀라 일행이 모여 있는 쪽으로 다다다 기어왔다.

"뭐냐? 이번엔 뭐가 튀어나오는 거야?"

"최악이네. 손가락 하나 움직일 힘도 없는데."

"모두 정신 바짝 차려!"

땅이 점점 꺼져 가더니 점차 계단을 드러냈다. 계단이 위가 아닌 아래로 난 것만 봐도 아래쪽에 무언가 있는 것이 확실했다.

"제길, 설마하니 이 상태로 저길 내려가라고 하는 건 아니겠지?"

"어째 불안한걸."

처음에 까불거리며 벽 속의 노인장을 찾던 영호선도 입맛을 쩝쩝 다셨다. 지금은 호기심이고 뭐고 쉬고 싶었다. 머리에 다섯 개의 구멍이 송송 뚫리며 죽을 뻔했다. 아직도 손가락이 머리 위에서 누르고 있는 착각이 들 정도였기에 또다시 저 계단을 타고 내려가고 싶은 생각은 추호도 없었다.

"혹시 이 관문을 통과했으니 그 보상으로 대단한 영약 같은 게 있는 건 아닐까?"

약왕의 아들답게 독상군이 아무 근거도 없는 소리를 지껄였다.

영호선이 독상군의 어깨를 붙들었다.

"내려가 볼래?"

고개를 끄덕이면 당장에 던져 주겠다는 의지가 넘실거렸다.

독상군이 서둘러 고개를 가로저었다.

모두가 망설이고 심각한 표정으로 계단을 노려보고 있을 때였다.

그르르르릉! 그르르릉!

계단이 움직이며 다시금 원래대로 회복되고 있었다. 지금이라도 계단을 타고 내려간다면 가능하긴 했지만 어느 누구도 시도할 엄두조차 내지 못했다. 사실 아래쪽에 초월적인 비급과 영약이 있을 수도 있지만 반대의 경우라면 꼼짝없이 죽게 될 것은 불을 보듯 뻔한 일이었기 때문이다. 게다가 지금은 이십 명이었기에 괴인들을 물리칠 수 있었던 것이지, 만약 한 명이나 두 명이었다면 찢겨 나간 것은 괴인들이 아니라 자신들이었을 것이라고 생각했다. 그처럼 한 명이나 두 명이 계단을 내려가는 모험을 한다면 그것은 말 그대로 목숨을 내건 모험일 따름이었다.

계단이 사라지고 다시 평지가 되자 지하공간은 잠시 적막에 잠겼다.

괴인들은 사라졌고, 무엇이 기다리고 있을지 모르는 계단은 닫혀 버렸다. 갑자기 할 일이 사라져 버리자 당장 뭘 해야 할지 모두 멍해져 버린 것이다. 그렇다고 누워 잠을 청하기에도 찝찝하기 이를 데 없었다.

"계단은… 내려가라는 거였나?"

구송추가 혼잣말처럼 중얼거렸다.

설요홍이 말을 받았다.

"내려가라는 것이었다면 또다시 열릴 테니 기다려."

모두 대답은 하지 않았지만 설요홍이 말에 내심 고개를 끄덕였다. 반드시 내려가야 한다면 또다시 열릴 것이다.

그때였다.

그그그긍!

미약한 빛이 유입되었다. 빛의 위치를 파악한 일행이 일제히 위로 시선을 돌렸다. 그러다 아직까지 적안마심공을 풀지 않고 있었다는 것을 깨닫고는 고통스럽게 눈을 감싸고 뒹굴었다.

적안마심공은 절대적인 어둠 속에서도 사물을 분간할 수 있도록 해주지만 반면에 환한 빛 가운데 적안마심공을 펼칠 시에는 빛이 극도로 증폭되기에 수백 개의 바늘이 눈을 찌르는 통증이 찾아온 것이다.

"으윽, 내 눈."

"제길, 여러 가지로 미치게 하는군."

만약 적안마심공을 시전한 채로 대낮에 활보하다가는 채 일각도 되지 않아 눈이 멀어버릴 것이지만 잠깐의 빛 정도는 고통만 있을 뿐 충분히 견뎌낼 수 있었다.

이내 일행은 적안마심공을 거두며 다시 위쪽을 바라보았다.

위에서 수라검마 동요비가 외쳤다.

"혹시 계단을 타고 내려간 놈이 있냐?"

"없습니다."

설요홍이 대답했다.

"운이 좋은 놈들이구나. 자, 밧줄을 내려줄 테니 모두 올라
와라. 신속히 올라오는 게 좋을 거야. 곧 놈들이 또 나타날 테
니까."

촤르륵 하는 소리와 함께 밧줄이 지면으로 떨어졌다.

그리고 그와 동시에 구구궁 하는 소리와 함께 석벽이 열리는
것이 보였다. 교두가 무슨 개소리냐고 속으로 중얼거리고 있던
일행의 얼굴이 사색이 되었다. 괴물들이 다시 나타난 것이다.

"뭐야, 다 죽은 거 아니었어?"

"어째 또 나타나는 건데?"

"지금 그렇게 한가한 소리를 하고 있을 때냐?"

그 말에 비로소 일행은 앞다투어 밧줄을 붙잡고 한 번에 이
장씩을 도약하며 지하공간을 빠져나왔다.

영호선이 밧줄을 붙들고 올라오는 중에 아래를 내려다보
니 괴인들이 괴성을 질러대고 있었다.

第八章
본격 수련

潛魔劍仙
잠마검선

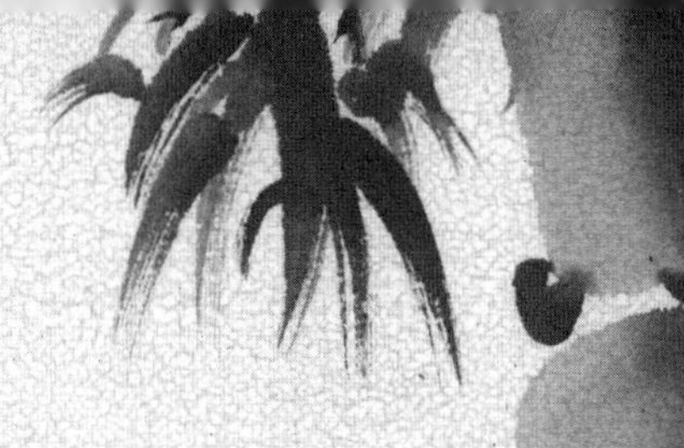

“아쉽게도…….”

잠마원주가 입을 열자, 조장과 부조장 모두 다음 말을 기다렸다.

지하공간을 빠져 나온 후 일행은 잠마원주의 거처 한쪽 회의실에 앉은 채였다.

‘아쉽게도?

모두 그 순간 계단을 타고 아래로 내려갔어야 했구나 하고 생각했다.

잠마원주가 말을 이었다.

“…무사히 돌아오고 말았구나. 적어도 두셋은 죽을 줄 알 있는데 말이야."

휘이잉~

찬바람이 회의장을 휘감아 돌았다.

영호선이 벌떡 일어나 삿대질을 했다.

"왜 말을 그따……."

하지만 영호선은 더 이상 말을 잇지 못했다.

잠마원주 소요마선이 가볍게 소매를 털며 손가락을 튕기자, 가슴 쪽 두 곳이 뜨끔해지면서 몸뿐 아니라 혀까지 굳어버렸던 것이다.

그 모습을 보고 유은령이 오른손을 슬그머니 내렸다. 스륵하며 어느새 오른손에 단도가 쥐어졌다.

"무슨 짓……."

잠마원주의 손이 유은령을 향했다. 단지 그뿐이었다. 하지만 유은령은 더 이상 말을 잇지 못하고 단도를 떨어뜨렸다. 설요홍을 비롯한 모두는 내심 놀라움을 금치 못했다. 소리도 흔적도 없이 만만치 않은 실력을 지닌 영호선과 유은령이 그저 손짓 한 번에 제압된 것이다. 이제껏 잠마원에 머물면서 단 한 번도 원주의 무위를 견식한 적이 없어 궁금하게 여겼던 이들은 비로소 그저 이름만 잠마원주가 아님을 여실히 깨달을 수 있었다.

일단 말썽을 부릴 요소를 말끔히 제거하자 잠마원주는 느긋이 말을 이어갔다.

"참 욕심도 없구나. 너희라면 충분히 묵환강시를 눕힐 수 있을 것이라고 생각했고, 그다음… 계단을 내려갈 것이라고 생각했거든."

"계단 아래쪽에 우리가 얻어야 할 것이 있었나요?"

설요홍이었다.

"아니란다. 내려갔으면 지금 이렇게 이야기를 나누고 있지는 못하겠지. 죽은 사람과 어떻게 대화를 할 수 있겠느냐. 하하하하!"

잠마원주가 유쾌하게 웃었다.

하지만 모두는 결코 웃을 수가 없었다. 사실 조금이라도 힘이 남았다면 계단을 내려갈 생각을 했기 때문이다. 자칫 욕심에 휘말려 계단을 내려갔다면 어떻게 되었을지 등줄기로 소름이 돋아났다.

"왜 미리 말씀해 주지 않으셨던 겁니까?"

처음 질문을 던졌던 설요홍이 팔짱을 끼고 차갑게 잠마원주를 노려보고 있는 사이, 오조 부조장 초이량이 질문을 던졌다.

"강호가 무엇이라고 생각하느냐? 예고를 하고 칼이 날아드는 곳은 아니지 않더냐. 섣불리 욕심에 휘말리는 사람은 그만한 대가를 받는 곳이 강호란다. 하지만 지금 너희는 모두 살아 있으니 훌륭하다고 해야 할지, 호기심도 없는 소심한 놈들이라고 해야 할지 모르겠구나."

충분히 칭찬을 해줄 수도 있을 듯하건만 잠마원주는 말끝마다 속을 긁는 것을 잊지 않았다.

"뭐… 수고는 했다. 지금까지 잠마원에서 육개월이 지났다. 적응 기간은 충분했으리라고 본다. 지금부터는 본격적인 훈련에 돌입하게 되는 게지. 첫 출발치곤 나쁘지 않았다."

"그럼 앞으로의 수련은 지하공간에서 이루어진다는 말씀이신가요?"

소묘희가 물었다.

"수련은 원래대로 이루어진다. 단지 그 수련의 성과를 지하공간에서 구현하는 게지. 이번에 느꼈겠지만 너희들이 소홀히 여겼던 것들이 지하공간에서는 가장 효과적인 것이 되었다는 것쯤은 깨달았을 것이다. 대충대충 수련하게 되면 지하공간에서 평생 해골바가지로 살다가 뼈마디조차 남지 않게 될 것이다."

"지하의 계단은 몇 개나 존재합니까?"

"너희가 넘어야 할 관문은 총 세 개로 이루어져 있다. 뭐, 이쯤에서 조금이라도 단서를 주는 것도 나쁘진 않겠군. 지하공간의 일층은 외공과 기본적으로 안공을 숙련하지 못하면 결단코 깨뜨릴 수 없다. 지하 이층은 경공과 호신진기, 그리고 지하 삼층은 금나법과 몸의 모든 감각을 극대화하지 못하면 살아남기는 어려울 것이다."

"으음."

누가 먼저랄 것도 없이 거의 동시에 신음을 토해냈다.

만약 들어가길 거부한다면? 답은 뻔했다.

'죽이겠지.'

"그것이 전부입니까?"

이번에 물은 건 독상군이었다. 독상군의 질문에는 단지 넘어야 할 관문이 그것뿐이냐는 물음보다는 그것으로 얻어지는 보상에 대한 의미가 컸다.

잠마원주가 고개를 가로저었다.

그러자 모두의 눈이 기대로 반짝였다.

"물론 제삼관문까지 통과한다면 어디 가서 객사하는 일 따위는 없을 것이다. 하지만 객사를 면하자고 잠마원이 만들어진 것은 아니지. 삼관문을 통과하면 지하 사층에는 너희들이 얻어야 할 전대 마도 고수들의 비급이 있다. 즉, 관문은 그 자체로 잠마원의 훈련과정이기도 하면서 지하 사층의 비급을 얻기 위한 자격 획득의 과정인 게지."

모두의 얼굴에 옅게나마 희망이 서렸다.

무공을 익히는 자에게 있어 더 강해지고자 하는 욕망은 끝이 없는 것이다. 방금 전까지 제삼관문이 막막하게 느껴졌지만 지금은 당연히 넘어야 할 작은 장애물로 여겨졌다.

설요홍 또한 내심 한껏 희망에 부풀었다. 그러다 문득 한 가지 의문이 떠올랐다.

"아까 올라오면서 보니 괴인들이 다시 나타났는데 그건 어떻게 된 거죠?"

"음, 이해할 수 있을지 모르겠다만 너희가 마주한 괴인들은 묵환강시라고 한다. 그것들은 환상이자 실체지."

"환상이면서 실체라고요?"

"분명 환상체이지만 공격을 당했을 경우 실제 해를 입을 수 있는 게지. 막연히 환상과 다른 것은 깊은 심도에 이른 정파 놈들조차 환상체를 환상으로 인식하고 직시한다고 해도 환상이 깨지지 않는다. 그러니 환상이면서 실체이고, 실체이면서 환상이랄 수 있지."

"흐음… 그럼 그다음 관문들에 대해서 미리 들을 수 있을까요?"

"그건 나중에 교두들에게 듣도록 하자꾸나. 천천히 자연스럽게 알아가게 될 것이다. 오늘은 너희가 버젓이 살아 숨 쉬고 있지만 계속 살아 있다는 보장도 없지 않느냐. 그러니 입 아프게 미리 말해줄 필요는 없겠지. 일단 관문을 공략하는 것은 조별로 이루어진다. 한 명이나 둘 정도로 돌파할 수 있다고 과신한다면 미리 유서 정도는 남겨두는 게 좋을 게야."

휘이잉~

다시금 찬바람이 회의실을 휘감고 돌았다.

기대와 희망, 그리고 그 반대편에 언제 죽을지 모른다는 두려움이 복잡하게 머리를 얽혀들었다.

각 조의 조원들은 먼 여행을 떠난 것이라고 철석같이 믿어 의심치 않던 조장과 부조장이 새벽녘에 돌아오자 놀란 눈으로 분분히 자리를 떨치고 일어났다.

그것은 오조원도 다를 바가 없어서 조원들의 눈엔 의문이 가득했다. 게다가 돌아온 조장 영호선과 부조장 초이량의 몰골이 말이 아니었기에 우르르 몰려나왔다.

"여행은 안 가고 어디서 사고치고 온 거냐?"

당연한 질문이었다. 초이량이 차분한 성격이긴 하지만 영호선이라는 인간에게 휘말린다면 어쩔 수 없는 것이다.

"대체 어디서 누구와 싸우면 그렇게 망가질 수 있는 거냐?"

"싸울 상대라고 해봤자 다 여행을 간 거 아니었어?"

"저건 보니까 사람하고 싸운 몰골이 아닌걸. 곰이나 호랑이 떼의 습격을 받은 것 같잖아."

일제히 쏟아지는 말에 영호선과 초이량은 서로를 돌아보았다.

경황이 없어 몰골이 어떤지 몰랐는데 서로를 보니 머리는 산발에 삐쭉 서 있고, 옷은 여기저기 찢어져 입었다기보다는 걸치고 있다고 하는 편이 옳았다.

영호선이 머리를 매만지고 조원들을 돌아봤다.

"제군들!"

“……?”

모두들 한 걸음 뒤로 물러섰다. 저렇게 뜬금없이 말을 꺼낼 때는 뭔지 몰라도 일단 물러서고 보는 것이 현명한 처사라는 것을 경험으로 깨닫고 있는 오조원들이었다.

“내일부터 너희는 전사로 거듭난다. 잠은 잘 생각 하지 마라. 잠마원에 온 이상 우리가 해야 할 일은 강해지는 것뿐이다. 수련, 오직 수련만이 있을 뿐이다.”

영호선이 전혀 영호선답지 않게 수련을 말하고 있다.

“뜬금없이 무슨 소리냐?”

“자세한 것은 초이량이 설명할 것이다. 나는… 쉬어야겠다.”

그러면서 영호선은 터벅터벅 개인 방으로 걸어갔다.

초이량이 버럭 고함을 내질렀다.

“야, 영호선! 나도 피곤해 죽겠단 말이다!”

영호선이 휙 돌아섰다. 그리곤 검지를 펴 초이량을 가리켰다.

“초이량, 수고해라.”

드르륵, 탁!

영호선이 방으로 들어가 버리자 조원들의 시선이 일제히 초이량에게 향했다.

초이량이 어깨를 으쓱하고 말했다.

“이야기가 기니까 아침에 보자.”

조원들이 스르르 움직여 초이량을 포위했다.

"어허, 그럼 섭섭하지."

"더 궁금해지잖아."

"자, 여기 앉아서 천천히 이야기를 해봐."

초이량이 길게 한숨을 내쉬었다. 왜 조장이 아닌 부조장이 되었는지. 손가락 하나 움직이기 싫은데 한참이나 이야기를 하고 또 질문에 시달려야 할 것을 생각하니 벌써부터 머리가 지끈거렸다.

'후, 어쩔 수 없지.'

초이량의 이야기가 시작되자 조원들의 얼굴이 경악과 희망, 두려움 등으로 복잡하게 변해갔다.

그리고 영호선이 이야기했던 잠은 포기하라는 말이 어쩔 수 없이 이해되어 버렸다.

평온하고 한가롭기까지 했던 잠마원은 단 하루 만에 완전히 환골탈태하듯 변했다.

아무도 수련을 하라고 닦달하지 않아도 저절로 굴러갈 뿐 아니라 적극적으로 수련에 임하는 모습은 이제 흔한 광경이 되었다. 편하게 취침 시간을 챙기는 이는 단 한 명도 없었다. 식사 시간 또한 절반으로 줄어들었고, 정규 교육 시간에서는 잠이 부족함에도 불구하고 눈에 광채를 뿌리며 일각이 아깝다는 듯 집중했다.

암습과 결투는 이미 머릿속에서 지워진 지 오래였다.

오로지 머리에 남은 건 단 두 가지뿐이었다.

제삼관문까지 살아남아야 한다.

그리고 그 후 전대 마도고수들의 비급을 취한다.

제일관문을 경험한 각 조의 조장과 부조장들은 그동안 멸시했던 무공들이 실제로는 제삼관문까지 돌파하는 열쇠라는 것을 뼈저리게 인지했고, 그것은 모든 조원들에게 전해져 일체 잠마원에서 배운 무공 외에는 관심을 두지 않고 매달렸다.

그렇게 시간은 빠르게 지나 한 달여가 지나고, 다시 보름이 지났다. 하루가 아깝다는 듯 수련에 열중한 나날들이었다.

제일조가 일관문에 들어갔다는 소식이 전해졌다.

그리고 그 뒤를 이어 일조원 중 다섯이 피 떡이 되어 돌아왔다는 소식이 전해졌다.

나머지 모든 조는 안도의 한숨을 내쉬는 한편 일조를 타산지석 삼아 더욱 수련에 매진했다.

그 뒤, 열흘 만에 이조가 들어갔다. 그리고 일조의 피해보다 수적인 면에서는 줄었지만 세 명이 치명상을 입었다. 그다음 순서인 삼조는 물론이고 나머지 조들 또한 거의 목에 칼이 들이대진 상태라도 된 것처럼 미친 듯이 수련에 집중했다.

그렇게 일차 시도에 성공을 거둔 조는 단 한 조도 없었다.

이차 시도까지 다시금 한 달의 기간이 주어졌다.

잠마원은 그사이 그야말로 광기에 사로잡혔다.

여차하면 죽을 수도 있다는 두려움과 그 관문만 통과하면 마공을 얻을 수 있다는 희망이 충돌하면서 더욱더 수련의 강도는 거세졌다. 눈은 살아 있다 못해 독기로 번들거렸고, 생활 자체를 수련으로 이어가 차분히 걷는 걸음은 없어진 지 오래였다. 작은 기척에도 몸이 저절로 반응했고, 나무를 묵환강시로 상정하고 으깨고 잡아 채 뜯어내는 수련을 하면서 주변의 나무들은 몸통이 흉측하게 뜯겨지거나 짓눌려 으스러져 말라가는 것들을 흔히 볼 수 있을 정도가 되었다.

원래 뛰어난 무위를 발휘했던 조장 급들은 더욱더 날카로운 면모로 변해갔고, 조원들도 초기 잠마원 생활 때와는 비교할 수 없는 정신과 무위를 갖춰갔다.

*　　　*　　　*

"역시 보기 좋군요."

삼뇌신마 담요가 희미하게 미소를 머금고 하는 말에 잠마원주가 입을 삐죽이 내밀고 고개를 끄덕였다.

"뭐, 이맘때쯤이면 늘 보는 광경이지. 어릴 때는 저렇게 광기에 한 번쯤은 젖어보는 것도 좋은 일이니까."

"이런 과정을 거치다 보니 좋기는 한데 문제가 없는 것도 아니죠."

"응?"

"잠마원 출신 녀석들이 한 번씩 강호에 나가면 그냥 몸을 으깨 버리지 않습니까?"

"흐흐, 그야 습관이지. 그게 사실 손맛도 나고 좋잖아?"

"하하, 손맛은 확실히 그렇죠."

"근데 영호선 저놈은 여전하네."

잠마원주의 시선은 오조 숙소 부근 언덕 쪽에서 누군가의 목에 이빨을 박고 있는 것을 영호선에 닿아 있었다.

"개 버릇 어디 가겠습니까? 비급을 얻겠다고 저렇게 광분하는 것을 보면 저놈이 정말 형산파에서 온 놈인지 깨끗이 잊어버리게 된다니까요."

"흐흐, 그렇지. 대견한 놈이야."

                    *   *   *

이차 시도에 일조와 이조가 묵환강시를 모두 쓰러뜨렸다는 소식이 전해졌다.

그 소식을 접한 수련생들은 안타까움과 희망을 동시에 터뜨렸다.

지금이라면 충분히 일관문을 통과할 수 있다는 자신감에 각 조는 본인들의 조가 제일 먼저 일관문을 통과하길 바랐던 터다. 그다음으로 도전한 삼조와 사조는 거의 유사하게 실패

했다. 각기 묵환강시 한 구를 남겨둔 상태에서 조원 모두 기력이 쇠해 간신히 탈출해야 했던 것이다. 당연하게도 계단이 열리는 것을 볼 수 없었다.

일관문을 통과한 일조와 이조에겐 제이관문에 대한 설명을 들을 수 있는 기회가 주어졌다.

즉, 묵환강시를 제압하긴 했지만 그것은 단지 제이관문에 대한 자격에 대한 부분이 컸다. 왜냐하면 아직까지는 일관문을 통과한 후 계속해서 이관문까지 넘볼 정도로 여유로운 체력과 근력, 내력 등이 따라주지 못했기 때문이다.

그리고 모두가 고대하며 제발 통과하지 못하길 간절히 바라마지 않던 오조의 차례가 되었을 때, 오조는 영호선의 물불을 안 가리는 투혼을 바탕으로 모두의 희망을 무참히 짓밟고 일관문을 통과했다.

숨을 헉헉거리며 지하공간을 빠져나온 오조원은 무영마객의 전혀 기뻐하지 않는 듯한 박수 소리를 받았다.

"수고했다. 의외로 쉽게 묵환강시를 제압했구나."

괜한 칭찬은 아니었다. 오조가 묵환강시를 때려눕히고 가루로 화하게 하는 시간은 앞서 돌파한 일조와 이조를 능가했기 때문이다.

"제이관문은 무엇입니까?"

그나마 팔팔한 영호선이 물었다.

"제이관문은 독이다. 너희가 앞으로 수련에 매진해야 할

부분은 총 세 가지다.”

모두의 시선이 무영마객의 입을 주목했다.

“첫째는 일관문을 돌파한 뒤에도 거뜬히 버틸 수 있는 힘이고, 둘째는 제이관문의 독을 피해 제삼관의 문을 여는 열쇠를 찾을 수 있을 정도의 빠른 신법, 셋째는 독기가 몸에 침범하지 못하도록 몸 외곽으로 진기를 두를 수 있는 호신진기다. 제이관을 돌파할 정도가 되면 기본적으로 독기를 막을 수 있는 해독단을 받게 될 것이다. 하지만 그것으로는 모든 독을 막아낼 수 없으니 호신진기에 대한 수련을 게을리해서는 결코 안 될 것이다.”

꿀꺽!

몇몇 조원이 마른침을 삼켰다.

사실 제일관문은 도망칠 구멍이라는 것이 존재했다. 위에서 교두들이 지켜보며 여의치 않다 싶으면 곧바로 밧줄을 내려주었기 때문에 부상을 당하더라도 탈출할 수 있었지만 이 관문부터는 조금 복잡해진 것이다. 독기에 대항할 수 없어 부득불 제일관문으로 나온다고 해도 그땐 거의 기진맥진한 상태로 묵환강시와 만나게 될 것이라 여차하면 묵환강시에게 맞아 죽는 수가 있는 것이다.

어느샌가 잠마원 내에서 제삼관문까지 도전하다가 죽게 되면 묵환강시가 된다는 흉흉한 소문이 돌고 있는 터라 생각만 해도 몸서리가 쳐졌다.

그때 영호선이 벌떡 몸을 일으켰다.

"좋다. 목표는 정해졌다. 제이관문은 우리 오조가 제일 먼저 돌파한다. 자, 지금 당장 수련이다."

물먹은 솜처럼 축 처진 오조원들이 한 번만 살려달라는 눈빛으로 영호선을 바라봤다.

영호선이 버럭 고함을 내질렀다.

"그런 사슴 같은 눈망울을 하고도 너희들이 마도의 기재라고 할 수 있단 말이냐! 교두님, 제가 잠마원의 명예를 위해 이놈들을 처단하겠습니다."

챙!

눈알을 번들거리며 칼을 뽑아 들자 오조원들이 분연히 일어나 도망쳤다.

"그래, 바로 그 자세다. 살고자 하면 죽을 것이고, 죽고자 하면 비급을 얻을 수 있다."

오조원들의 뒤를 이어 영호선이 사라지자 무영마객이 피식 웃었다.

"흐흐, 아주 신이 났구나. 하지만 이관문부터는 그렇게 만만치 않을 것이다."

第九章
두 번째 관문

潛魔
잠마검선
劍仙

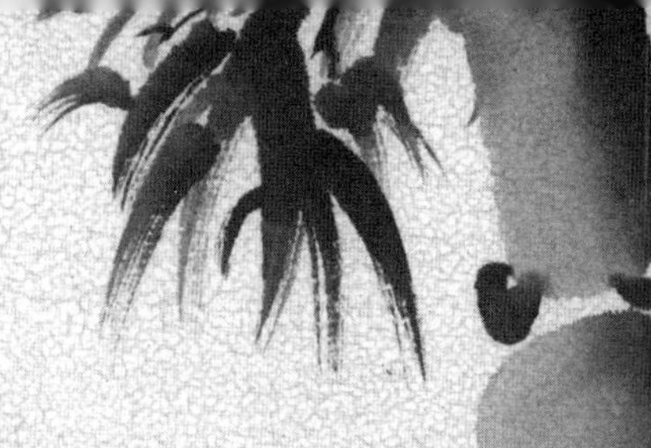

"헉헉!"

"여전히 만만치 않은걸."

오조원들은 묵환강시를 모조리 때려눕히고 부스스 사라져 가는 광경을 지켜보고 있었다. 이렇게 때려눕힌 지도 벌써 두 차례가 더 지났다. 하지만 두 차례의 추가 성공에도 불구하고 여태껏 제이관문을 향한 계단을 내려가지 못했다. 거의 절반가량이 기력이 다해 다리를 후들거리며 주저앉아 버렸기 때문이다.

그러나 이제 오조원들은 드디어 제이관문을 향한 걸음을 준비하고 있었다.

영호선이 외쳤다.

"모두 해독단을 입에 물어라!"

기다렸다는 듯 오조원들이 해독단을 꺼냈다. 일관문과는 전혀 다른 각오가 눈빛에 나타났다.

그그그그궁!

서쪽 방향의 바닥이 내려앉으며 계단이 나타났다. 벌써 이 광경만 몇 번을 봐왔던가. 그럼에도 아직 계단에 발을 디뎌보지도 못했다.

"호신진기!"

영호선의 외침에 동시에 오조원들이 진기로 몸을 둘렀다. 바로 지금 이 순간을 위해 얼마나 많이 얻어터졌는지 모른다. 눈물로 밤을 보낸 시간들이었지만 그 눈물이 지금은 목숨을 지켜줄 것이다.

"명심해. 뭐가 튀어나올지 모르지만 놀라지 말고 최대한 자기가 할 일에 집중하는 거다. 미리 연습한 대로 내가 열쇠를 찾아야 하는지, 열쇠 구멍을 찾아야 하는지 다시 한 번 마음에 떠올려 봐라."

조원들이 한차례 눈을 감고 마음을 다졌는지 고개를 끄덕였다.

그그그궁, 툭!

계단이 완성되었다.

조용히 숨을 고르고 있던 영호선이 함성을 내질렀다. 기백이 지하공간을 휘감아 돌았다.

"가자, 오조!"

그에 따라 일제히 오조원들이 함성을 외쳤다.

"가자!"

무엇도 두렵지 않은 전사의 외침이었다.

그리고 영호선을 시작으로 살금살금 어깨를 움츠리고 계단을 밟아 내려갔다. 저절로 긴장된 탓에 식은땀도 어느새 흥건히 등을 적셨다.

계단을 모두 내려서서 둘러본 지하 이층은 일층과 다른 점이라면 먼저 일층의 두 배 정도의 넓이였다. 그리고 석벽의 구조 역시 전혀 달랐다. 일관문의 석벽은 밋밋한 형태였던 반면 이곳은 수많은 벽돌이 올록볼록 튀어나오고 들어간 식이었고, 어떤 곳은 아예 벽돌이 비어 있는 공간도 여러 곳 눈에 띄었다.

그러나 이러한 감상은 아주 찰나에 불과했다.

영호선은 물론이고 오조원들은 호신진기를 유지한 채 신법을 펼쳐 곳곳의 벽돌을 살피기 시작했다.

이관문을 통과하는 것과 다시 일관문으로 돌아가는 데는 반드시 세 개의 열쇠가 필요했다. 만약 열쇠를 찾지 못하면 호신지기로 몸을 보호할 수 있는 시간도 한계가 있는지라 독기에 노출되어 결국 죽고 말 것이다.

"열쇠 찾은 사람 있어?"

“아니, 보이지 않아.”

“여기도 없어.”

“어떻게 된 거지?”

그때였다.

그그그그긍!

지하 일층으로 통하는 계단이 정해진 시간이 되자, 다시 회복되기 시작했다. 사실 이 시간은 매우 짧은 시간이라 할 수 있었다. 오조원들이 지하 이층으로 내려오고 주변을 살피고, 다시 신법을 전개해 열쇠와 열쇠 구멍을 찾는 데까지는 사실 순식간에 일어난 일이었다.

하지만 비로소 계단이 닫히는 소리가 나자 그제야 오조원들은 상황이 파악되었다.

“역시 계단이 닫힌 후에 나타나는 것인가?”

“그렇군. 묵환강시도 계단이 닫힌 다음에 다시 나타나는 걸로 봐서는 아직 제이관문은 발동도 하지 않은 셈이지.”

“그럼 열쇠나 열쇠 구멍이라도 눈에 띄어야 하잖아. 제길.”

그그그그긍, 툭!

계단이 완전히 사라졌다. 모두의 얼굴에 어쩔 수 없이 긴장이 감돌았다.

“뭐냐? 나타날 거면 어서 모습을 드러내라!”

영호선이 고함을 내질렀다.

그 말을 듣기라도 한 것일까?

샤샤샤샥.

벽돌이 채워져 있지 않은 곳으로부터 기묘한 소리가 나기 시작했다.

오조원들은 중앙에 원을 그리는 형태로 모여 호신진기를 늦추지 않았다.

샤샤샤샥.

쏴아아아악.

소리는 점점 더 커지고 다른 소리도 섞여 나왔다.

꿀꺽!

모두들 눈도 한 번 깜박이지 못하고 사방을 주시했다. 그리고 한순간 이제껏 단 한 번도 보지 못했던 무시무시한 광경에 어느 누구 할 것 없이 경악성을 토해냈다.

"으악! 말도 안 돼!"

"헉! 너, 너무 많잖아!"

그것은 생애 한 번도 본 적이 없는 벌레들이었다. 단순히 벌레라고 표현하기엔 미안함이 느껴질 정도로 수천 마리의 벌레가 일거에 쏟아져 나왔다.

"벽에 붙어!"

발 근처까지 다다르자, 오조원들은 일제히 신형을 날려 돌출된 벽돌에 찰싹 달라붙었다.

벌레 떼는 중앙 쪽으로 우르르 몰려들더니 거의 탑처럼 쌓아가기 시작했다.

"저것들, 우리를 보지는 못하는 모양인데?"

"이걸 불행 중 다행이라고 하는 건가."

"아직 방심하긴 일러. 정신 똑바로 차리고 있어!"

영호선이 눈을 부릅뜨며 외쳤다.

벌레 떼는 꾸준히 쌓여 결국 거의 천장까지 닿을 정도가 되었다. 그저 구경꾼이었다면 '와아, 신기한걸' 이라고 말할 수 있는 상황이었지만 여차하면 저 수많은 벌레 떼에 뒤덮여 물어뜯길 수도 있기에 식은땀이 저절로 흘러나왔다.

벌레 떼가 거대한 기둥을 형성하며 천장에 이르렀다. 그리고 바로 그 순간, 벌레 떼가 와르르 무너졌다. 위쪽에 있던 벌레들은 천장을 타고 퍼졌고, 그 아래쪽의 벌레들은 우르르 붕괴되면서 그때까지도 바닥에서 기던 벌레들까지 합쳐 벽으로 퍼져 갔다.

"으아아악!"

"온다!"

푸슈슈슛!

벌레 떼만 해도 감당이 안 될 지경인데 설상가상으로 벽의 틈 사이로 뿌연 안개 같은 것이 뿜어져 나왔다.

"독기다! 각자 해독단과 호신진기를 점검해!"

그와 함께 변화가 찾아왔다.

척척척척, 척척척척.

올록볼록 불규칙적으로 배열되어 있던 벽돌들이 저절로 움직이기 시작했다. 튀어나왔던 벽돌이 들어가고, 안쪽으로 들어가 있던 벽돌이 튀어나와 마치 물결이 움직이는 것 같은 모습을 띠었다. 그야말로 몰려드는 벌레 떼만 아니라면 보기 드문 장관이었다.

그러다 벽돌의 움직임이 멈췄다. 처음과는 전혀 다른 배열로 벽이 변했고, 또 달라진 것이 하나 더 있었다.

보지 못했던 붉은색을 띤 벽돌이 나타난 것이다.

"열쇠가 붉은색 벽돌에 있는지 확인해!"

영호선의 외침에 약속된 열다섯 명의 조원이 신형을 날렸다. 이미 오조원들은 누구나 할 것 없이 벌레에 뒤덮인 상태였다. 온몸이 새까맣게 변한 것은 물론이고, 얼굴과 머리까지 바글거리는 터라 아무도 대답을 하진 않았지만 살길은 오직 열쇠를 찾는 것뿐이었기에 전력으로 신법을 전개해 붉은색 벽돌을 뒤지기 시작했다.

벌레에 덮여 있다고 머뭇거리고 있을 시간은 없었다. 현재 입 안에 머금고 있는 해독단이 모두 녹아내리면 그것으로 끝이었다. 최대 시간은 고작 이각 정도.

열다섯의 신형은 미친 듯이 백여 개가 넘는 붉은 벽돌을 오가며 열쇠를 찾아 헤맸다.

그때 영호선의 눈은 한곳을 노려보고 있었다.

사방의 벽 중 유독 십자 형태를 띠고 있는 한곳이 있었다.

비록 벌레들이 우글거렸지만 그 중앙에 다른 벽에는 없는 작은 구멍이 보인 것이다.

"찾았다!"

평안생의 목소리였다.

그리고 뒤를 이어 연달아 기쁜 소식이 터져 나왔다.

"찾았어!"

"내가 찾은 게 세 번째인가."

"이쪽으로 가져와."

영호선은 중앙으로 내려서 기다리고 있었다.

세 개의 열쇠는 음각과 양각이 뚜렷하게 구별되어 있었다. 이리저리 붙여보며 몇 번의 시행착오가 지난 뒤 세 개의 열쇠가 정확히 들어맞았다.

"시간이 없어. 해독단이 거의 남지 않았어."

초이량의 말에 영호선이 신형을 날렸다.

십자 형태의 중앙에 벌레들을 떼어내고 열쇠를 꽂자 변화가 일었다.

온몸을 휘감고 있던 벌레들이 몸에서 떨어져 나가더니 벽 사이사이로 썰물 빠지듯 사라져 갔다. 그와 함께 독기 또한 스르르 새어나갔다.

그그그긍!

기다리던 소리가 울려 퍼졌다.

"와아, 우리가 해냈어!"

"장하다, 오조!"

"역시 고생한 보람이 있는걸."

"아무렴. 싸대기 맞은 것이 몇 대인데. 해낼 줄 알았다고."

오조원들은 기뻐 날뛰며 서로 부둥켜안고 손뼉을 마주치며 환호했다.

영호선 또한 흐뭇한 미소를 머금었다. 역시 사람은 일단 패면 안 되는 것이 없다는 것을 다시 한 번 실감했다. 그래서 마음속으로 제삼관문 때는 더 호되게 패버려야겠다고 다짐했다.

그런데 뭔가 이상했다.

"어?"

"소리는 나는데 왜 계단이 안 나타나지?"

"열쇠가 잘못됐나?"

"제길, 너무하잖아."

흉측한 벌레들에 완전히 뒤덮여 있었던 것을 생각하면 지금 이 상황은 억울할 지경이었다.

그때였다. 초이량이 뒤를 돌아보다가 얼굴이 창백해졌다.

"계… 계단이 열렸어."

초이량의 말에 영호선을 비롯한 모두가 뒤를 돌아보았다. 계단이 드러나긴 했는데 어처구니없게도 처음 내려왔던 제일관문으로 통하는 계단이 다시 나타난 것이다.

사실 오조원 모두 이제야 깨달은 것은, 온통 신경이 원래 내려왔던 곳의 반대쪽 벽에 다음 층으로 내려가는 계단이 열릴 것이라고 생각했기 때문이다. 게다가 이곳의 구조가 매우 특이해서 계단이 나타날 때 들려온 소리가 실제로는 어느 방향에서 들려온 것인지 알아내기 어려웠던 것이다.

"왜 저쪽 계단이 열리는 거냐?"

"그러고 보니 열쇠 구멍은 두 개여야 하는 거잖아. 하나는 위로 올라가는 것, 또 하나는 아래층으로 내려가는 것."

"젠장, 뭐가 이렇게 복잡해."

영호선도 화가 치밀어 견딜 수 없는지 부들부들 몸을 떨었다.

이미 열쇠는 벽 속으로 빨려 들어가 버린 상태였다.

"일단 올라간다."

조원들도 일제히 고개를 끄덕였다. 멍하니 기다리고 있기만 하다가는 일층으로 올라가는 계단이 닫히는 날엔 또다시 독과 처절한 사투를 벌여야 할 것이고, 그땐 해독단도 모두 녹아 이관문에서 뼈를 묻게 될 것이기 때문이다.

빠르게 신형을 날려 일층으로 올라오자, 계단이 쿵 하는 소리를 내며 닫혔다.

그그그궁!

그리고 다시 들려오는 괴음에 오조원들의 안색이 창백해졌다.

"저, 저 새끼들이 왜 다시 튀어나오는데?"

"계단이 닫히면 저것들 무조건 튀어나오잖아!"

"또 부숴야 하는 거냐!"

묵환강시라면 이제 제법 빠른 시간에 부술 수 있었지만 그렇다고 마냥 수월한 일은 아니었다. 하루에 두 차례나, 그것도 방금 전에 격돌한 묵환강시를 상대하고 싶은 마음은 추호도 없었다.

"밧줄을 내려주십시오!"

"교두님, 어디 계십니까?"

"우리 좀 꺼내주세요!"

굳게 닫힌 철문이 열릴 기미가 보이지 않았다. 더불어 묵환강시가 덮쳐 왔다.

"일단 부수고 보자."

초이량의 말에 오조원들의 얼굴에 온갖 짜증이 피어났다.

"이 자식들아, 그냥 한번 부서지면 다시 나타나거나 그러지 말란 말이다!"

"에휴, 이 지겨운 새끼들."

빠아악, 빠직, 터억~!

각종 타격 음과 뭉개지는 소리가 지하 일층에 울려 퍼졌다.

결과적으로 오조원들은 묵환강시를 그날 하루만 일곱 차

레를 맞서 싸워야 했다.

나중에는 힘이 빠져 묵환강시와 거의 한 덩이가 되다시피 엉겨 목을 조르는가 하면, 팔을 꺾고 헉헉거리면서 숨을 몰아쉬기도 했다. 묵환강시가 부서진 다음엔 어김없이 이층으로 통하는 계단이 열렸다. 하지만 해독단이 없는 상황에서 이층으로 내려갈 수는 없는 노릇이었다. 그러자니 자연 계단이 닫히면 묵환강시와 튀어나왔다. 오조원들의 힘은 점점 빠졌지만 묵환강시는 늘 처음과 다름이 없었기에 오조원들은 그야말로 죽을힘을 다해 맞서야 되는 상황이었다.

그래서 지금 오조원들은 이십 명 전원이 이십 구의 묵환강시를 하나씩 붙들고 기진맥진한 채로 이러지도 저러지도 못하고 있는 것이다.

"아, 이 자식이 손을 풀고 목을 빼려고 해."

"난 다리로 감고 있는데 다리가 저려 미치겠다."

"제길, 누가 좀 도와줘. 손이 미끄러지고 있단 말이야."

팍, 퍼억, 꾸욱.

온갖 작살이 나는 소리 후 영호선이 일어섰다.

역시 조장이란 이름값과 그동안 피를 빤 것이 괜한 짓이 아니었다는 것을 과시하듯 낑낑대는 조원들 사이에서 목과 팔다리를 푼 영호선이 고함을 내질렀다.

"이 자식들, 다 죽어라!"

그러면서 영호선은 묵환강시들을 때려 부수기 시작했다.

"으앗, 조심해! 내 팔까지 뭉개 버릴 참이냐!"

"그건 내 머리란 말이야!"

"다리나 풀고 묵환강시를 밟으란 말이다!"

영호선은 조원들과 엉켜 있는 묵환강시를 찍고, 비틀고, 뜯어내고, 뭉개며 돌아다녔다. 꼼짝달싹 못하던 묵환강시들이 모조리 박살나 부스스 가루가 되어 사라졌다.

그러나 문제가 끝난 것은 아니었다. 지금껏 그랬던 것처럼 새로운 시작이 기다리고 있을 따름이었다.

다시 지하 이층으로 통하는 계단이 열렸다 닫혔다. 그리고 언제 사라졌냐는 듯 묵환강시 이십 구가 달려들었다.

"지겹구만."

숨을 헐떡이는 조원들 사이로 영호선의 음성이 흘러나왔다.

영호선도 이제 제발 그만했으면 하는 마음이 간절했다. 조원들은 숨이 턱까지 찬 상태라 입도 벙긋하는 것조차 귀찮을 지경이었다.

'정말 울고 싶다.'

"이대로는 안 되겠어."

영호선이 눈을 부라리며 말했다.

조원들은 이대로 안 된다는 것은 진작부터 느끼고 있었다는 표정으로 다가오는 묵환강시를 바라볼 따름이었다.

"놈들이 사라지게 하지 않으면 되잖아. 그래, 그것이면 돼."

"무슨 소리냐?"

초이량이 헐떡이며 물었다.

"살려두는 거다. 그냥 움직이지 못하도록만 하는 거야. 팔다리만 뜯어내는 거지."

그 말과 함께 영호선이 묵환강시 하나에게 달려들었다.

조원들의 눈이 번쩍였다.

'그래, 그렇게 하면 되는 거였어.'

'영호선, 많이 똑똑해졌구나.'

사라지면 다시 나타난다. 지상으로 올라갈 길은 막혀 있다. 기력은 점점 떨어져 간다. 지금 할 수 있는 것은 최대한 기력을 소비하지 않고 버티는 것이다.

"하하, 이제 살 수 있다!"

모두의 입에서 기쁨의 탄성이 터져 나왔다.

무한히 반복해서 나타나는 것을 막연히 바라봐야 했던 것과 이제 한 번이면 끝이다는 것과는 하늘과 땅의 차이가 있었다. 정신이 그것을 이해하자, 지쳐 쓰러질 듯하던 몸도 새로운 힘으로 출렁였다. 이제 한 번만 묵환강시를 때려눕히면 쉴 수 있다는 것을 온몸이 느끼고 있었다.

"가자."

"덤벼라, 묵환강시!"

오조원들은 묵환강시의 팔과 다리만 집중적으로 공략했다. 타격 음이 아닌 기묘한 소리가 지하 일층에 울려 퍼졌다.

그때마다 묵환강시의 팔과 다리가 뭉개지고 뜯어졌다.

이윽고 드러난 광경은 만족스럽기 그지없었다.

이십 구의 묵환강시는 모조리 팔다리가 뜯겨 나간 채로 몸통으로 바닥을 기고 있었다. 팔이라도 남아 있다면 땅을 짚어 튕기며 공격이 가능하겠지만 팔까지 없는 마당이니 그저 끙끙거리는 것이 전부였다.

"휴우, 이제 좀 쉴 수 있겠다."

"왜 이 생각을 못했을까나."

"조장, 고맙다."

"피를 빨면 머리도 좋아지나?"

조원들이 사방 벽에 기댄 채 느긋이 잡담을 늘어놓았다. 이층 계단도 열리지 않았고, 묵환강시는 여전히 바닥을 박박 기고 있다. 이젠 위쪽에서 문만 열리기만 기다리면 되는 것이다.

"아, 한숨 때려야겠다."

영호선이 스르르 눈을 감았다. 그래도 마음속의 열망은 꺼지지 않았다. 목표는 오로지 삼층을 돌파하여 비급을 얻는 일이다. 일층에 갇혀 일곱 차례나 묵환강시를 상대했지만 불평을 터뜨리지 않았다. 그건 오로지 혼자 힘으로 삼층까지 통과할 수 없기에 조원 녀석들이 더 강해질 수 있다는 생각에서였다.

'자식들아, 더욱 강해져라. 강해지지 않으면 가만두지 않

겠다. <u>흐흐흐.</u>'

피곤한 것은 모두 마찬가지여서 오조원들은 간간이 잡담을 하다 결국 모두 눈을 붙였다.

이윽고 얼마나 피곤했던지 몇몇의 코고는 소리가 들려올 때였다.

"으악! 이 자식, 뭐야!"

모두 놀라 벌떡 일어나 보니 옥헌무였다.

옥헌무는 벽에 기댄 채 두 발을 쭉 뻗고 있었는데 묵환강시가 불굴의 의지를 발휘하여 옥헌무의 두 발 사이 가랑이로 머리를 우겨넣고 있었던 것이다.

화들짝 놀란 옥헌무가 울화통이 터지는지 묵환강시를 밟기 시작했다.

"어딜 기어와! 그냥 얌전히 있으면 오죽 좋냐! 매부 좋고 누이 좋은 거 아니냐고! 죽어, 이 자식아! 죽어버려!"

퍽! 퍽! 파악!

잠시 후 가랑이를 파고들었던 묵환강시가 완전히 분쇄되어 버렸다.

오조원들은 그 광경이 우스꽝스러운지 실실거리다 다시 눈을 감았다.

<u>부스스스.</u>

옥헌무를 건드렸다가 산산이 뭉개진 묵환강시가 가루가 되어 흩어졌다.

옥헌무는 침을 퉤 하고 뱉어내고는 다시 벽에 등을 기댔다.

"한 놈 정도는 기어 다니지 않아도 별일없겠지."

옥헌무와 오조원들은 대수롭지 않게 여겼다. 그동안 숱하게 묵환강시를 상대한 결과 한 놈이 박살났다고 해서 계단이 열리거나 다른 놈들까지 사라지는 일은 없었다.

역시 모두의 생각대로 계단도 나타나지 않았고, 여전히 남은 묵환강시는 바닥을 박박 기고 있었다. 그저 가까이 다가오면 발로 뻥 차면 그만이었다. 그러면 묵환강시는 다시 중앙까지 밀려갔다가 기어오려 애를 썼다.

그로부터 일식경가량이 지날 무렵이었다. 여전히 위쪽 탈출구는 열리지 않았다.

그그그그긍!

"응?"

처음엔 모두 꿈속에서 들리는 소리인가 싶었다.

'꿈치고는 너무 생생하잖아. 소리는 그렇다 쳐도 몸의 진동은 뭐지?'

눈을 뜬 오조원의 눈에 석벽이 열리고 묵환강시 이십 구가 버젓이 서 있는 것이 보였다.

영호선은 물론이고 모두가 벌떡 일어났다.

"이건 또 뭐야?"

"왜 또 나타나는 건데?"

"젠장, 옥헌무 네가 한 놈을 갈아버려서 그런 거 아냐?"

모두의 시선이 잡아먹을 듯 옥헌무를 노려봤다.

옥헌무가 꿀걱 마른침을 삼켰다.

"미, 미안."

미안할 만했다. 실제로 한 구라도 훼손되어 분쇄되면 일식경의 시간을 두고 다시금 생성되도록 설계되어 있었기 때문이다.

영호선과 오조원들은 아랫입술을 깨물고 어쩔 수 없이 다시금 팔과 다리 분리 작업에 들어갔다.

"옥헌무, 묵환강시 끝내고 따로 보자."

그날 오조는 총 아홉 회 연속으로 묵환강시를 상대하는 기록을 세웠다.

그리고 소식이 접한 잠마원의 모든 조들은 그런 오조를 향해 목소리를 높여 외쳤다.

"미련한 놈들!"

오조가 제이관문의 비밀을 푼 것은 그로부터 열흘이 지나서였다.

의외로 많은 시간을 소모한 이유는 제삼관문의 계단을 작동하는 구멍을 매번 찾지 못했기 때문이다. 일층으로 이어지는 계단을 여는 구멍은 쉽게 드러났지만 매번 벽돌이 움직이며 재배열될 때마다 삼층으로 통하는 길을 찾는 것은 도무지 알아낼 수 없었던 것이다.

그러나 제이관문의 비밀을 알았다고 해서 당장 제삼관문
으로 통하는 계단을 내려갈 수는 없는 일이었다. 제일관문과
제이관문의 성격이 확연한 차이를 보이는 것만큼이나 제이관
문과 제삼관문의 차이 또한 더 컸으면 컸지 적지 않을 것이기
때문이었다.

제이관문을 돌파할 때, 해독단을 입에 물고 있지 않았다면
그 시간 안에 세 개의 열쇠를 찾지 못했을 것이고, 호신진기
를 충분히 연마하지 않았다고 해도 독기와 독벌레 사이에서
버틸 수 없었을 것이다.

그리고 드디어 오조는 제삼관문의 정체를 들을 수 있었
다.

"지하 삼층, 제삼관문의 핵심은 암기다. 역시나 제일관문
과 제이관문과 마찬가지로 위험천만한 상황이 펼쳐지게 될
것이다. 암기의 종류는 총 서른여섯 종이다. 그중에는 제일관
문에서 너희들이 익힌 외공으로 튕겨낼 수 있는 것도 있고,
호신진기의 강도에 따라 몸이 뚫릴 수도 튕겨낼 수도 있을 것
이다. 하지만 거의 대부분의 암기를 피하는 것이 너희의 생명
을 영위하는 데 보탬이 될 것이다. 호신진기인 건곤마환공(乾
坤魔幻功)과 금나법인 독응금나(禿鷹擒拿), 역천축골(逆天縮
骨), 혈우파보(血雨破步)을 익숙해질 때까지 익히지 않았다면
아예 들어갈 생각을 하지 않는 것이 좋을 것이다. 단, 제삼관
문은 극히 위험도가 높기에 계단이 내려왔던 곳으로 복귀하

면 제이관문으로 갈 수 있는 길이 바로 열릴 것이다. 또한 제
사관문을 지날 수 있는 열쇠는 제삼관문의 끝에 이르게 되면
저절로 알게 될 것이다.”

현원령이 잔잔히 파훼법을 설명했다.

그에 영호선의 눈에 혈기가 번뜩였다.

이제 제삼관문만 통과하면 최강의 비급이 손에 들어온다.
이 어찌 아니 기쁠쏘냐.

그것은 오조원들도 마찬가지였다. 한 가지 영호선과 다른
점이라면 제삼관문을 통과하기까지 또 얼마나 죽어나야 할지
암울한 기분이 뒤따른다는 점이었다.

현원령이 느긋하게 오조원들의 표정을 감상하더니 말을
이었다.

“좋다. 뻔한 이야기는 그만하고 이제 진짜를 이야기해 보
자.”

‘진짜?’

모두의 눈에 의혹이 떠올랐다.

현원령이 의자에 몸을 기댔다.

“뭐, 운이 좋다면 너희 오조가 제삼관문을 제일 먼저 통과
할지도 모르는 일이지. 그런 의미에서 이 지하 관문과 지하
사층에 위치한 비급에 대한 과거사를 알아둘 필요가 있는 게
지. 이 중에 잠마원이 왜 이 지역에 세워진 것인지 아는 사람
이 있느냐?”

“백여 년 전의 마정대전에서 가장 치열한 격전이 있었던 곳으로 알고 있습니다.”

초이량이었다.

다른 조원들도 그 정도는 알고 있다는 듯 고개를 끄덕였다. 그저 영호선만이 무슨 소리인가 하고 눈을 끔벅끔벅할 뿐이었다.

“그렇다. 당시 마정대전에서 정파 놈들이 마도의 씨를 말리겠다며 몰아붙일 때, 전대 마도의 선배들은 이곳 활화산 지역에서 최후의 격전을 준비했다. 물론 다른 곳에서도 격전은 있었지만 이곳의 비중이 압도적으로 컸다고 할 수 있지. 남은 전력의 칠 할가량이 동귀어진을 각오하고 정파 놈들을 기다렸으니까.”

오조원들은 눈 한 번 깜박이지 않고 다음 말을 기다렸다.

하지만 영호선은 듣도 보도 못한 이야기인데다 마도가 밀렸다는 말에 눈에 쌍심지를 켰다.

“정파 그 쓰레기 놈들에게 밀렸단 말입니까?”

오조원들이 그런 영호선을 보며 ‘정말 이상한 놈’이란 눈으로 바라봤다.

정파에 뿌리를 둔 것은 이미 옛날 옛적에 팔아치웠다는 듯 분노하는 모습은 마도 중의 마도라 할 만했다.

“물론이다. 정파에도 미친 인간들이 사실 한둘이 아니거든. 덕분에 이곳까지 밀린 마도의 고수들은 그들을 대적하기 위한 방편으로 지하 관문을 활용하기에 이르렀다. 이곳 지하 관문은 삼백 년 전의 마도의 천재 마군자(魔君子)님이 만든 곳으로 그분은 기관진식은 물론이고 의, 서, 예, 화에 능통했다. 당시 마정대전 때 정파 고수들을 유인하기로 결정한 것은 마군자님의 후예인 오뇌신군(五腦神君)의 뜻을 따른 것이었다. 마군자님은 외부의 침입을 철저히 막기 위해 스스로 제삼관문까지 만들어놓고 그 아래에서 홀로 연구에 몰두하셨었다. 사실 이곳은 화산 지역인지라 열양의 기운이 한데 집약된 특별한 지형적인 특징을 지니고 있다고 할 수 있지. 그렇기에 그에 걸맞은 극양의 성질을 띤 영초나 기괴한 생물에 대한 것을 찾아 연구하기에 적합한 곳이라 할 수 있다."

이야기가 어느덧 삼백 년 전까지 거슬러 올라가자 영호선도 더 이상 토를 달지 않고 귀를 기울였다. 제삼관문에 들기 전에 이런 장황한 설명을 하는 것은 지하 사층에 이를 때 긴요하게 쓰일 것이라 생각한 것이다.

현원령의 말은 계속 이어졌다.

"마도 고수들은 오뇌신군의 인도를 따라 모두 지하 사층에서 죽음을 각오하고 기다리고 있었다. 정파 놈들이 관문을 뚫고 내려올 때 박살 내려는 것이었지."

"하지만 저희의 경험으로 보건대 제일관문과 제이관문 정도라면 그다지 장애가 되지 않았을 것 같습니다만."

초이량이 고개를 갸우뚱하고 물었다. 잠마원 수련생 이십 명이 돌파할 수 있는 관문이라면 절정에 이른 고수라면 그냥 없는 것처럼 뚫고 내려올 것 같았기 때문이다.

현원령이 한쪽 입꼬리를 올리며 웃었다.

"지금 상태의 관문이라면 그랬겠지."

"아!"

"너희가 경험하고 있는 관문은 임의로 그 강도가 조절된 상태다. 그렇지 않았다면 지하 제일관문에 들어선 순간에 이미 죽음은 예약해 놨다고 할 수 있겠지."

"그때와 어느 정도 차이가 나는 겁니까?"

"최소 백 배!"

영호선과 조원들이 입을 쩍 벌렸다. 솔직히 지금 상태의 두 배만 된다고 해도 엄두가 나지 않는다. 말이 쉬워 백 배지 상상할 수조차 없었다.

"너희가 상대한 묵환강시의 움직임, 강도는 아무것도 아닌 거지. 덕분에 정파 놈들의 희생이 만만치 않았다. 물론 그 상태로 끝없이 재생되니 당혹스럽기도 했겠지."

오조원들은 처음 제일관문에서 묵환강시를 상대했던 기억을 되살려 보고는 실소를 금치 못했다. 지금처럼 그때도 묵환강시를 모조리 부서뜨린 다음엔 제이관문으로 내려가는 계단이 나타났을 것이다. 처절한 희생을 치른 다음 계단을 내려가는데 얼마나 망설여졌겠는가! 하지만 그 자리에 잠시 머뭇거리고 계단이 닫히면 다시 묵환강시가 튀어나왔을 테고.

“황당했겠군요.”

“그렇지. 뭐, 구경할 수만 있었다면 아주 볼만했을 게다. 하하하!”

현원령도 고스란히 머리에 그 광경이 그려지는지 기분 좋게 웃음을 터뜨렸다. 오조원들도 시원하다는 표정으로 웃었다.

“크큭.”

“하하, 거참, 고소하네요.”

사실 일관문도 일관문이지만 이관문도 얼마나 당혹스러운 구조이던가.

착실하게도 계단까지 준비해 놓고 내려오라고 하니 당연히 마도를 쓸어버리려면 내려가긴 내려가야겠고, 무작정 내려가자니 또 어떤 함정이 기다리고 있을지 알 수가 없으니 말이다.

영호선도 발을 구르고 자신의 허벅지를 연타로 후려갈기며 좋아했다.

“진짜 어이가 없었겠구만. 이층 관문의 열쇠 구멍에 열쇠를 맞춰 넣으면, 크크크, 제일관문으로 통하는 계단이 내려오잖아.”

“하하하, 다시 제일관문으로 올라가면 묵환강시가 튀어나왔을 테고 말이야.”

“정말 정신없었겠다.”

현원령이 말을 보탰다.

"제이관문에 배치된 독충 중에는 눈에 보이지 않을 정도로 미세한 독충도 포함되어 있었기에 그곳에서의 희생도 만만치 않았을 것이다. 물론 너희 수준에서는 당연히 감당할 수 없는 것이지. 그렇게 제삼관문의 가공할 암기들과 맞서게 되면 제아무리 초절정고수라도 이미 진이 빠져버릴 지경이 되고 말았기에 제삼관문을 지나 제사관문에서는 제대로 힘을 발휘할 수 없었다. 사층에 머물고 있던 마도의 고수들도 결코 낮은 수준이 아닌 까닭에 삼관문을 열고 내려오자마자 맞아 죽기 일쑤였던 거지."

"아, 그래서 마정대전에서 마도가 다시 회생할 수 있던 것도 바로 이곳이 있었기 때문이군요?"

"맞다. 마도에게 있어서 이곳은 마도의 최후의 보루이자 새로운 희망이었던 거지."

그제야 비로소 오조원들은 왜 이곳에 마도의 기재들을 양성하는 잠마원이 세워졌는지 이해할 수 있을 것 같았다. 언제 터져도 이상할 것이 없는 활화산 지역에 은은한 유황 냄새까지 나는 터라 불만을 터뜨리기도 했지만 과거 마정대전의 생사 격전에 대한 이야기를 듣자니 잠마원의 의미는 물론이고 이곳이 다시금 새롭게 보였다.

"그 뒤에는 어떻게 되었습니까?"

"정파 놈들은 결국 포기하고 물러날 수밖에 없었지. 하지만 지하 사층에서는 함부로 밖에 나갈 수 없는 상황이었다. 한쪽은 관문을 돌파해서 사층까지 내려갈 엄두를 내지 못했고, 또 다른 한쪽은 섣불리 몸을 빼낼 수가 없는 상황이었다고 할 수 있지. 그런 연유로 지하 사층에 비급이 기록될 수 있었던 거다."

"설, 설마… 소일거리였던 겁니까?"

현원령이 배시시 웃었다.

"그런 셈이지."

"하아!"

오조원들은 약간 맥이 빠지는 느낌이었다.

"생각해 봐라. 할 일은 없고 만날 보던 얼굴만 마주해야 하니 뭔가 할 일은 있어야 했지 않겠냐. 뭐, 그중 일부는 호기심인지 죽고 싶었는지 용암으로 뛰어든 사람도 있었다고 한다만 그 내막까진 정확히 알 수 없는 일이지."

"용암이라……. 각오를 하고 배수진, 아니, 배화진을 친 거였군요?"

"그 정도 각오가 있었으니 지금의 마도가 있는 것이지. 자, 어떠냐! 이제 최선을 다할 마음이 더욱 커지느냐?"

"네!"

오조원 모두 힘차게 고개를 끄덕였다.

영호선은 대충 고개를 끄덕이면서 비급 생각에 어느새 침을 질질 흘리고 있었다.

이때까지 제이관문에서 제삼관문으로 향하는 비밀을 푼 조는 총 네 개 조였다.

오조가 제일 먼저 이관문에 들어서긴 했지만 매번 삼관문을 향한 계단을 열지 못하는 사이 일조와 이조, 그리고 사조가 비밀을 풀어 제삼관문을 향한 시도에서는 이제 동등한 위치에 선 것이었다.

이에 영호선의 초조함은 말로 금할 수가 없었다.

영호선은 제삼관문의 파훼법을 들은 이후 곧바로 병기고로 달려갔다. 오조원들이 모두 의아한 눈으로 바라보았을 때, 영호선은 각종 암기를 한 보따리 들고 나왔다.

오조원들의 눈은 곧바로 경악으로 물들었다.

"그건 뭐냐?"

그들은 질문을 던졌지만 사실 질문은 필요없는 것이었다. 그들은 이미 암기 보따리를 보자마자 앞으로 일어날 일을 훤히 예상할 수 있었다. 하지만 만에 하나라는 것에 기대를 걸어보는 심정이 되어 질문을 던진 것뿐이었다.

불행하게도 그들의 예상은 정확히 들어맞았다.

"연습은 실전처럼, 실전은 연습처럼! 좋잖아?"

오조원들의 안색은 결코 좋다고 할 수 없었다.

"연습은 실전처럼, 실전은 연습처럼!"

멋진 말이란 것은 인정한다. 강호 어느 곳에서라도 이 말을 쉽게 들을 수 있다. 하지만 문제는 영호선의 입에서 저 말이 나오는 순간, 문자 그대로의 뜻을 초월하는 상황이 벌어진다는 것이었다.

"조, 조장! 제삼관문에 들어가기도 전에 죽, 죽이는 건 아니지?"

"염려 마라, 이 행운이 넝쿨째 굴러다니는 놈들아! 내가 특별히 의료실의 영감한테 부탁해 놨으니까! 하하하하!"

힘겹게 오전 수련을 마친 수련생들이 식당에 삼삼오오 무리를 지어 앉았다.

지하 관문이 열리면서 느긋하던 식사 시간은 온데간데없이 사라졌지만 그래도 비록 짧은 시간일지라도 식사 시간은 가장 평온한 순간이랄 수 있었다. 사실 각 조가 경쟁적으로 지하 관문을 돌파하기 위해 총력을 기울이는 터라 취침 시간이 두 시진을 넘어가는 조는 아무 곳도 없었다.

지하 관문으로 더욱 미쳐 가는 오조의 경우는 한 시진이 채 되지 않았고, 대부분은 한 시진 반을 평균 수면 시간으로 할애했다. 그러나 그것조차도 수련생들이 느끼는 심경은 거의 수면이 없는 것 같은 착각에 빠지게 하기에 충분했다.

　왜인가 하면, 정규 교육 시간 외 저녁 시간에서 취침 때까지 맹렬한 개인 수련, 혹은 조별 수련이 이루어졌기에 취침 시간이 되어 머리를 베개에 대는 순간, 띠잉 하는 몽롱한 감각을 느낀 순간 '기상' 이라는 조장의 목소리가 들려왔기 때문이다.

　처음엔 대부분이 방금 누웠는데 왜 벌써 기상이냐고 항의하기도 했지만 정작 시간을 확인해 보고는 놀라움을 감추지 못했다. 고작 눈을 감았을 뿐인데, 감자마자 일어나라는 소리를 들었고, 그만큼 시간이 흘러가 있었기 때문이다.

　그런 점에서 취침 시간은 피로를 잠시 해소하는 것일 뿐, 안락한 수면 따위는 꿈도 꿀 수 없었다. 그렇다고 해도 어느 누구도 잠을 더 자겠다고 불만을 토해내지 않았다. 조별로 해결해야 하는 지하 관문이기에 한 사람의 나태함과 부족함이 전체를 사지로 몰고 간다는 것을 이미 체험하였던 까닭이다.

　"아, 꿀맛이군."

　"그냥 입 안에 들어가자마자 녹아버리네."

　"주방장이 바뀌었나? 요즘 음식 맛이 왜 이렇게 좋아?"

　지하 관문이 열리면서 수련생들의 음식을 대하는 태도는 현격히 달라졌다. 물론 주방에서 일하는 일꾼들은 그대로였다. 하지만 과거에는 입맛에 맞지 않다거나 찬이 보잘것없다는 말을 심심찮게 토해냈지만 지금은 고된 수련으로 인해 식

사 시간도 소중해지고, 식욕이 넘쳐나 모든 음식을 황궁 요리
마냥 대하고 있었다.

그건 오조원도 마찬가지여서 탁자 별로 마주 앉아 밥이 코
로 들어가는지 입으로 들어가는지도 모를 정도로 마구 입안
에 퍼 담기에 바빴다.

"야, 천천히 좀 먹어."

평안생이 앞쪽에 앉은 옥헌무를 향해 밥알을 튕기며 말했
다.

평안생은 귀가 조치를 당했다가 다시 돌아온 후 한동안 심
각한 우울증에 시달리는 듯했으나 영호선에게 사흘간 두들겨
맞은 이후 언제 우울했냐는 듯 그 후로 언제나 웃고 다녔다.
오조원들은 그것이 영호선의 지엄한 가르침에 의한 것이라는
것을 믿어 의심치 않았다. 심지어 평안생이 표정없이 있을 때
조차도 '이 자식아, 뭐가 불만이어서 그렇게 우울한 표정질
이야!' 라면서 패버렸기 때문에 평안생은 보통 사람이 가장
잘 지어 보이는 표정인 무표정조차 지을 수 없이 언제나 웃어
야 했다.

그것은 비록 영호선의 대책없는 몰아붙이기였지만 이후
평안생이 살아남기 위해 끝없이 웃는 표정을 유지하자, 그만
자신도 모르게 마음속의 우울함까지 떨쳐 낼 수 있게 되고 만
것이다.

물론 그렇게 한참 웃고 다니며 우울증에서 벗어났을 때는

영호선이 그 모든 것을 까마득히 잊은 채 '이 자식아, 어디서 실실 쪼개는데?' 라며 패서 그 후 무작정 웃고 다니는 것은 종결되고, 정상인으로 복귀하게 되었다.

그렇게 지금의 평안생은 오직 지하 관문을 돌파하는 데 집중하는 오조의 일원으로 당당히 선 상태였다.

평안생의 맞은편에서 식사 중이던 옥헌무가 소매로 땀을 훔치며 대답했다.

"남 말 하지 마라, 평안생. 너 지금 볼따구니에 밥알이 오십 개가 넘어."

"크크. 그래, 이 자식아. 배터지게 먹어라."

"흐흐흐."

그때였다.

옥헌무가 벌떡 자리에서 일어섰다.

"평안생!"

마주 웃던 평안생의 낯빛이 순식간에 달려졌던 것이다.

쿵!

평안생이 탁자에 머리를 떨어뜨렸다. 그 앞에 놓인 음식 쟁반이 머리에 부딪쳐 요란한 소리를 냈다.

엎어진 평안생의 등에는 비도가 꽂혀 있었다.

주변에서 식사 중이던 수련생들이 놀라 즉시 대응 자세를 취했다.

옥헌무의 눈이 분노와 두려움으로 뒤섞였다.

"누구냐!"

쉬이익!

한줄기 파공음에 옥헌무의 손이 펄럭였다.

착!

손가락만 한 륜 형태의 암기였다.

옥헌무는 몸을 부들부들 떨었다. 그리고 곧 괴성을 토해냈다.

"영호선 이 자식아! 밥은 편하게 먹게 해달란 말이다!"

영호선의 암습은 시와 때를 가리지 않았다.

수련 중에는 물론이고 식사 시간, 심지어 취침 중에도 암기를 피하느라 오조원들은 편안한 시간 따위는 언젯적 이야기인지 모를 지경이 되고 말았다.

덕분에 수면 부족에 시달리는 오조원들의 눈은 마치 마공을 익힌 듯 완전히 핏빛으로 물들어갔고, 온 신경이 암습에 대한 두려움으로 인해 벌레가 지나다니는 소리에조차 놀라 갑자기 몸을 날려 땅을 구르거나 허공으로 치솟는 별 해괴한 짓을 다 해댔다.

거의 모든 조원들이 많게는 열 차례에서 적게는 세 차례씩은 암습에 당해 의료실로 실려갔다. 그나마 다행인 것은 기가 막히게 중요 요혈을 피해 암기를 날린다는 점이었다. 하지만 중요 요혈이 아니라고 해도 몸에 박혀드는 암기가 통증이 없는 것은 아니었다.

영호선의 암습이 하루가 다르게 진보해 가면서 오조원들 또한 빠르게 상황에 적응해 갔다.

식사 때 오조원들의 모습은 그 얼굴만 보고도 오조인지 아닌지를 확인할 수 있을 정도로 달랐다. 오조원들은 우선 굉장히 빠른 속도로 식사를 했다. 그리고 그 와중에도 언제나 엉덩이를 의자에 차분히 댄 채로 식사를 하는 경우가 없었다. 발꿈치는 살짝 들고, 언제 어떤 상황에서도 암기를 피해낼 만반의 준비가 되어 있었다.

또한 일상에서도 언제나 주변을 면밀히 관찰하는 버릇과 함께, 바람의 방향과 세기, 습한지 건조한지 등을 오로지 실려가지 않기 위해 습관처럼 감지하기 시작했다.

이러한 노력 때문인지 오조원들은 어떠한 장소에 발을 딛더라도 순간적으로 그 장소의 특징 중 은신하기 좋은 곳과 암기가 발출될 만한 곳을 점검하고, 그에 상응해 그 장소에 몇 사람이 머물고 있는지 등이 자연스럽게 파악되는 지경에 이르렀다.

오조의 이러한 변화는 곧 다른 수련생들에게도 영향을 미쳤는데, 그중 제일 먼저 오조의 방식을 따라 한 것은 십조의 유은령이었다.

십조장 서문익은 오조의 기괴함에 혀를 내두를 뿐이었지만 유은령은 달랐다. 유은령은 오조의 빠른 변화에 십조가 보조를 맞추기를 바라는 마음뿐이었다. 그녀로서는 영호선이 삼관문을 돌파하고 비급을 얻게 될 때 함께 그 옆에 자신이 서 있기를 소망했다. 오직 그 하나의 이유만으로 십조는 오조의 뒤를 이어 언제 어디서나 피를 뿌려야 했다.

십조의 불행은 오조보다 컸으면 컸지 결코 작다고 할 수 없었다.

유은령은 출신이 출신인 만큼 은신과 암기라면 잠마원 수련생 중 거의 최고 수준에 올라 있었다. 덕분에 유은령이 암습으로 십조를 향상시켜야겠다는 결심을 한 바로 그날 십조원 전부는 의료방으로 실려가는 참변을 당했다.

십조장 서문익이 울면서 유은령에게 항변했지만 유은령의 의지를 꺾을 순 없었다.

"유은령, 우리는 아직 제이관문도 가보지 못했단 말이다."

"흥, 약한 소리. 미리미리 연습해 두지 않으면 우린 영원히 십조가 될 수밖에 없다."

십조의 경우는 굉장히 험악한 상황이었지만 오조를 제외한 다른 조들은 이 방법이 꽤나 그럴싸하다고 생각하기에 이르렀고, 오조의 영호선이 암습을 개시한 지 보름여가 지났을 때는 잠마원의 모든 조장들이 조원들에게 암기를 퍼붓기 시작하는 기괴한 수련이 시작되었다.

＊　　　＊　　　＊

잠마원의 밤 풍경을 바라보는 두 교두의 얼굴은 여유가 흘러넘쳤다.

수련생들이 지하 관문을 향해 뛰기 시작하면서 요즘은 딱히 할 일이 없을 정도로 한가했다. 그저 이렇게 멀찌감치 앉아 미친 듯이 수련에 몰두하는 각 조를 구경하면 될 정도였다.

"흐흐, 이젠 완전히 미쳐 돌아가는구먼. 진작 이랬어야지."

무영마객 현원령의 말에 수라검마 동요비가 고개를 끄덕였다.

"처음엔 이해를 못했겠지. 그래도 이제라도 깨달으니 다행이군."

"영호선이 아니었다면 제삼관문에서 꽤 많이 죽어나갔을 텐데 말씀이야."

"곧 오조가 제삼관문을 뚫겠다고 달려오겠는걸. 애들 눈알이 장난이 아니더군."

무영마객이 기묘한 미소를 머금었다.

"흐흐흐."

"무슨 재밌는 일이라도 있었나?"

"오늘 낮에 말이네. 내가 시험 삼아 오조원 중 한 놈에게 슬그머니 접근해 봤거든."

"오호, 근데?"

"어땠겠나?"

"허허, 그 녀석이 자네를 눈치채고 돌아본 거군."

수라검마 동요비가 대견하다는 듯 웃었다.

"아니!"

"응?"

"신법을 펼쳐 신나게 도망쳐 버리더구먼. 좌우도 안 보고 그냥 냅다 앞으로 뛰어버리는 거야. 크크크, 웃겨 죽는 줄 알았다니까."

"푸하하하!"

*　　　*　　　*

오조의 숙소는 깊은 어둠 속에서 모두들 꿀처럼 단잠에 빠져 있었다. 간혹 코 고는 소리도 들려왔다.

척 봐도 너무도 태평하고 깊은 수면에 잠겨 누가 업어간다고 해도 모를 지경이었다.

그 까닭에 오조원 누구도 숙소 위 천장에 달라붙은 그림자를 발견하지 못했다. 좌우지간 천장에 뭐가 달라붙어 있고, 몇 놈이 달라붙어 있는지는 관심 밖이라는 듯 평안해 보이기만 했다.

그림자의 손이 품에서 빠져나왔다. 어둠 속에서 열 개의 손가락 사이로 서슬 퍼런 날을 빛내는 작은 금속이 옅게 반짝였다.

'흐흐.'

그림자가 얼굴에 괴소를 그려내더니 손을 뿌렸다.

일체의 소리도 없이 암기가 오조원을 향해 뻗어갔다.

그 순간이었다.

그 찰나적인 간극 속에서 오조원들의 몸이 움직였다.

파파파팍, 파파팍, 파팟!

놀랍게도 암기에 맞아 신음을 내뱉는 오조원은 한 명도 없었다. 그들 중 일부는 이불을 젖히고 이미 벽에 달라붙어 있는가 하면, 또 어떤 조원은 이불을 휘감아 암기를 막아냈고, 또 다른 경우는 그저 슬쩍 잠꼬대인 것처럼 몸을 옆으로 틀어 암기를 피해냈다.

암기가 침상에 꽂힌 소리를 들었음인가!

벽에 달라붙었던 이들은 스르르 미끄러지듯 내려와 침상에 박힌 암기를 뽑아 베개 아래 집어넣고 다시 깊은 수면에 빠져들었다. 이불로 휘감아 암기를 막아낸 이들은 여전히 눈을 감은 채로 이불을 똑바로 펴는 중에 암기를 챙겨 수납했다.

마지막으로 가장 고급스럽고 평안하게 몸을 슬쩍 틀어 암기를 피해낸 이들은 등 뒤로 손만 뻗어 암기를 제거한 뒤 코를 드르렁 골며 잠을 이어갔다.

이와 같은 모습에 천장 위에 있던 그림자가 만족스러운 듯 고개를 끄덕였다.

물론 암습을 위해 다른 사람이 자는 시간에도 밤잠을 설쳐가며 노력하고 있는 영호선이었다.

'좋아, 어느 정도 수준은 된 것 같군. 크크크, 하지만 방심할 순 없지.'

第十章
유은령, 소원 하나를 이루다

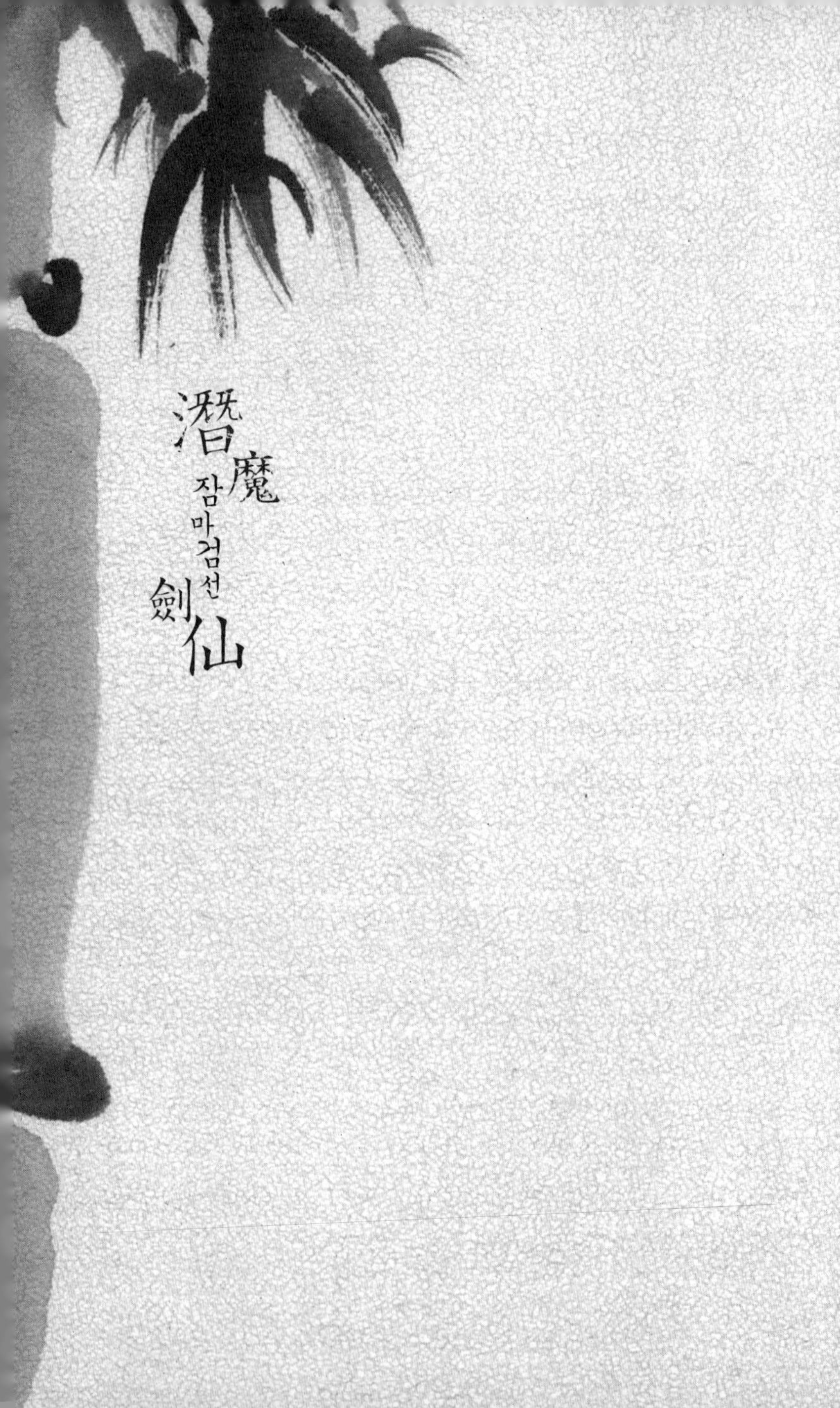

潛魔
劍仙
잠마검선

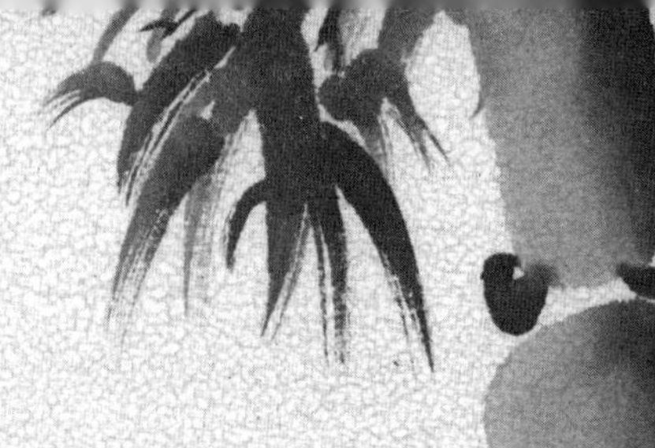

　유은령의 얼굴이 복사꽃처럼 환해졌다.

　십조의 숙소로 영호선이 찾아온 것이다. 이는 과거 칠현금을 들고 방문했을 때 이후 처음 있는 일이었다.

　반면, 십조원들의 반응은 당연하게도 긴장으로 달아올랐다. 최근 지하 관문이 열리면서는 각 조마다 서로 상대 조를 습격하는 일은 일어나지 않고 있었지만 영호선이라면 막연히 마음을 놓을 수 없는 존재였다.

　챙!

　십조원들이 각기 검을 뽑아 들었다.

　유은령의 얼굴이 한순간 일그러졌다.

"칼 집어넣어."

방금 전까지의 환한 미소는 온데간데없이 사라졌다. 대신 싸늘한 한풍이 숙소를 몰아쳤다.

척!

말 한마디에 십조원들은 조장부터 모든 조원들이 착검하고 부동자세를 취했다.

오조원이 영호선에게 온갖 핍박을 받고 있다지만 할 말은 그래도 하고 사는 반면, 십조는 거의 유은령의 독재였다. 특히 영호선이 근처에 있을 때는 그저 닥치고 복종하는 것이 살 길이라는 것을 십조원들은 뼈저리게 인식하고 있었다.

영호선이 유은령을 직시했다.

유은령은 마주 보다가 부끄러운 마음이 들었는지 슬그머니 고개를 떨어뜨렸다.

어느새 그녀의 볼은 붉게 달아올라 있었다.

'그래, 요새 힘들었지? 내가 챙겨주지 않으면 누가 널 챙겨주겠니.'

유은령은 그냥 눈빛만으로 영호선이 지금 무슨 생각을 하는지, 어떤 목적으로 온 것인지 알 수 있었다. 원래 남자는 여자가 챙겨줘야 하는 법이 아니던가.

유은령이 나직이 입을 열었다.

"남욱!"

남욱은 흠칫했지만 이내 신형을 날려 유은령 앞에 부복

했다.

"분부하십시오."

"네가 해야 할 일을 알고 있겠지?"

"그, 그건……."

모를 리가 있겠는가. 그녀가 영호선을 위한 마음에 수차례 희생되어 온 남욱이었다. 하지만 지금은 한 방울의 피도 아껴야 할 때다. 수면도 부족한데 피까지 빨리면 감당하기 어려웠다.

"네놈이 명줄이 얼마나 짧은지 오늘 확인하고 싶은 모양이구나."

남욱은 내심 신음을 발했다. 죽는 것보다는 피가 좀 모자란 채로 살아가는 것이 더 낫다.

남욱이 곧바로 윗옷을 벗어 던졌다.

그리곤 문 앞에 서 있는 영호선 앞에 한쪽 무릎을 꿇었다.

"영호선, 빨아라."

영호선이 유은령과 남욱을 차례로 훑어보더니 발로 남욱을 찍어버렸다.

쿵!

남욱이 사정없이 나뒹굴었다.

그래도 생각해서 옷까지 벗고 나섰건만. 남욱의 눈에 절로 눈물이 흘러나왔다. 하지만 치명타는 이제 시작이었다.

"몸 좀 깨끗이 씻고 나서 말해라, 자식아! 대롱도 안 가져왔는데 그 더러운 몸에 내가 입을 대라는 거냐!"

눈물이 일순 두 배로 쏟아졌다. 울면 안 돼. 사나이가 울면 안 되는 거잖아. 그래도 어쩔 수 없이 쏟아지는 것을 막을 길이 없었다.

요즘 지하 관문으로 인해 제대로 씻고 있는 수련생이 없다시피 했기에 사실 남욱만을 더럽다고 말하기는 어려웠다.

영호선이 입을 삐죽 내밀고 크게 외쳤다.

"오늘 내가 온 것은 유은령을 보러 온 거다! 유은령, 잠깐 나와봐!"

그 말과 함께 영호선이 돌아서자 유은령의 얼굴이 마치 꿈결처럼 변했다.

"밀회구나. 밀회가 시작된 거야!"

십조원들이 미쳐 가는 유은령을 불안하게 바라봤다. 도대체 대놓고 여러 사람 앞에서 나오라고 하는 말을 뇌가 어떻게 생겨먹었으면 '밀회'로 풀이할 수 있는지 정말이지 가능만 하다면 머리 뚜껑을 열어보고 싶을 지경이었다.

그러거나 말거나 유은령은 황홀한 얼굴로 스르르 움직였다.

막 숙소를 벗어나려던 유은령이 자빠져 있는 남욱을 보더니 사정없이 걷어찼다.

퍽! 퍽! 퍽!

"읍! 푸헉… 컥!"

"넌 왜 그렇게 더러운 거야? 당장 가서 살갗이 벗겨질 정도로 씻어! 나중에 확인할 테야! 앙!"

그러더니 '호호호호' 하고 웃으며 숙소를 빠져나가는 유은령이었다.

남욱은 처연함이 극에 달해 결국 꺼이꺼이 울기 시작했다.

십조장 서문익이 남욱이 벗어 던진 옷을 챙겨 가만히 덮어 주었다.

"어디로 가는 거야?"

앞서 걸어가는 영호선을 향해 유은령이 코맹맹이 소리를 냈다.

부지런히 걸어가던 영호선은 닭살이 돋아 부르르 떨었다.

"이렇게 둘만 걸으니 꼭 우리 연인 같다. 아잉, 너무 좋아."

부르르.

영호선은 다시 한차례 몸서리를 친 후 이쯤이면 보는 눈이 없을 것 같다는 판단하고 걸음을 멈췄다.

"달이 참 밝군."

"응? 꼭 우리를 축복해 주려는 것 같아."

부르르.

'제길, 괜히 말했다.'

"앉자."

영호선이 자리를 잡자 유은령이 바짝 달라붙어 앉았다. 그녀는 무릎을 세우고 두 손으로 무릎을 끌어안은 채 살짝 영호선을 향해 몸을 기댔다.

은은한 체향이 풍기자 영호선이 유은령을 바라봤다.

유은령도 영호선의 눈길을 의식하고 고개를 들어 마주 봤다.

두 사람은 서로 말없이 응시하며 내심 생각에 잠겼다.

'제길, 예쁘네.'

영호선의 생각이었고,

'이 분위기는 바로 그… 입맞춤 직전의 묘한 상황인 건가? 아, 드디어…….'

유은령의 생각이었다.

'의외로 입술이 도톰하고 붉네.'

'하아, 영호선, 가까이에서 보니 더 멋있어.'

마치 시간이 멈춘 듯 두 사람은 눈 한 번 깜박이지 않았다.

'미친년만 아니었어도 좋으련만. 하필이면 어린 나이에 돌아버려가지고… 쯧쯧.'

'영호선, 용기를 내. 난 준비되었어. 난 네 여자야.'

영호선은 속으로 혀를 끌끌 차고는 눈을 돌려 정면을 바라봤다.

유은령의 얼굴에 아쉬움이 가득 떠올랐다.

'이 바보. 뭘 그렇게 망설이는 거야!'

그때 영호선의 입이 열렸다.

"네가 부탁할 게 있다."

"응? 뭔데?"

유은령은 영호선이 용기를 내지 못하고 부끄러워하며 눈을 피하자 크게 실망했다가 부탁이라는 말이 나오자 다시 눈을 반짝반짝 빛냈다.

"내 부탁을 들어주면 나도 한 가지를 해주마."

"아잉, 부탁이란 게 뭔데?"

"오조원 암습!"

"호호, 그런 것쯤은 누워서 떡 먹기지. 염려 마."

"당장 내일부터 하면 돼."

"네가 부탁하는 건데 당연히 들어줘야지. 너, 조원들이 미웠던 모양이구나? 마음 푹 놓고 있어. 내일 자정이 넘어가기 전에 모두 죽여놓을 테니까. 호호호호!"

영호선이 순간 흠칫했다가 버럭 소리를 질렀다.

"야, 유은령! 그 뜻이 아니잖아! 지하 관문을 통과해야 하는데 다 죽여놓으면 어쩌겠다는 것이냐! 내 말은 훈련 강도를 높여 제삼관문을 통과할 수 있을 정도까지 녀석들을 끌어올리겠다는 뜻이잖아!"

"아하, 그런 것이었구나? 난 또 조원들이 속 썩이나 했지. 호호호호, 진작 그렇게 이야기하지 그랬어."

영호선은 웃음소리가 거슬렸다. 어쩐지 몇 놈 보내 버릴 것 같은 불안감이 스멀거렸다.

"오조원 한 놈이라도 죽이면 너도 무사하지 못할 줄 알아. 그놈들은 죽여도 내가 죽인다. 양보할 수 없어. 알겠어?"

"응, 그럴게. 근데 한 가지 해준다는 게 뭐야?"

"흠흠."

영호선이 어색한 듯 손을 입에 가져다 대고 목을 가다듬자, 유은령의 볼이 붉게 달아올랐다.

"나… 준비됐어."

"이미 알아차린 거냐?"

"그냥… 눈을 보면 알 수 있잖아."

"후회하지 않겠어?"

"전혀. 이 생이 다하도록 후회하지 않을 거야."

유은령은 부끄러운지 뒷말을 흐렸다. 그리곤 가만히 눈을 감았다.

'따뜻한 입술, 그리고 부드러운 손길, 아니… 어쩌면 거칠지도 모르겠어. 하지만 무엇이든 좋아.'

영호선이 유은령에게 다가갔다.

한 손은 유은령의 허리를 감싸고, 한 손은 유은령의 머리에 살며시 댔다.

달빛은 차마 보기 민망한 듯 구름 사이로 잠시 몸을 숨겼다.

콱!

영호선이 과감히 유은령의 목에 이를 박았다. 대롱은 예의 상 사용하지 않았다.

쭈욱쭈욱.

유은령이 따끔한 통증에 번쩍 눈을 떴다. 그리고 거침없이 피를 빠는 영호선의 머리를 향해 손을 들었다.

쭈욱쭈욱.

유은령의 손이 영호선의 머리를……

만졌다.

'생각했던 것은 아니지만 내 피가 영호선의 몸 안에 들어가고 있어. 아, 너무 행복해.'

간지러운 듯, 몽롱한 듯 몸이 서서히 나른하게 풀리는 기분이 싫지 않았다.

'이제 우린 한 몸이야.'

쭈욱쭈욱.

"아앙, 으음… 아아아……."

영호선이 한참 동안 피를 빨고는 몸을 뗐다.

이미 유은령의 눈은 반쯤 풀려 있었다.

영호선이 몸을 일으켜 소맷자락으로 아무렇게나 입술의 피를 닦아낼까지 유은령은 그저 멍하니 황홀한 표정이었다.

영호선이 언제나처럼 바른 인사성을 보였다.

“잘 마셨습니다.”

그리고는 휘리릭 옷자락을 날리며 그 자리에서 순식간에 사라졌다.

유은령이 느릿하게 고개를 돌려 영호선의 뒷모습을 지켜보다 그대로 풀썩 쓰러졌다.

초이량을 비롯한 오조원들은 갑자기 찾아와 하는 유은령의 말에 어리둥절함을 금할 길이 없었다.

“여러분, 최선을 다해볼게요. 호호호호!”

유은령이라면 영호선과 더불어 되도록 어떤 일이든 최선을 다하지 않았으면 좋을 사람이 아니던가.

‘넌 그냥 게을러도 된다만.’

‘십조를 위해서만 그저 최선을 다해다오.’

‘저 웃음이 거슬려.’

속마음이야 어떻든 오조원들은 웃는 얼굴에 차마 침을 뱉을 수는 없는 노릇인지라 모두들 떨떠름하게 대답했다.

“어? 어, 그래. 최선을 다한다는 것은 좋은 일이지.”

“원, 원하는 결과를 얻길 바라마.”

“네가 하는 일인데 잘되겠지.”

유은령이 모두의 열렬한 환대(?)에 몸을 배배 꼬았다.

"오조는 정말 열심이구나. 보기 좋은걸."

"비급이 걸려 있으니 당연히 열심히 해야지."

가장 가까이에 있던 초이량이 답했다. 하지만 초이량은 물론이고 모든 조원들은 내심 '열심히 하지 않으면 죽거든' 이라는 비참한 마음을 금할 길이 없었다.

"그래서 오조가 좋아. 우리 때의 열정이란 어떤 것이든 이룰 수 있게 해줄 테니까."

유은령은 고개를 끄덕이며 굳게 뭔가를 다짐하는 표정을 짓더니 작별을 고했다.

"또 보자. 아니, 보기는 좀 어려우려나? 모두들 잘 지내."

오조원들이 어색하게 손을 흔들었다.

"잘 가라."

"십조도 잘될 거야. 힘내."

"그럼. 유은령이 있는 곳인데."

오조원들은 잠마원 내에서 다른 조를 응원하는 말을 하게 될 줄은 생각지도 못했다. 하지만 지금 이 상황에서는 되도록 유은령이 십조에만 신경을 썼으면 싶은 마음이었다. 영호선만으로도 벅찰 정도이니까.

유은령이 돌아가고 난 뒤 오조원 몇몇이 유은령이 왜 갑자기 찾아온 것일까를 놓고 이야기를 나누었지만 그동안 오조에 호의적이었던 유은령이니만큼 그저 영호선과 더 가깝게 지내기 위해 오조원과 원만한 관계를 유지하기 위함이란 정도에서 생각을 마쳤다.

하지만 그것이 얼마나 안일한 생각이었는지는 채 두 시진도 지나지 않아 백일하에 드러나고 말았다.

오조원들이 가장 신경 쓰는 사람은 역시 영호선이었다. 영호선이 시야에 들어와 있느냐 아니냐가 현재로서는 가장 중요했다. 만약 눈에 보이지 않는다면 바짝 긴장을 늦추지 않아야 한다. 하지만 바로 근처에 있다면 조금은 여유를 가져도 되는 것이다.

그리고 점심시간이 되었을 때 오조원들은 영호선이 자리를 잡고 식사를 하고 있다는 사실에 안도했다.

제발 밥 먹을 때는 편안하게 먹게 해달라는 요구를 무참히 묵살하던 영호선이 아니던가. 그런데 오늘 점심은 보란 듯이 눈앞에서 식사를 하고 있으니 이보다 기쁠 수가 없었다.

"영호선, 많이 먹어라."

지난번 식당에서 등에 비도를 맞고 쓰러졌던 평안생이 환한 웃음을 머금고 말했다.

티없이 맑은 웃음이 더없이 기뻐 보였다.

"하하, 그래. 너도 많이 먹어. 먹는 게 남는 거니까. 진짜 오늘 음식 제대로 맛있는걸."

평안생은 물론이고 주위에서 식사를 하던 오조원들은 일순 눈물이 핑 돌았다. 영호선과 이렇게 정상적인 대화를 나눈 것이 도대체 언제였는지 기억조차 나지 않는다. 어떻게 보면 하찮은 말이 오가는 것이라고도 할 수 있었지만 평범한 일상이 그리운 오조원들이었다.

평안생은 목이 메어왔다.

"나 지금 너무 기쁘다. 이렇게 서로 아웅다웅하면서 결국은 뜨거운 정이 쌓이고 그러는 것이겠지. 잠마원을 마친 후에도 우리 오조원들, 마음 변치 말자. 의리와 우정은 사랑마저도 뛰어넘… 크헉!"

당장 눈물이 흐를 것처럼 그렁그렁한 채로 말하던 평안생이 외마디 신음성과 함께 탁자에 머리를 박고 쓰러졌다.

쿵!

평안생의 등에는 비도 한 자루가 박혀 있었다.

같은 탁자에서 식사를 하던 오조원들이 분연히 일어났다.

"누구냐!"

"이게 무슨 짓이야!"

"지금은 암습이 금지된 시간이란 것도 잊은 거냐!"

오조원들이 한순간에 으르렁대며 살벌한 기세를 발하자, 식당 안의 다른 수련생들도 혹시 모를 사태를 대비해 자리를 떨치고 일어났다. 규정을 어기고 손을 쓴 것이니 오조의 조장으로서 영호선이 가만히 있을 리 없었다. 누군지 몰라도 상대를 잘못 고른 것이다. 그 때문에 모두의 시선은 주변을 경계하는 한편 영호선이 어떻게 나올지 긴장을 늦추지 않았다.

그때까지 가만히 앉아 있던 영호선이 드디어 몸을 일으켰다.

눈을 지그시 감은 영호선이 크게 숨을 들이켰다가 내쉬는 것이 모두의 시선에 낱낱이 새겨졌다.

번쩍!

영호선이 눈을 뜬 후 일성을 토해냈다.

"오늘 음식 최고야!"

그 말과 함께 휘적휘적 걸어 식당을 빠져나갔다.

식당 안의 수련생들은 마른침을 침을 삼켰다. 사람이 갑자기 안 하던 행동을 하면 죽을 때가 됐다고 하던데 저건 아무리 봐도 정상이 아니었다. 하긴 저러다 콱 죽어버리면 그보다 좋은 일도 없으리라.

그러나 오조원들은 영호선의 모습에 뒤통수를 망치로 후려 맞은 충격에 사로잡혀 입을 쩍 벌리고 그대로 굳어버렸다.

그리고 한 가지 사실이 어쩔 수 없이 떠올라 버렸다.

"여러분, 최선을 다해볼게요. 호호호호!"

'유은령…… 그런 거였냐.'

믿고 끝도 없이 최선을 다한다고 했을 때 눈치를 챘어야 했다. 여전히 영호선보다 한 수 위로 평가되는 유은령이다. 영호선의 암기는 이제 어느 정도 피할 수 있게 되었다. 그러나

지금 이 순간부터는 유은령이다. 지금 저기 휘적거리며 걸어
가 버리는 영호선의 행동이 그것을 여실히 증명해 주고 있었
다. 확인 사살하듯 말이다.

오조원들의 이마에 한줄기 식은땀이 흘러내렸다.

부르르르.

다른 조원들은 영문을 모르겠다는 듯 저만치 멀어져 가는
영호선과 넋을 놔버린 듯 굳어버린 오조원들을 번갈아보며
인상을 찡그릴 뿐이었다.

「잠마검선」 2권 끝

뿌리를 찾아가는 목동 파소의 여행.
그 여정의 끝에서
검 든 자들의 고향 대무천향 (大武天鄕)을 만난다.

검객 단보, 그는 노래했다.

…모든 검 든 자들의 고향 무천향.
한 초식의 검에 잠든 용이 깨어나고, 또 한 초식의 검에 잠든 바다가 일어나네.
검의 흐름을 따라가다 보면 어느새, 세월도 잊어버리고, 사랑도 잊어버리고,
무공도 잊어버려…….
결국에는 자신조차 잊어버리는…….

은하의 가장 밝은 빛이 되어버린다는
그 무성(武星)들의 대지(大地).

아, 대무천향(大武天鄕)이여!

낭왕 狼王

별도 新무협 판타지 소설

살내음 나는 이야기에 여러분은 가슴 졸인 적이 있는가?
남들이 볼까 두려워하며 책을 가리면서 읽었던 구절을 몇 번이나 반복하며
읽은 적이 없는가?

구무협의 향수를 그리워하던 별도가 결국은
〈무협의 르네상스〉를 부르짖으며 직접 자판 앞에 앉았다.

"제가 무협을 쓰기 시작한 이유는 더 이상 읽을 책이 없었기 때문입니다."

모든 일은 4년 전부터 시작되었다.
살인사건을 배경으로 펼쳐지는 음모와 배신, 사랑과 역공작,
그리고 정사!

우리 시대의 이야기꾼, 별도의 새로운 글, 〈낭왕狼王〉!
〈천하무식 유아독존〉, 〈그림자무사〉, 〈검은여우毒心狐狸〉에
이은 그의 또 하나의 역작!

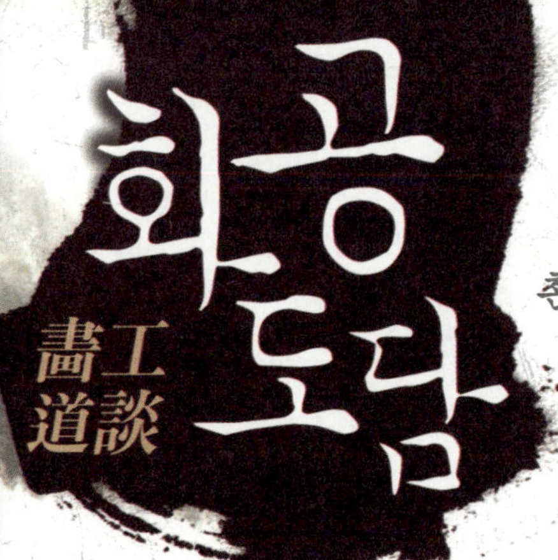

화공도담

촌부 新무협 판타지 소설

예(禮)와 법(法)을 익힘에 있어
느리디 느린 둔재(鈍才).
법식(法式)에 얽매이기보다 마음을 다하며,
술(術)을 익히는 데는 느리지만
누구보다 빨리 도(道)에 이를 기재(奇才).

큰 지혜는 도리어 어리석게 보이는 법[大智若愚]!

화폭(畵幅)에 천지간(天地間)의 흐름을 담고
일획(一劃)에 그리움을 다하여라!

형식과 필법을 익히는 데는 둔하나
참다운 아름다움을 그릴 수 있게 된
화공(畵工) 진자명(陳自明)의 강호유람기!

유행이 아닌 자유추구 -
WWW.chungeoram.com
Book Publishing CHUNGEORAM

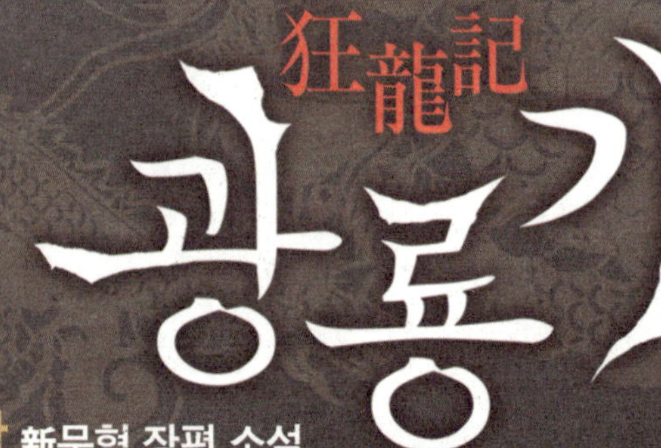

狂龍記
광룡기

장담 新무협 장편 소설

미친 바람이 동해에서 불기 시작했다!
둥지를 떠난 광룡(狂龍)이 강호에 나타났다!

내가 가고 싶은 대로 간다.
내가 하고 싶은 대로 한다.
누구도 내 앞을 막지 마라!

한겨울, 마침내 광룡의 전설이 시작되고,
천하가 광룡과 빙심에 뒤집어졌다!

유행이 아닌 자유추구 -
WWW.chungeoram.com

Book Publishing CHUNGEORAM